樂律

法醫

遲來真相

Belated truth

屍體工廠，因冤而生！
法醫從業者的半寫實懸疑小說

戴西——著

陷入嫉妒再也站不起來的妻子、
外遇後背下所有罪孽的丈夫、
要求重啟三十年前舊案的年輕人、
有著驚恐表情的布娃娃……

因為二十年前的傷痛，她成為法醫，
盡力為痛失親人的家屬們做出一點貢獻，
為偵破案件提供有用線索。

目錄

第一章　　無名女屍……………………………………005

第二章　　破碎的臉……………………………………023

第三章　　撲朔迷離……………………………………047

第四章　　重重迷霧……………………………………069

第五章　　完美的病例…………………………………091

第六章　　殺人的理由…………………………………113

第七章　　人骨拼圖……………………………………131

第八章　　陳年舊案……………………………………151

第九章　　遲來的真相…………………………………171

第十章　　詭異的布娃娃………………………………185

第十一章　教授的祕密…………………………………195

第十二章　屍體工廠……………………………………205

第十三章　深加工工廠…………………………………215

目錄

第十四章　步步緊逼⋯⋯⋯⋯⋯⋯⋯⋯⋯⋯⋯⋯⋯⋯ 233

第十五章　遺傳性色盲⋯⋯⋯⋯⋯⋯⋯⋯⋯⋯⋯⋯ 241

第十六章　不明屍源⋯⋯⋯⋯⋯⋯⋯⋯⋯⋯⋯⋯⋯ 253

第十七章　失蹤的女主播⋯⋯⋯⋯⋯⋯⋯⋯⋯⋯⋯ 259

第十八章　沒有終點⋯⋯⋯⋯⋯⋯⋯⋯⋯⋯⋯⋯⋯ 267

第一章　無名女屍

　　這是個草草挖成的土坑，深約四十公分，長一公尺左右，周圍散落著樹枝和枯葉，還有一些泥土沙礫。一具身材瘦小的屍體平躺在坑裡，雙腳放在坑外。屍體頭東腳西地躺著，身上衣服雖然凌亂，卻完好無損，可以看出是一名女性的穿著。

第一章　無名女屍

女人感覺呼吸越來越艱難。她本能地想睜開雙眼，可是眼皮卻像被什麼黏住了一樣，怎麼用力都是徒勞。連呼吸都成了一種奢望，伴隨著每次呼氣，緊貼在嘴唇和鼻孔上的不明物體就會讓呼吸變得更加困難。

自己快要死了。女人拚命掙扎起來，她試圖移動手腳，拿開緊貼在臉上的東西。她發現雙手雙腳被牢牢地固定在了一個地方，除了小範圍扭動身體之外，根本就動不了。

究竟發生了什麼事？這是什麼地方？

她掙扎著想抬起頭，忽然一張厚厚的浸透了水的紙輕輕蓋在了她臉上，緊接著又是一張。女人的臉上此刻已經被蒙上許多張紙，要不了多久，當這些紙徹底乾時，女人就再也不會說話和呼吸了。

她傷心地嗚咽著。不，我不能死！還有一件重要的事情沒做完……悲哀的是，沒人能阻止死神的到來。

不知過了多久，女人終於停止了痛苦的掙扎，在嗚咽聲徹底消失的那一刻，她再也感覺不到痛苦了。

房間裡傳來一聲重重的嘆息。

＊　＊　＊

「下一站，濱海路，請要下車的乘客提前做好準備……」

耳邊傳來公車那單調乏味的電腦報站聲，章桐猛地一怔，下意識搖搖頭，茫然的目光從窗外移回到手上。手中的咖啡還有餘溫，而牛皮紙袋裡的漢堡卻早已涼透。章桐一點胃口都沒有，她站起身，同時把肩上的挎包往上拽了拽，在搖搖晃晃的車廂中竭力穩住身體，擠過隨著車廂顛簸而東倒西歪的人牆，來到車門口準備下車。

本地警局在濱海路 805 號，從站臺到警局的灰色大門只要步行三百多步，章桐幾乎每天都要數一遍，很少數錯──她太熟悉這段路了。

　　剛在站臺上站穩，喘著粗氣的公車就迫不及待地關上門，隨後在吱吱嘎嘎的零件碰撞聲中極不情願地往下一站開去。濱海路雖然接近市中心地段，但在早上六點多的時候，從這裡下車的人卻很少，儘管那漸漸遠去的公車上幾乎擠滿了人，但大部分都是在前面開發區上班的，而章桐卻不一樣，她在濱海路的警局刑事技術中隊法醫辦公室已經工作了十四年，這裡幾乎成了她的第二個家。

　　自從當上法醫辦公室主任，她待在家裡的時間就更少了，更多時候只是晚上回家睡一覺，醒後第一個念頭就是回辦公室。上個月又有一個法醫申請調去 DNA 鑑定中心，那裡的條件可比這邊好多了，沒有血淋淋的現場，至少能準時上下班，所以私下裡章桐也能理解對方糾結的心情，她沒有絲毫猶豫，就在表格上簽下了「同意調動」的意見。基層法醫這個特殊的職業，沒有一定信念是堅持不下去的，她不想強人所難。可接下來自己卻要獨自面對人手嚴重不足的情況，文案工作堆積如山，想到這裡，章桐不由得重重嘆了口氣。

　　突然，由遠至近傳來一陣急促的腳步聲，劃破了清晨的寧靜，轉眼之間，一個人影與章桐擦肩而過，以狂奔的速度衝進警察局大門。

　　發生什麼事了？章桐不由得一驚，多年的職業習慣讓她隱約感到一絲不安，她隨即加快腳步，緊跟著向大門口走去。

　　從大門口到大樓一層辦公大廳要經過很長的一段石頭階梯，剛才那個狂奔的人此刻已經精疲力竭，腳步變得跌跌蹌蹌，沒走幾級階梯，整個人就像一袋水泥般沉甸甸地坐在冰涼的磚面上了。這是個中年男人，最多

第一章　無名女屍

四十五歲，身體偏瘦，灰頭土臉的，大汗淋漓卻又臉色蒼白，身上穿著一套皺巴巴的早看不出原來顏色的帆布工作服。

章桐剛想開口說些什麼，中年男人的舉動突然讓她嚇了一跳──他竟然抱頭痛哭起來，並且從開始的抽抽搭搭，很快就變成發洩般的嚎啕大哭。章桐皺起眉頭，這時，在辦公大廳警衛室值班的老王聞聲跑了過來。

「章法醫，出什麼事了？」

「我也不清楚，」章桐指了指面前坐在石階上的中年男人，「應該是來報案的，我跟著他一路跑進來，你趕緊帶他去值班室吧，刑警隊那邊今天是小鄧值班。」

老王剛想彎腰把中年男人扶起來，那男人卻突然不哭了，抬起頭打量著章桐和老王，伸手抹了一把臉上的眼淚鼻涕，斷斷續續地帶著哭腔說：「我……我是來報案的，我老婆從昨天晚上到現在一直都沒有消息，也沒回家，她以前從來都沒這樣過！她……她不接我電話，她肯定出事了，幫我找找我老婆，她失蹤了！到現在電話都打不通，求求你們了……」

章桐迅速看了一眼老王，點點頭：「快去吧！」

看著老王和那中年男人一前一後消失在樓梯轉彎處，章桐這才放心地向右手邊的地下一層走去。離上班時間還有一個多小時，樓道裡幾乎沒人。經過櫥窗裡的榮譽榜時，章桐不由得停住腳步。這是一塊特殊的榮譽榜，記載著本局建立以來所有功臣的名字和相關事蹟。每天經過這裡，章桐都會看上一眼，習慣性地尋找那個很熟悉卻又在腦海中隨著時間而逐漸變得有些陌生的名字──章肖欽。

章肖欽是章桐的父親，本地警察局最早的一批法醫之一，在他的協助下當地破獲了很多轟動一時的案子。章桐深知，周圍的同事之所以尊敬自

己，很大一部分原因也是自己的父親。

　　中午吃飯的時候，章桐在食堂與刑警隊長王亞楠不期而遇，兩人會心一笑，很自然地端著托盤坐到一起。

　　比起章桐身材的瘦弱和矮小，王亞楠就高挑多了，黑黑的秀髮隨意地綁在腦後，皮膚黝黑，潔白而整齊的牙齒近乎完美。她的身上有一種活力，彷彿她無論靠近誰，她的活力都能把對方吸引過來，而章桐就文靜內向多了。

　　章桐的目光落到王亞楠身上那件皺巴巴的淺色襯衣上，皺了皺眉，「今天是週三，妳居然三天都穿著同一件衣服？老實說，妳這幾天是不是又忙得腳不沾地了？連換衣服的時間都沒有，看這衣服皺的，都快見不了人了！」

　　「我哪還顧得上形象啊，這段日子上面要求協查的那個盜搶殺人案，蹲點守候，天天加班，連睡覺都在會議室，好幾天都沒回家了，還好今天早上逮住了那個傢伙，我才有時間坐在這裡和妳閒聊。憑良心說，我們當刑警的哪有妳們法醫輕鬆！」由於嚴重缺乏睡眠，王亞楠不斷地打著哈欠。

　　「對了，亞楠，今天早上有個來報案的中年男人。」章桐一邊用筷子扒拉著碗裡的青菜，一邊隨口問道，「就是說自己老婆失蹤的那個，現在情況怎麼樣了？」

　　「失蹤案？」王亞楠一愣，抬頭想了想，嘆了口氣，「那個人早就解決了，沒事！」

　　王亞楠肯定的口氣頓時讓章桐怔住了，她的眼前頓時閃過中年男人癱坐在石階上痛苦的神情：「我早上上班時見到了報案人，不是說他妻子出

第一章　無名女屍

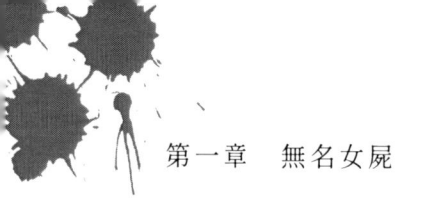

事了嗎？難道是報假案？看情形不像啊！」

　　王亞楠微微一笑，筷子毫不客氣地伸進章桐面前托盤上裝著排骨的碗裡，一邊翻著肉多的排骨，一邊嘟囔道：「你是法醫，看死人很準，看活人說不準會走眼。那兩人應該是夫妻之間鬧矛盾，我們接警後立刻調看事發地周圍的監控錄影，裡面記錄了他老婆是自願跟著一個人走的，對方根本就沒有綁架她，也沒有武力威脅的跡象，兩人之間氣氛很和睦，還不停地閒聊。種種跡象表明，應該是報案人搞錯了。現在夫妻之間鬧矛盾，動不動就離家出走真的是再平常不過的了。」

　　「那男人現在在哪裡？」

　　「你是說報案人嗎？老李他們做過思想工作後，派人直接把他送回家了。剩下的事情我也交給所在轄區的派出所接管了。」王亞楠一臉輕鬆，卻難以掩飾眼角周圍的皺紋和熊貓般的黑眼圈，「再說了，我們是刑警隊，不是派出所調解民警，這些夫妻之間雞毛蒜皮、家長裡短的小事，本來就不歸我們管。」話音剛落，她終於用筷子牢牢地夾到一塊排骨，迅速塞進嘴巴，隨即疲憊地一笑，晃晃筷子：「謝啦！」

　　章桐無奈地搖搖頭，對這件案子，她確實是不好再多說什麼。好日子過得非常快，平靜的一天很快就過去了，隨著太陽落山消失得無影無蹤。

＊　　＊　　＊

　　第二天早晨剛上班，章桐還沒來得及把肩上鼓鼓囊囊的大挎包塞進更衣室，隔壁辦公室急促的電話鈴聲就透過薄薄的板壁鑽進了耳朵。她抬頭看了看牆上的老式掛鐘，差一分鐘七點。按照規定，如果是命案需要出現場，電話鈴響三聲過後，如果辦公室裡還沒人接，就會被值班電話員轉接到章桐手機上。前任法醫室主任退休後，章桐就成了整個刑警大隊技術中

隊法醫室的一把手，她需要給手下新來的兩名法醫分配案子，必要時就像今天，如果人手不足，她也要輪班出現場。

預感被證明是正確的，這麼早打電話來不會是什麼好事情，第三聲電話鈴聲響過後，章桐放在凳子上的手機就發出尖銳的鈴聲，她迅速按下接聽鍵：「你好，我是章桐。」

「凱旋高爾夫球場，章法醫，車子已經在底樓停車場出發區待命。」值班電話員沙啞的嗓音中透露出明顯的疲憊，耳機中同時傳來敲擊鍵盤的聲音。在通知法醫的同時，電話員還有一個職責，就是如實記錄接手案件的法醫姓名和被通知的時間。

結束通話電話後，章桐迅速換上警服，從存放工具箱的大櫃子裡用力拉出那個三十多斤重的工具箱，然後拉開門，頭也不回地拎著箱子，加快腳步向停車場走去。

凱旋高爾夫球場位於郊外不到二十公里的省道 211 線路旁，附近的燕子磯別墅區是本地最大的上等別墅住宅區，與市區相距五六公里。這裡雖然地處偏僻，但環境不錯，筆直的省道是新建的雙向八車道，馬路邊都是高高的花牆，幾乎一眼望不到頭。

前年建成後沒多久，這個占地一千多畝的大型標準高爾夫球場很快就成為本地和臨近市縣富人們的又一個上等娛樂場所，漫山遍野的人工草坪使整座山坡一年四季都呈現出怪異的綠油油的顏色。章桐只是聽說過這裡，卻還從來都沒有跨進過大門一步，今天是個例外。

車子還沒有停下，遠遠地就看到王亞楠的助手老李正焦急地站在門口。

「你們王隊呢？」章桐下車後打開後車廂門拉出工具箱問，「現場在哪裡？」

第一章　無名女屍

「王隊正在山坡那邊等我們，這名球僮會開車帶我們過去。」章桐這才注意到了他身邊站著的身著白色球場工作服的小夥子。

小夥子略帶靦腆，伸手指了指章桐左手邊停放著的一輛剛能容兩人的電動高爾夫球車。超載的高爾夫球車搖搖晃晃地開過山坡，轉過一片矮矮的小樹林，在樹林邊的一個僻靜角落裡，藍白相間的警戒帶很快就出現在視野中。車子停下後，章桐迫不及待地鑽出座椅，用力拖下沉甸甸的工具箱。

王亞楠快步迎了過來：「怎麼才來？就妳一個人？」

章桐皺起了眉頭，彎腰鑽過了藍白相間的警戒帶：「我的助手和妳的人都在後面呢，沒辦法，就一輛車，坐不下，得輪流來。這麼大的地方，幹嘛不讓我們直接開車過來？」

王亞楠無奈地搖搖頭：「大小姐，妳知道腳底下的草皮多少錢一平方公尺？妳的年薪最多能買三平方公尺！我們都是走進來的，妳有車坐已經是很好的待遇了，知足吧！現場就在樹林裡面，跟我來。」

章桐重重地嘆了口氣，重新拎起工具箱，深一腳淺一腳地跟在王亞楠的身後，向屍展現場走去。

這是個草草挖成的土坑，深約四十公分，長一公尺左右，周圍散落著樹枝和枯葉，還有一些泥土沙礫。一具身材瘦小的屍體平躺在坑裡，雙腳放在坑外。屍體頭東腳西地躺著，身上衣服雖然凌亂，卻完好無損，可以看出是一名女性的穿著。由於此時已經是秋末時分，屍體的腐爛程度也並不明顯。但是令章桐感到吃驚的是，屍體的頭部已經呈現白骨化，只有少部分肌肉組織附著在死者的臉上，而身體部分卻很完整。章桐穿上一次性手術服，戴上手套，在屍體邊蹲下，伸手撥開了覆蓋在屍體頭骨上的雜亂

頭髮，仔細檢視。

　　這是一張被嚴重毀容的臉，手指所觸控到的地方幾乎找不到一塊完整的骨頭，章桐皺了皺眉，難怪死者的頭部會比軀幹腐爛得快，凶手應該是用不規則的重物狠狠敲擊了死者面部，加快了這一部位的腐爛速度，同時這也很有可能就是死者的死因。

　　「有什麼發現嗎？」王亞楠問。

　　「目前還無法斷定死者的具體死因，不過，很有可能是重物敲擊面部導致顱腦損傷而死。我要把現場周圍兩百平方公尺以內的可疑石塊都帶回實驗室，可能上面沾有血跡。你和現場勘查的同事們說說，辛苦他們一下。」

　　王亞楠點點頭：「這沒問題。」

　　「對了，亞楠，光靠摩托車可沒辦法把屍體帶回去啊！」章桐一臉苦惱，「你得和他們上頭說說，讓我們把車開過來！」

　　王亞楠微微一笑：「妳就放一百個心吧，人家巴不得我們趕緊走呢！我只要說我們要在這裡做上一個星期，他們上面肯定就得急得跳牆。」

　　「那剛進來的時候為什麼不讓我們把警車直接開進來？」

　　王亞楠嘆了口氣：「那個胖經理不買我的帳，架子大得很，加上我又沒看到現場，沒辦法確定，這不，只能麻煩妳折騰這一回了。不過妳放心，等等出去就不會這麼討厭了。」說完她揮揮手叫來助手老李，「馬上通知經理，我們要用車拉屍體，如果他再不放車進來，我們就用人把屍體抬出去。到時候整個高爾夫球場裡的人都會知道這裡發現了死屍，看他的客人還會不會再來這裡打球！」

　　做生意的最忌諱自己的地盤發生命案，章桐當然明白這個道理，她不

第一章　無名女屍

由得暗暗佩服王亞楠的果斷，心想要是自己的話，可能就只會拚命地去和別人理論，而不會想著抓住人家的弱點。

＊　　＊　　＊

解剖室裡非常安靜，熟悉的來蘇水味道充斥著整個房間，章桐幾乎能聽到自己隔著口罩所發出的沉重呼吸聲。她戴著手套，穿著一次性手術服，腰間繫著皮圍裙，默默地站在最內側那張不鏽鋼解剖床旁，凝視著一個多小時前剛從現場運回來的無名女屍，半天沒說一句話。

「章法醫，我們可以開始了嗎？」助手潘建的聲音在耳邊響起。從畢業到現在，眼前這個其貌不揚的小夥子已經任勞任怨地為章桐做了好幾年助手，隨著時間的流逝，他的話也變得越來越少。

「都準備好了嗎？那我們開始吧！」章桐走到門邊，把屋裡開著的四盞螢光燈都關掉，解剖室裡迅速被黑暗吞沒，只有外面走廊那盞二十四小時工作的 LED 燈隔著玻璃門透進一點微弱的光芒。潘建用力把沉重的 X 光掃描探頭拉過來，然後按下開機按鈕，對解剖床上的屍體進行整體掃描。這是屍檢開始前的必備工作。冷冰冰的 X 光機有時能幫法醫找到很多容易被肉眼所忽略的細微傷口。

掃描機巨大的探頭閃著藍光，在嗡嗡聲中劃過屍體，章桐的擔憂變成現實，工作臺上十二寸的電腦螢幕清晰地顯示出死者顱骨的慘狀──基本的頂骨、額骨和顳骨均呈現放射性裂痕，尤其是額骨部位，甚至還有硬物外傷所造成的貫通空；而鼻骨、枕骨和顴骨都已粉碎，根本找不到完整的，更不用提剩下的上頜骨和下顎骨了。

「這麼狠！」章桐咕噥了一句。究竟是什麼樣的仇恨，讓死者被人如此殘忍地毀容。

時間悄悄流逝，當王亞楠像風一樣推開解剖室厚厚的玻璃門衝進來時，牆上的時鐘已經指向下午三點。聽到腳步聲，章桐抬起疲憊痠痛的頭顱，長時間保持同一個姿勢不動，讓她再次擔憂自己那日漸麻木的頸椎。

　　「怎麼樣了？」王亞楠一邊說著，一邊順手從靠牆的辦公桌上拿起新的一次性手術服穿上。根據控制成本的新規定，原來的老工作服都被取消，取而代之的是這種藍色的一次性手術服，類似於無紡布質地。章桐很不喜歡這種手術服，好幾次因為穿衣服時太用力，手術服竟被扯了個大洞，這使她每次出現場都不得不備上兩三件以防萬一，工具箱的空間也因此顯得更狹小了。

　　看著王亞楠手忙腳亂地套上一次性手術服，章桐很同情卻幫不上忙，這是進解剖室的必需穿著，雖然王亞楠已經為此抱怨過很多次，但她沒辦法給自己的好朋友開後門，於是只能退後一步，給她騰出足夠的空間檢視屍體：「亞楠，你過來看看，死者為年輕的女性。」

　　「該死的！」王亞楠恨恨地詛咒了一句，雙眼一直緊緊盯著解剖床上的屍體，「大概年齡呢？」

　　「根據恥骨和牙床以及身體各項發育狀況判斷，應該不會超過二十五歲。」

　　「具體點。」

　　「那妳得慶幸死者的牙齒一顆都沒丟，三十二顆，妳看！」章桐伸手指了指托盤上排列整齊的死者牙齒，「只要出齊了這三十二顆牙，那死者的年齡就不會低於十七歲，再根據齒根齒冠的磨損程度來判斷，死者應該是十八歲至二十五歲之間。」

　　王亞楠皺了皺眉：「我是說能不能把範圍再縮小一點，這年齡跨度還

第一章　無名女屍

是太大，我們隊裡那幫年輕人不好展開調查啊！」

章桐想了想，走到 X 光片成像箱旁，打開投影燈，仔細檢視了顯示死者上半身的 X 光片，隨後肯定地說：「根據死者鎖骨和胸骨的癒合狀況來看，年齡最大不會超過二十一歲。」

「好，我們就按照這個年齡層發協查通報！」王亞楠點點頭，「那死因和死亡時間呢？」

章桐伸手指著死者的額骨部位：「你看，這裡的傷口呈現出明顯的向外放射性裂痕，並且有一個長五點一公釐寬三點八公釐的洞，所以我初步判定是由鈍器多次敲擊腦部，導致腦組織損傷死亡。至於死亡時間，我還在等生物檢驗實驗室的報告。不過根據屍體腐爛的狀況和胃內容物消化的判斷，應該有將近三週的時間吧。我會盡快把屍體其餘部分的解剖報告整理完整後一併交給妳。」

「可憐的人！」王亞楠憂慮的目光時不時在眼前的無名屍體上掠過。

「亞楠，還有個情況，這案子很有可能是個女人做的。」章桐突然說道。

「為什麼這麼說？」

「雖然死者的臉部已經被毀容，致命傷也是由硬物敲擊所造成，但我仔細觀察過 X 光片，每一次敲擊的力度都不是很大。如果是個男人所為，這麼多次敲擊過後，死者的顱骨猜想都被砸爛了。所以要我說的話，這應該是個女人下手的，或者說是個瘦弱矮小、身形單薄的男人。但是後者可能性並不大，從我以往經手的案件經驗來看，對一個人的臉部反覆多次下手的，屬於瘋狂性殺人報復，有三種可能，一是為了毀容，讓警方無從下手，無法尋找屍源；二就是報復或嫉妒殺人，尤其死者是年輕漂亮的女性，俗話講就是嫌疑人恨透了這張臉；而三就是嫌疑人服用了某類毒品，

無法控制自己的行為。」

　　說著章桐走到解剖臺邊的空地上，蹲下來抬頭看著王亞楠：「還有一個辦法，可以測算嫌疑人的大致身高，死者當時是平躺在地面的，嫌疑人如果要對死者實行面部打擊的話，就要呈蹲坐或者跪坐的姿勢，就像我現在這樣。我觀察過死者傷口形成的角度，為由右至左，所以可排除嫌疑人是左撇子的因素。死者頭部傷口的角度是五十三度至五十八度之間，而人體頸椎到尾骨距離在骨骼整體長度中的比例是固定的，照此推算，我們所要尋找的嫌疑人身高應該在一百五十八至一百六十一之間。從這樣的身高範圍來看，亞楠，我還是堅持我的觀點，嫌疑人是女人的可能性非常大。」

* * *

　　十一月的夜晚很涼，氣溫還不到十攝氏度，路燈下的大街薄霧瀰漫，街上行人越來越少，即使有人經過，也是低著頭腳步匆匆。這也難怪，都已經是這個時間，又這麼冷，除了家裡，人們似乎已經沒有去其他地方的興趣。

　　警局大樓五樓的會議室此刻卻仍然燈火通明。不足五十平方公尺的房間裡擠滿了人。大家的臉上都無一例外地寫滿疲倦，負責刑偵工作的李副局長更是滿臉愁容。高爾夫球場無名女屍的案子至今已經案發三天，王亞楠所在的重案大隊也馬不停蹄地調查走訪了上百人，卻連半點有用的消息都沒有，更別提那發出去的上千份尋屍啟事，都如泥牛入海一般，連個響聲都聽不到。

　　李局不得不開始擔心了，多年參加刑偵工作所累積的經驗告訴他，案發最初的七十二小時是案件得以順利破獲的關鍵所在，也就是黃金時間，

第一章 無名女屍

可眼前別說破案，連屍源都沒辦法確認，他感到了從未有過的困惑。看著滿屋子急得團團轉的破案能手們，他無奈地呼了口氣，坐直身子靠到桌子上：「我們從頭再梳理一下，看看是否有遺漏或者需要跟進的地方！大家想到什麼就說什麼，不要有顧忌！」

老李抬起頭，他是重案大隊王亞楠的助手，也是偵破小組成員之一，負責走訪案發地附近五個社群內符合條件的登記在案失蹤人員家屬。過度吸菸讓他感覺肺都快要燻黑了，因為每一次呼吸，他的胸口都有火燒火燎的感覺。

「我說幾句吧，我對死者的年齡層的推論有異議！」

「哦？說說看！」

「法醫室把死者的年齡定位為十八至二十一歲，但我看過死者的衣著打扮，死者右腳踝上繫著紅繩，兩個手腕也都綁有紅繩子，屍體所穿的內衣褲也是大紅色的。而我們老百姓有個傳統，就是本命年才會穿大紅內衣和繫紅繩來闢邪。所以我想問，是不是法醫室把年齡搞錯了，死者會不會正好今年是本命年，二十四歲左右？」

話音剛落，周圍的警探們頓時紛紛表示贊同，王亞楠的臉上也露出舉棋不定的神色，把疑惑的目光投向自己正對面的章桐臉上。

「不可能！」章桐毫不猶豫地否決了老李所提出的疑問，她拿出一張死者上半身的骨骼X光照片，連線到面前桌上的投影機，然後指著X光片位於死者頸部附近的鎖骨說，「我在屍檢報告中已經註明，根據死者的三十二顆牙齒已經長齊和齒冠齒根的磨損程度，判定死者年齡的最低限度為十八歲。我們以前通常都是透過死者的恥骨來判斷死者的具體年齡的，但以此判斷二十歲左右年輕人的具體年齡卻會產生誤差，根據我的工作經

驗，誤差有時候會在兩年以上，所以這次我綜合了對死者鎖骨骨溝癒合程度的觀察結果。人類的鎖骨骨溝外側端癒合是十八歲後才會發生，而內側端也就是尖峰端的骨溝卻要到二十一歲才癒合，死者的胸骨端的骨溝還沒有癒合，這說明死者還不到二十二歲，再加上她是年輕女性，骨骼癒合的年齡比男性還要相對低些，所以，我就把死者的年齡具體定在十八至二十一歲之間，絕對不會超過二十一歲！」

「那怎麼解釋她身上繫的紅繩子和紅色內衣呢？」

章桐微微一笑，站起身往後退了幾步，在大家疑惑不解的目光中把自己的右腳褲管拉起來，指著腳踝處的紅繩子說：「今年不是我的本命年，但我也繫著紅繩子，這是我母親一再囑咐我的。在她看來，我的工作是和死人打交道，紅繩子能闢邪保我平安。至於紅色內衣，我想這也不排除死者喜歡紅色的可能，很多女性都喜歡穿紅色系的內衣，我想在座的女同事也不例外吧？」

聽了這番話，老李像斷了線的木偶靠在椅背上，滿臉沮喪：「我們像陀螺一樣找了三天三夜，可在案發地周圍就沒有這個年齡層的失蹤人口，這怎麼辦？難道是流動人口？那難度可就大了！」

「對了，DNA 資料庫裡沒有比對結果嗎？」

負責 DNA 實驗室的鄭工程師嘆了口氣：「我們已經把法醫室所提供的牙髓粒線體 DNA 資料輸入資料庫，但目前沒有任何比對結果出現。而屍體其他部位由於長期在野外暴露，DNA 已經受到一定程度的汙染，沒有用了，可信度不高。」

章桐點點頭，同屬於技術中隊，她很了解鄭工程師肩上沉重的壓力：「鄭工說得對，我們只能寄希望於有失蹤者家屬前來認屍，然後做 DNA 比

第一章　無名女屍

對，這樣成功率可以相對高些。而粒線體DNA只能確定死者的母系，父系是查不出來的，範圍比較狹窄。」

李局清了清嗓子，房間裡頓時變得安靜：「我想，章法醫已經回答了大家的疑問，那麼我們就不要再質疑什麼了，該做什麼還是繼續做去。我們現在所處的階段，就是煩瑣的地毯式搜索，要發動群眾，擴大尋找範圍，爭取早日確定屍源，我們餘下的破案工作才可以順利進行！王隊，你們對高爾夫球場那邊的詢問進行得怎麼樣？」

「沒有現場目擊者。」王亞楠聲音沙啞地說，「沒人看到屍體究竟是怎麼出現在他們球場裡的。再說球場這麼大，案發現場所在的小樹林非常偏僻，也沒有監控探頭讓我們有跡可循。可憐的女孩，被拋屍在那個鬼地方，如果不是湊巧每半年一次的高爾夫比賽的賽前大檢查，真不知道她會在什麼時候才被人發現……」說到這裡她話鋒一轉，搖了搖頭，「我知道大家的壓力都很重，無論是即將到來的媒體還是網路，或是已經存在於我們內心的，這些我都可以理解。我只希望大家再咬咬牙堅持一下，相信我們會盡快抓住凶手，還死者一個公道，給信任我們的老百姓一個滿意的交代！」

在場所有人的臉上都流露出凝重的神情。

走出會議室，在五樓狹窄的走廊上，王亞楠追上章桐，揚了揚手裡的屍檢報告說：「你確定死者是在活著時被鈍器敲擊頭部和面頰部位的？」

「沒錯，死者在被人用鈍器暴力敲打頭面部時，全身上下的血液還處在流動狀態，因為我在顱內壁發現了出血點。我在屍檢報告裡都有詳細註明，屍體軀幹部位我也仔細檢查過，沒有明顯的致命傷痕，只有頭部，幾乎都被砸爛了。」章桐停下腳步，打開隨身帶著的公文夾，取出一張現場

拍的屍體照片遞給王亞楠,「你仔細看她的頭部,與軀幹部位的腐爛程度完全不同,我檢查過在頭部出現的麗蠅標本生長狀態,它已經是第四期,也就是成熟期,而軀幹部位至少相差兩個週期。這表明麗蠅的卵最早產生在屍體頭部傷口最先形成的地方,亞楠,這個女孩是被活活砸死的。」

「面部復原有可能嗎?」王亞楠急切地追問,畢竟手裡有張模擬畫像比起大海裡撈針要強得多。

章桐嘆了口氣:「我們正在努力,主要是顱面的骨頭碎得太厲害,潘建已經連續工作十多個鐘頭了,妳再給點時間吧。」

「那誰給我們時間啊!」王亞楠抬頭看著章桐,言辭激烈地低聲說,或許意識到了自己的失態,她立刻話鋒一轉,尷尬地說,「對不起,我太激動了。」

章桐聳聳肩,微微一笑:「沒事,亞楠,妳壓力太大了,我可以理解。」

「她究竟是誰?才二十出頭,什麼人會這麼恨這張臉?」王亞楠似乎並沒聽見章桐的話,喃喃自語著。

「這我可沒辦法回答,老朋友,我只負責屍體。」說著,章桐從王亞楠的手中拿過屍體照片,放回公文夾,輕輕拍了拍她的肩膀以示安慰,就轉身向樓梯口走去。

第一章　無名女屍

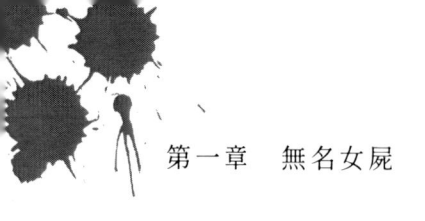

第二章　破碎的臉

　　王亞楠見過這張臉破碎得一塌糊塗時的樣子,卻怎麼也想像不到,在破碎之前,這個女孩的臉是這麼美。她深深吸了口氣,實在沒辦法把差距這麼大的兩張臉連繫在一起。

第二章　破碎的臉

　　本來想加個班，但自從意外接到寵物店打來的電話後，章桐就再也靜不下心來繼續手頭的工作了。

　　結束通話電話，她摘下護目鏡，揉了揉發酸的眼角，腦海中就出現了金毛犬「饅頭」見到自己時的可愛動作。章桐收拾好工作臺，囑咐正在埋頭清理顱骨碎片的潘建有情況就和自己連繫，然後她就匆匆向隔壁更衣室走去。

　　一路上，章桐不由得暗暗責怪自己的粗心。狗和人一樣，都不喜歡一天到晚四周都是鐵窗的單調生活，而在家裡，「饅頭」的活動範圍至少也有六十幾平方公尺。前幾天因為手頭累積的工作太多，章桐狠狠心，一咬牙就把它送到寵物店寄養。沒辦法，自己忙起來就是昏天黑地，哪裡還有心思照顧一條狗的飲食起居，更別提那每天必需的一個鐘頭的散步了。所以章桐懷著虧欠的心理，在送「饅頭」去寵物店之前，讓它美美飽餐了一頓肉骨頭。可當寵物店工作人員從她手中接過「饅頭」的牽引繩時，看著牠流露出的哀怨目光，章桐幾乎都要哭了。她強逼自己轉身衝出寵物店大門，身後隱約傳來「饅頭」的哀叫，章桐的淚水終於滾落下來。

　　雖然把「饅頭」送去寵物店寄養已經不是第一次，有時自己工作忙起來會一個多月不接牠，但章桐卻從沒想過要因此把「饅頭」送人。她不想徹底抹去好友劉春曉在自己生命中最後的那點寶貴回憶。「饅頭」是劉春曉送給自己的，他已經去世快三個月了，章桐感到內心隱隱的痛。

　　寵物店打來電話，說「饅頭」自從放在他們店之後，每到晚上就會發出哀號聲，吵得周圍小區居民睡不好覺，民警也上門好幾回了，而這情況在以前從來都沒發生過。店老闆從頭到腳檢查過狗狗的身體，令人哭笑不得的是，「饅頭」非常健康，那麼牠之所以這麼折騰的原因顯而易見，那

就是想主人了。寵物店主很無奈，只能委婉地通知章桐盡可能今晚就把「饅頭」帶回家，不然他的店就要被砸。

半個多小時後，章桐終於趕到寵物店門口，還沒等她伸手推開寵物店的玻璃門，就聽到裡面傳來興奮的狗叫聲，不是一隻狗在叫，而是滿滿一屋子狗。尖叫聲、怒吼聲甚至夾雜著號叫聲，時不時還伴隨著拚命搖晃衝擊不鏽鋼鐵籠的嘩嘩聲。

寵物店老闆臉上帶著慶幸的笑容迎上來：「你總算來了，看把你家『饅頭』高興的！」

章桐彎腰安慰著興奮過頭的「饅頭」，苦笑道：「我的耳朵都快聾了。」

推開家門已是晚上十點多。章桐鬆開「饅頭」的牽引繩，看著牠像坦克一樣迫不及待地衝進客廳，鑽進自己的小窩，然後舒舒服服地盤起身子閉上眼睛享受，章桐卻感到從未有過的疲憊。胃部一陣陣抽搐讓她感到輕微噁心，這時候她才意識到今晚還沒吃東西。不用開冰箱，因為她知道裡面什麼都沒有，冰箱對忙於工作的她來說就是個擺設。

章桐拿起客廳桌上不知放了多久的一個蘋果，在水龍頭下洗了洗，一口咬下去，至少能暫時填填肚子。她在客廳的小籐椅裡坐下來，三分鐘不到就歪著頭睡著了，半個蘋果掉在地板上。人腦子裡的弦一旦放鬆，就是這樣的後果，她在過去的七十二個小時裡，每天只睡四個多鐘頭，實在是太累了。

不知過了多久，章桐猛地驚醒，頭很沉，還有點暈暈的。她的第一個動作就是睜開眼睛四處尋找「饅頭」的身影，同時伸出手在身邊摸索著。當摸到了那熟悉的厚厚毛髮，章桐的眼淚頓時流了下來。她突然想起了劉春曉，想到了他的死，感到非常悲傷。可是很快她就冷靜下來，自己還有

第二章　破碎的臉

　　一件很重要的事情沒有完成。想到這裡，她默默嘆了口氣，坐直身子，然後打開客廳茶几上的筆記型電腦，連線上網後登入 QQ 頁面。好友欄裡一片漆黑，也難怪，都這麼晚了，又不是休息日，有誰現在還會沒事在網上掛著 QQ 呢？

　　但章桐此刻並不是想找人聊天，她再次小心翼翼地輸入 172894360 這串已經深深刻在腦海裡的數字，請求對方加自己為好友。按下確定鍵後，章桐的心裡卻又變得空蕩蕩的，她不知道這次的等待會不會有結果，或者還像以前那樣毫無反應？

　　留在王亞楠汽車擋風玻璃上的這串神祕的 QQ 號碼，在過去三個月裡一直困惑和折磨著章桐的心。雖然從法醫學角度來講，她沒有必要質疑潘建所提交的屍檢結果報告，潘建是個勤奮好學的人，做事很穩當，章桐對他的工作能力是信任的。但從事後發生的一連串讓人無法解釋的意外事件來看，她又開始懷疑劉春曉的死是非正常的，而似乎只要眼前這串數字的謎解開，劉春曉死亡的謎團也會順利解開，自己才能因此得到真正的解脫。章桐已經做好充足的心理準備。她無聲地等待著，不管結果會怎麼樣。

　　正在這時，手機鈴聲響了，章桐接電話的同時習慣性地看了看牆上的掛鐘，此時已近午夜，手機螢幕顯示是自己辦公室打過來的。

　　「潘建，還沒回家嗎？……什麼，有結果了？好，我馬上就來！」

　　五分鐘後，當章桐收拾好準備出門時，看到了守在門口依依不捨的「饅頭」，心裡不由得一軟，她彎下腰，伸手摸摸「饅頭」的大腦袋，柔聲說：「乖孩子，吃喝已經都給你準備好了，你知道在哪裡能找得到，好好看家，我很快就會回來！」

真的能盡快回家嗎？鎖上門的那一刻，章桐很清楚自己許下了一個根本不可能兌現的諾言。

＊　　＊　　＊

　　電話鈴響了。

　　蜷縮在值班室破舊沙發躺椅上的王亞楠轉了個身，下意識想伸手去捂耳朵，可痠痛麻木的手臂卻讓她立刻清醒過來。

　　電話鈴繼續響著。王亞楠抱怨了一句，極不情願地強迫自己在吱呀作響的沙發躺椅上坐起來，抓起話筒，然後將電話機拉到耳邊：「什麼事？」

　　「亞楠，死者面部復原像出來了，妳馬上到我這邊來一下，我還有其他的新情況告訴妳。」電話另一頭傳來章桐那冷冰冰的嗓音，聽不出絲毫感情，就像電話答錄機裡的電腦合成音。

　　掛上電話後，王亞楠迅速從值班室裡衝出去，她為了這一刻已經整整五十八個小時沒闔眼，剛才在值班室裡抽空休息了一下，剛有睡意就又被叫醒。

　　雖然已經是凌晨時分，法醫辦公室裡卻亮著燈，王亞楠推開門，裡面空空蕩蕩的。「該死！」她迅速轉身跑向不遠處緊挨著的法醫實驗室。

　　章桐和潘建就在工作臺邊坐著，一個低頭看著顯微鏡，另一個則在列印機邊整理著剛列印出來的一沓模擬畫像。

　　「怎麼樣了？快讓我看看！」王亞楠急切地走上前，伸手拿過潘建手中的模擬畫像。

　　王亞楠張大了嘴，但什麼也沒說，她說不出來，只是默默地看著手中的畫像。畫像是無聲的，電腦合成的冰冷線條在紙上勾勒出一個女孩年輕

第二章　破碎的臉

而又秀麗的臉龐。王亞楠見過這張臉破碎得一塌糊塗時的樣子，卻怎麼也想像不到，在破碎之前，這個女孩的臉是這麼美。她深深吸了口氣，實在沒辦法把差距這麼大的兩張臉連繫在一起。

「亞楠，你別光盯著模擬畫像，先看看這個。我對死者子宮內所能提取到的葉狀絨毛膜絨毛標本進行了細胞檢查，」章桐站起身，把一張檢驗報告遞給她，略微停頓了一下，努力使自己的聲音顯得平常，然後繼續道，「她懷孕了，差不多八週。」

「能提取到胎兒的DNA嗎？」

章桐搖搖頭：「懷孕時間太短，再加上周圍環境的影響和屍體腐爛的程度，我們試過了，暫時沒有完整的樣本，這些我都會寫在明天上交的補充屍檢報告裡。」

「好吧，那就這樣，有情況立刻通知我。」王亞楠語速很快地說完，就頭也不回地離開了法醫實驗室。

匆匆的腳步聲消失在走廊盡頭，走廊裡又恢復了最初的平靜。潘建突然抬頭問：「章法醫，王隊是不是心情不好？我注意到她看模擬畫像時的表情，有點擔心她太投入了⋯⋯」

「這一點其實我早就看出來了，為此我也勸過她，但她就是這種性情的人，很容易把自己陷進去。唉⋯⋯想想我們自己又何嘗不是如此。」章桐長嘆一聲，「快做事吧，別想那麼多了！」

第二天下午，臨近下班時分，警局門口來了一個神情緊張的中年男人，他手裡拿著兩張紙，腳步飛快地直接跑上通往一樓接待大廳的臺階。剛推開玻璃門，這名中年男人就被保全老王給攔住了：「請問你有什麼事嗎？」

中年男人愣了一下，隨即反應過來，認出了眼前的保全老王：「是我啊，我一週前來報過案，你不記得我了嗎？」他顫抖著把手裡緊緊攥著的兩張打滿字跡的紙遞給一頭霧水的老王，「我知道你們要找的人是誰，兩張貼在我們社區門口的啟事我都拿來了！」

老王當然認識中年男人手中遞過來的這兩張紙，因為這段日子以來，郊外那具無名女屍始終不能確定身分，這已經成了一塊壓在大家心裡的石頭。每每看著上下班經過警衛室的警察們一臉憂慮，老王的心情也好不到哪裡去。而同樣的兩張紙，此刻正在警局鐵門外那塊標有「濱海路 805 號」的牌子下端端正正地貼著。

「你確定認識？」老王不放心，又強調了一句，「是你什麼人？」

「她是我女兒！」中年男人幾乎是憤怒地吼出了這麼一句話，伸手奪過那張死者的模擬畫像，「我找了她整整三年，她化成灰我都認識！」

* * *

章桐想知道，人們在他們生命中的最後幾個小時裡，腦子裡都會想些什麼？對即將到來的死亡，他們真會產生像小說中所提到的那種神祕預感嗎？或者還沒弄明白到底發生了什麼事，沉重而又冰冷的鐵鎚就已經狠狠敲向自己？

她寧願相信後者，面對突如其來的死亡，沒有預感，也就不會有恐懼和痛苦。死亡來得很快，但是死亡前的等待卻是漫長的折磨。

還好，面前這具已經處理成骨化的女屍遺骸再也感覺不到痛苦了。用 502 膠水小心黏連起來的顱骨端端正正地放在不鏽鋼解剖臺的上半部分。要想確定凶器，就必須在死者的顱骨上尋找答案。

在解剖床的右手方向是一個不鏽鋼滑輪車，有一公尺多高，章桐只要

第二章　破碎的臉

　　伸手就能順利地拿到滑輪車托盤中那排列整齊的各種疑似凶器樣本。在過去的幾個鐘頭內，她已經仔細比對過整整一托盤從現場帶回來的石塊。如果這最後的托盤裡還沒有找到匹配的東西，那麼她就得換一種角度考慮，那就是發現屍體的高爾夫球場樹林只是第二現場，死者是被拋屍的。這樣一來，案件的順利偵破將會面臨更大難度。

　　屍體被發現時，已經在樹林裡放了將近一個月，在這麼長的時間裡，屍體只是被草草埋進一個淺淺的小土坑，覆蓋物是一些根本發揮不了多大作用的枯枝樹葉和一些散土。章桐檢視了一個多月以來的天氣預報，還好不是雨季，在一個半月時間裡總共才下了三場雨，最大的降雨量也只不過三十毫升左右，這對屍體的保存多少是種保護。但現場周圍的痕跡還是遭到了很大破壞，章桐感覺到自己是在大海撈針。

　　憑以往所累積的工作經驗和對傷口形狀的判斷，章桐認定凶器是那種沒有規則的，並且頂端呈錐狀的器物，所以她要求把現場周圍的疑似凶器石塊都帶回實驗室。因為她必須確定這些石塊是不是凶器，才好進行下一步工作。這麼大的範圍，光能夠砸死人的大石塊就找到了近千個，把六個鐵皮櫃子都放滿了。這可真是個大工程，章桐把這些石塊逐一排查，就用了好幾天。屍體的致命傷口是在右額骨部位，這個貫通傷導致死者右側額葉腦挫裂傷，伴隨右額顳硬膜下大量出血，結果使可憐的年輕女孩立刻陷入昏迷，並且迅速轉為腦死亡。

　　章桐沒辦法確認這致命的一記重敲是不是暴行的開始，如果真是這樣的話，那或許就是這件案子中唯一存在的一點點仁慈。看著這一道道無法抹去的顱骨上的裂痕，章桐完全能夠想像出凶手那一記記拚命的重擊。柔弱的女孩沒有任何反抗能力，凶手根本也沒指望留下活口，即使女孩已經停止了呼吸，凶手也要毀掉女孩曾經的美麗容貌。

從呈現放射狀的骨裂形狀推斷，凶手至少砸了五十下。在以往的案件中，也曾經遇到過凶手為了掩蓋死者真實身分而對死者面部進行暴力毀容的，但再怎麼樣，有二十幾下就已經能夠達到毀容的目的。讓章桐困惑不解的是，凶手為什麼停不下手中的凶器，或者說答案正如王亞楠所得出的結論──凶手恨透了這張美麗的臉！

　　一次次拿起，又一次次放下，隨著托盤裡石塊的逐漸減少，章桐的心情變得越來越沮喪。

　　「最後一塊了，不要讓我這大半天白忙活一場啊。」章桐喃喃自語，伸出戴著消毒手套的右手，機械般地拿起石塊，依次把石塊的幾個尖角部位與左手中顱骨右額骨上傷口的裂痕進行對比。這個重複了無數次的動作就像孩子玩拼圖，要的只是時間、耐心和細心，但是這三樣在平時章桐看來並不缺少的東西，今天卻已經被消耗得差不多了。

　　沒過多久，章桐就知道自己這麼早就有打退堂鼓的想法是多麼愚蠢。她站起身，放下手中的石塊和顱骨，來到另一邊屋角工作臺上放著的內線電話機旁，撥通王亞楠辦公室的電話，等待接通只需要很短時間。章桐平靜地對著話筒說：「是我，亞楠，高爾夫球場案發現場的凶器找到了⋯⋯沒錯，就是那些石塊⋯⋯不，痕跡無法提取，因為時間太長，物證受到了汙染，而石塊表面也並不平整，指紋無法完整保留。我只能確定凶器就是現場周圍附近的石塊，因為痕跡鑑定那邊說了，和現場其餘石塊質地含量差不多，也就是說，案發現場應該就是第一現場，而凶器是凶手在現場臨時採用的可能性非常大⋯⋯好的，回頭有新情況我會第一時間通知妳。」

＊　　＊　　＊

第二章　破碎的臉

　　掛上電話，王亞楠重新把目光投向辦公桌對面那坐立不安而又形容憔悴的中年男子，這是她一週以來第二次見到這張臉。

　　「你怎麼確定死者的身分就是你的女兒？」

　　「我……我知道就是她，你們的畫像和我女兒長得太像了！」中年男人語無倫次，不停地伸手抹著額頭的汗珠，「沒錯，就是她！你們要找的就是我女兒！」

　　王亞楠和助手老李互視一眼，並不能只因為簡單的相像就去做DNA比對測試，她需要進一步考核。「你喝水嗎？」王亞楠看似隨意地問道。

　　「不用，謝謝。」

　　儘管對方委婉拒絕，王亞楠還是點頭示意身後一直站著默不作聲的老李出去倒杯水，她想用這個友善的舉動來緩和中年男人那緊張而又焦急的心情。

　　水很快就拿來了，果然，在伸出雙手接過一次性水杯後，中年男人的神情顯得自然多了。把辦公室的門關上後，老李順手拉了一把椅子，在最靠近辦公桌的地方坐了下來。

　　「和我們談談你女兒吧。」

　　和第一次一樣，中年男人主動開始自我介紹：「我叫段長青，在市第一公車公司工作，這些情況我想你們已經知道了。」

　　王亞楠微微一笑：「別急，慢慢說。」

　　「你們要找的人是我女兒段玲。她已經三年多沒有和家裡連繫了。」

　　「你女兒失蹤了？」王亞楠微微揚起了雙眉，「她的年齡多大？」

　　段長青猶豫了一下，低聲說道：「她離開家時剛滿十六歲。」

王亞楠注意到對方話語中所使用的「離開」二字：「難道你女兒不是失蹤？」

　　段長青點點頭：「沒錯，她是離家出走的。走的那晚，我⋯⋯我打了她一巴掌，我沒想到這孩子一氣之下就這樣跑出家門。我以為她很快就會回來，而我又在氣頭上，所以就沒出去找她⋯⋯」

　　「能說得再詳細點嗎？」看著因陷入回憶而變得有些呆滯的段長青，王亞楠盡量讓自己的說話口吻溫和些，小心翼翼地斟酌著每一個詞。

　　「我記得很清楚，第二天因為是早上五點五十的頭班車，我五點半就到車隊了，雖然玲玲那晚並沒有回來，但當時我以為她去好朋友家過夜了。孩子畢竟都十六歲了，也有主見了。」段長青輕輕嘆了口氣，「可當我下午兩點半下班回到家時，第一眼就看到孩子留在客廳飯桌上的字條。」

　　旁邊悶聲不響的老李皺了皺眉，忍不住打斷了段長青的描述：「那你老婆呢，她難道也不出去找孩子？女兒一夜不歸，你們做家長的難道不擔心？」

　　段長青很沮喪：「我老婆因為老丈人生病住院去陪床了，當時已經三天沒在家裡。」

　　王亞楠突然想到了什麼：「對了，你上次來我們這裡說你老婆失蹤，她現在在哪裡？回家了嗎？」

　　「沒有，一直沒消息，我都四處找遍了！」

　　「你和你老婆近期有沒有吵過架？」

　　段長青急了，忽地從椅子上站起來：「我和我老婆的關係從來沒鬧僵過！這一點你可以去我們社區打聽，也可以去問我的老丈人和丈母娘，我段長青從來都不打老婆！」

第二章　破碎的臉

　　王亞楠心裡一沉，隱約感覺到一絲莫名的不安，她轉移開話題：「你別激動，和我說說那張字條吧，你還留著嗎？」

　　「沒有，」段長青像被霜打蔫的茄子低下頭，臉上重新露出深深的自責，「我當時並沒有在意，看完後就隨手扔了。」

　　「字條上的話你還記得嗎？」

　　「讓我想想⋯⋯好像是『我走了，再也不回這個家』之類的話。」段長青皺著眉，表情很痛苦，「我當時認為孩子寫在字條上的話只是一時發洩，沒意識到後果這麼嚴重，從那以後我再也沒有見過她。」

　　揭開記憶中的傷疤是件很殘忍的事，但有時候卻是找到真相的唯一途徑。王亞楠很清楚這個道理，她一直在仔細觀察段長青臉上複雜的表情變化。她知道這個男人肯定對自己女兒離家出走的真相有所隱瞞，無論出發點是什麼，她都必須讓段長青完完整整地把所有事情都說出來。如果沒猜錯的話，段長青妻子前些天的失蹤也並不簡單。

　　想到這裡，王亞楠重重嘆了口氣，身子向後靠在椅背上：「那天你為什麼打你女兒？」

　　段長青愣住了，他猶豫片刻說：「是一點小事。」

　　「一點小事不會讓你女兒產生離家出走的念頭，都到現在這個時候了，如果你再不把事情真相講出來的話，我怎麼幫你？」

　　「她⋯⋯她談戀愛了，我只知道對方是個比她年紀大很多的男人。我見過一次，就在社區門口，我女兒從一輛汽車裡鑽出來，那⋯⋯那個渾蛋，竟然大白天當著周圍那麼多人的面親我女兒，雙手還在我女兒身上亂摸！這真讓我噁心！」雖然事情已經過去很久，段長青的憤怒卻絲毫沒有減弱，「我回家後就狠狠打了她一巴掌，沒想到玲玲竟然說我干涉她的

戀愛自由！她才十六歲，而那個男的至少有四十歲！我不允許她再見那個渾蛋，不然我就不認她這個女兒，她⋯⋯她就哭著跑了⋯⋯」說到這裡，段長青像洩了氣的皮球癱倒在椅子上，喃喃自語，「我當時真該出去追她的！都怪我拉不下這張臉，都怪我，都怪我⋯⋯」

「你報案了嗎？」

段長青點點頭，說：「我去了派出所，不過已經是兩天後，因為玲玲一直沒有消息，學校老師也說她沒有去上學，同學那邊也沒有人見過她。我老婆回家知道這情況後都快急死了，和我大吵了一頓，我當時想想也不對，就去了派出所。」

「後來呢？」

「因為孩子是賭氣離家出走，尤其是這個特殊的年齡，還留了字條，被拐賣的可能性不大，所以派出所的警察就只是簡單記錄了一下，然後囑咐我們再耐心找找，或許孩子過了這個氣頭，就會想通了回家。」

「你去找過那個和你女兒行為曖昧的男人嗎？」

段長青苦笑：「我上哪裡去找他？我當時都快要氣瘋了，只覺得孩子把我的臉都丟光了，哪裡還有心思去記下對方車牌號碼？這也是我老婆這麼多年來一直都沒有原諒我的原因。」

「為什麼這麼說？」

「玲玲是我們唯一的孩子，我們辛辛苦苦把她養大，只希望她這輩子能平平安安、順順利利。我老婆把所有的愛和希望都寄託在她身上，當她知道玲玲是被我打跑的，而我又沒有及時去把她找回來，她就恨死了我。從那以後她辭去工作，跟丟了魂似的四處找孩子。我開始也和她一起找，可是我要上班賺錢啊，不然這個家就沒有任何收入了。所以後來就一直是

第二章　破碎的臉

　　我老婆在找，這麼多年，她找玲玲幾乎花光了家裡所有的錢。你們可能不相信我的話，但玲玲是我的寶貝女兒，她再怎麼變，我都認得這張臉的！我寧願相信我女兒正在外地打工，不管生活得怎麼樣，至少她還活著。可是，」說到這裡，段長青顫抖著又一次拿起放在辦公桌上的模擬畫像，「這就是玲玲，不管變成什麼樣我都認識！」儘管早已淚流滿面，但段長青的話語中卻透露出不容置疑的肯定，「我要求做 DNA 比對！我問過別人，只有 DNA 能夠確定我們之間的關係！你們要多少錢才肯做這個？多少錢我都願意出，我去想辦法！」

＊　＊　＊

　　王亞楠不在意自己工作壓力大，相反卻有些樂此不疲，因為在她看來，壓力越大，工作的動力就越大。刑警隊裡女人本來就少，而從一個普普通通的小警察做到重案大隊一把手，王亞楠所付出的努力和辛苦是可想而知的。在這個屬於男人的世界裡，她必須要比男人更出色才能得到認可並生存下去。如今，每當回憶起多年前自己跨進刑警隊大門時那懵懵懂懂的樣子，王亞楠臉上總是不自覺地流露出笑容。

　　比起自己好友章桐的法醫工作——每天和屍體打交道，有時候整天都說不了一句話，更糟糕的是一年中幾乎每個季節，無論她走到哪裡，身上都散發出一股難聞的來蘇水味道——王亞楠覺得和活人打交道更容易接受，只是她這份特殊並且讓自己引以為豪的工作有一個缺點就是會犧牲個人生活。

　　王亞楠可以不把工作強度大當回事，但她卻不能否認自己是個未婚女人。而工作強度大的未婚女人一旦過了三十六歲，成家的想法就迅速更新成一種可望而不可即的奢望。此刻王亞楠盯著洗手間牆上的鏡子已經整整

兩分鐘了。她苦惱地瞪著自己額角日益增多的白髮和憔悴的面容，心裡沮喪到了極點。只有在身邊沒人的時候，王亞楠才會認真地審視自己。她不由得長嘆一聲，伸手關掉面前洗手池裡的水龍頭。

嘭！身後的門被用力推開，章桐出現在門口：「我還以為妳比我先去會議室，原來妳在這裡，對著鏡子發什麼傻啊？快點吧，要遲到了！」

「我知道了，馬上來！」王亞楠抱起洗手檯邊上放著的資料夾，匆匆離開洗手間。

「好了各位，人都到齊了，說說最新情況吧！」李副局長乾脆地說道，並把目光投向自己身邊坐著的王亞楠，「王隊，妳說說？」

王亞楠點點頭，剛才在洗手間裡的無奈情緒早就一掃而光，她清了清嗓子：「我剛剛收到鄭工程師那邊加急送來的DNA檢驗報告，死者的身分已經得到確認。死者名叫段玲，本市人，失蹤前和父母一起居住於市第一公車公司家屬宿舍三十二棟二〇四室，就讀於市北高級中學。死者段玲失蹤的具體時間是三年前，也就是二〇〇九年六月七日，失蹤時年齡剛滿十六歲。死亡年齡按順序加上去，那就是十九歲。這符合我們法醫屍檢報告中所提到的死者年齡範圍。」說著她看了一眼身邊坐著的章桐，然後繼續彙報，「據段玲的父親段長青描述，死者是家裡唯一的孩子，夫妻兩人的掌上明珠，平時家教很嚴。所以當好面子的父親段長青偶然發現死者正和一個年齡差距相當大的男子行為曖昧時，他難以接受，一氣之下就打了死者。死者當晚沒回家，而死者的母親當時並不知情。死者父親因為一時正在氣頭上，事發後也沒有及時去找女兒。第二天段長青回到家時，看到了死者留下的字條，上面表明自己有離家出走的打算。從那天開始，他再也沒有見過死者段玲。」

第二章　破碎的臉

　　屋子裡的警探們不由得發出了一陣低低的抱怨，章桐很清楚，這幫抱怨的警探們中，大部分都是已經當了父親的。世上哪有女兒一晚賭氣沒回家，父親都不出去尋找的道理？他們想不通也是情有可原的。

　　王亞楠抬起一隻手：「我知道，我知道。你們在怪死者的父親段長青沒有及時出去尋找女兒的反常舉動。這些我都可以理解。但是，十六歲的女孩子正處在特殊年齡層，叛逆心理非常嚴重。我們詢問過死者小區周圍的住戶，因為那裡屬於家屬區，很多人彼此之間都認識。據他們反映，段長青夫婦非常疼愛女兒，女兒段玲的性格也很任性，動不動就和父母因為家庭瑣事而爭吵。段長青的脾氣也很倔強，當時在氣頭上，做出這麼草率的舉動也很正常。我們重案大隊下一步會繼續跟進段玲失蹤期間所發生的事情，儘早找到那個可疑的和死者行為曖昧的男人，弄清楚在死者身上究竟發生了什麼。」

　　李局點點頭：「我記得你的報告中提到說死者的母親在幾天前也失蹤了，對嗎？這和她女兒的失蹤和後來的被害案是否有關係？」

　　「我正在調查，目前被害者母親的下落還沒有任何具體消息。」王亞楠顯得心事重重。

　　走出會議室，章桐一直默默地陪著王亞楠走到樓梯口，她很清楚自己的好朋友此刻心裡正在想著什麼：「亞楠，聽我說，妳真的需要好好睡一覺！」

　　「妳又不是我媽，瞎操心做什麼，我這不是好好的嗎？」王亞楠在臉上擠出了一絲勉強的笑容。

　　「真拿妳沒辦法，是人都需要睡覺，亞楠，妳太累了！」章桐顯得很無奈，她真擔心有那麼一天，眼前的這個好強的女人會累倒，「妳不能再

這樣下去了，我很擔心妳！今天看你在洗手間裡發愣的樣子，我怕……」

「怕什麼，我不是好好的嗎？女人照鏡子很正常！」王亞楠躲開章桐的目光，掏出手機看了看時間，「好了，我得先走了，今天還得和老李去段長青家，我想親自看看死者段玲的房間。她父親和我說過，女兒離家出走後房間就一直鎖著，從來沒有打開過。我想去看看，或許會找到什麼有價值的線索。」

「那好吧，有消息記得和我連繫。」章桐做了個打電話的手勢，沒再繼續說下去，就轉身離開了。

雖說自己的工作目前來說已經到此為止，但只要有可能，章桐還是會繼續關注這個案子的進展，畢竟此刻那年輕女孩冰冷的骸骨正在解剖室的屍體保存櫃裡放著。案子只要一天不破，就得二十四小時留著遺體，直到抓住凶手的那一刻。或者案子很久沒有進展，在死者家屬要求下火化了遺體，保存櫃才能正式空出來。不過那種情況下騰出的保存櫃是沒有人願意接近的，因為每個懸案背後，都有一個永遠得不到解脫的靈魂。

＊　＊　＊

逃避是人類面對痛苦回憶所能做出的最本能的反應，扔掉所有相關的東西，如果有可能，搬家也是個不錯的選擇，至少每天不用再去面對那熟悉而又刺痛的記憶，時間會讓自己忘得一乾二淨。

段長青也在逃避，但他並沒有選擇搬家，一把看上去已經落滿灰塵的沉重大鐵鎖牢牢鎖住女兒段玲曾經住過的臥室房門。這已經是他所能做出的最好的逃避。可是王亞楠知道，每天只要看到這把靜靜掛著的大鐵鎖，段長青的心裡就會想起女兒。他永遠都無法迴避女兒失蹤的事實。

「打開它吧。」王亞楠平靜地說。

第二章　破碎的臉

　　段長青點點頭，費力地把鑰匙捅進大鐵鎖的鎖孔，前後試了好幾次，終於耳邊傳來「咔嗒」一聲，大鐵鎖的鎖舌彈開。就在那一刻，王亞楠聽到段長青輕輕嘆了口氣。

　　「段師傅，是誰提出要把你女兒臥室門鎖上的？」

　　「是我。」

　　「什麼時候鎖上的？具體時間還記得嗎？」

　　「玲玲失蹤後大概三個月吧，在這以前，我老婆天天坐在裡面，動不動就哭，我怕她睹物思人傷了身體，就狠狠心把房門鎖上了，鑰匙由我自己保存，她不知道我放在哪裡。」段長青一邊說，一邊取下大鐵鎖，輕輕放在客廳茶几上，眉宇間神色黯然，「裡面的東西還是那天晚上的樣子，我老婆從來都沒碰過，她說玲玲最不願意別人亂翻她的東西。」

　　王亞楠看了看身邊站著的老李，老李從口袋裡掏出兩副橡膠手套，遞了一副給王亞楠。兩人戴上手套後，一先一後推門進入這間特殊的小臥室。

　　臥室並不大，大約十平方公尺左右，是典型的八〇式橫套次臥，剛夠放下一張稍微大一點的單人床，外加一個書桌和小書櫃。單人床上鋪著淡藍色的床單，一眼望去，書桌和書櫃上全都積了一層厚厚的灰塵。段長青說得沒錯，這個房間明顯能看得出已經被鎖了很久。面對正門的是一扇小窗戶，掛著女孩子最喜歡的粉紅色窗簾。不過此刻窗戶緊緊鎖著，一如身後的房門，把這個小小空間和外界人為隔絕起來。房間裡並不流通的空氣也因此變得沉悶，一股輕微的黴變味道充斥著王亞楠和老李的鼻腔。

　　王亞楠回頭問：「段師傅，我必須仔細查看你女兒的所有遺物。」

　　段長青默默地靠著身後的門框，輕輕地擺了擺手：「你們看吧，沒事，

都在這裡了,玲玲所有的東西都還留在這個家裡,反正她再也回不來,也用不著了。」

王亞楠嘆了口氣,低聲說:「老李,開始吧,把證據袋遞給我。」她的目光順勢落到靠窗放著的棕色小書桌上。這是個貼滿貼紙的小書桌,桌面放著一個小相框,相框質地是那種最普通的塑膠,相框裡放著一張年輕可愛的女孩照片,估摸十六七歲的年齡,笑得很天真。與很多人拍照時硬生生堆砌出來的假笑相比,女孩的笑是發自內心的。王亞楠對眼前的這張臉感覺似曾相識,她突然意識到這就是模擬畫像中的那張臉,只不過那張臉上並沒有這樣的笑容。她輕輕拿起照片,放進隨身帶來的塑膠證據袋中封好口,遞給身邊的老李。

緊接著她開始觀察書桌的結構,書桌上並排有兩個大抽屜,下面則又排列著四個小抽屜。每個抽屜的搭扣上都無一例外裝著一把小巧精緻的鍍銀鎖。這難不倒王亞楠,因為這些鎖只對主人有心理安慰作用,以為鎖上就可以高枕無憂地保守只屬於自己的小祕密。要想打開這些鎖沒有多大難度,要的只是力氣。王亞楠輕輕一擰就把鎖頭擰了下來,她把這些鎖頭放在書桌上,然後依次打開抽屜。

眼前所出現的林林總總被死者段玲所珍藏的東西都在王亞楠料想之中,卻又給她帶來很大失望。半抽屜明星畫冊、整整一抽屜的小布偶、廉價小戒指、衛生用品、化妝品⋯⋯幾乎是所有這個年齡層的女孩都會有的「藏品」。

打開最下面的抽屜,裡面有一本小小的相簿,躺在抽屜正中央顯得有些突兀,這是所有抽屜中唯一似乎有些價值的東西。王亞楠粗略翻看了一下,有一半以上的照片都是死者自己的單人照,很普通的相機拍的那種,

第二章　破碎的臉

表情各異。只有在最後幾頁，王亞楠看到有另外三個女孩出現，年齡相近，其中一個胖胖的，容貌平常，另一個高個子，笑得有點傻氣，而最後一個似乎很不願意拍照，臉上的笑容顯得很尷尬。而照片中的段玲卻在四人中有鶴立雞群之感，不光因為段玲在這四個女孩中長得最高挑漂亮，更主要的是她的笑，那是一種俯視一切的笑，顯得高高在上而不可侵犯──這是個驕傲的女孩。

「段師傅，你認識照片中的三個女孩嗎？在你女兒身邊的這三個？」

站在房門口的段長青茫然地搖搖頭：「好像是她同學吧，我不太熟悉。」

王亞楠沒再說什麼，把這本特殊的相簿放進證據袋，此時助手老李早就結束了對床鋪和書櫃的檢視，看來並沒有什麼有價值的東西，因為他身邊放著的幾個證據袋裡都是空空的。而他手裡拿著一張從書櫃上一本書裡剛剛找出來的照片，臉上很疑惑。

「王隊，你過來看，是不是段玲有個姐姐？這張照片裡兩人長得真像！」

王亞楠看了一眼，確實如老李所說，如果不關注兩人的年齡差異，說這照片中的兩個女人是姐妹也不過分。那笑容和眉宇間的驕傲，就像同一個模子裡刻出來的。照片中左邊的人就是段玲，王亞楠指著右邊那個年紀稍大的女人問段長青：「段師傅，這是誰？」

「哦，這是我老婆阿珠。」段長青的臉上露出一絲難得的笑容。

「照片是什麼時候拍的？」

「就在我女兒十六歲生日那天。我老婆比我小十二歲，長得也很漂亮，所以平時母女倆走出去，經常會被別人誤認為是姐妹倆。」

王亞楠若有所思地看著手中的照片，腦海裡同時出現了一張憔悴不堪

的女人臉龐，額頭都是皺紋，臉上布滿憂傷。她怎麼也無法把檔案中段長青妻子的臉，和此刻照片中段玲母親的臉連繫在一起。女兒的失蹤至少讓她母親看上去老了整整十年。

「這張照片我能帶走嗎？」

「當然可以。」段長青低下了頭。

終於收拾好所有要帶走的證據，王亞楠和老李在客廳椅子上坐下，看著段長青重新把那扇小小的臥室門鎖上。

「段師傅，如果可以的話，我還有一些問題想問問你。」王亞楠掏出筆記本和筆，一邊翻開頁面，一邊抬頭問道。

段長青點點頭。

「你女兒有手機嗎？」

「沒有，為了她的學業，我和我老婆決定等她上大學後再買給她。」

「你對你女兒段玲的同學和朋友圈子有什麼了解嗎？」

「我工作很忙，根本就不過問她的同學和朋友圈。」

「你女兒離家出走後，你去過她學校，詢問過她的同學嗎？」

「我去過，但大家都說不知道玲玲去哪裡了。」段長青機械般地回答。

王亞楠和老李對視一下，接著又問：「那個你看到過的曾經和你女兒在一起的男人，你後來見到過他嗎？」

「沒有，再沒見到過，但我知道他肯定和玲玲離家出走脫不了關係！」段長青突然振作起來，他咬了咬牙，憤憤不平地嚷道，「如果你們找到他，一定要讓我知道，我要好好問問這個雜種！這三年多他究竟把我女兒帶到哪裡去了？他害得我家破人亡，我絕不會放過他！」

第二章　破碎的臉

「段師傅，別激動，你要相信警方會調查清楚，目前還沒有證據證明就是這個人帶走了你女兒，不過我們會還玲玲一個公道！」老李趕緊站起身，拍了拍段長青的肩膀安慰起來。

「對了，我什麼時候可以去看玲玲？」段長青嘆了口氣，目光中充滿無助，「你們光說我和玲玲的DNA配上了，為什麼不讓我見她？為什麼不讓我帶她回家？」

「對不起，段師傅，案子還沒結束，你暫時還不能見你的女兒。最主要的是，你女兒被發現時已經在野外放置了一段時間，屍體有一定程度的損壞，尤其是頭部和面部。為了屍檢需要，我們法醫對屍體做了些處理，到時候等案子破了，我們會通知你前來認領屍骨。」

一聽這話，段長青的眼淚頓時無聲地順著臉頰滾落下來。

「段師傅？」王亞楠不放心地問。

「完了，完了，我連玲玲最後一面都見不到了，我好後悔！」他突然狠狠地搧了自己一耳光，「都怪我，當初就不該那麼狠心打她一巴掌！從小到大我都沒有動手打過她啊！」

「段師傅，你別太難過了，我們會盡快抓住那個殺害你女兒的凶手。」

「我，我該怎麼辦啊，就剩我一個人了……」話沒說完，段長青蹲了下去，開始嚎啕大哭。

王亞楠皺著眉，她最見不得男人滿臉鼻涕眼淚：「快起來段師傅，你不是還有老婆嗎？她失蹤後，你問過她的朋友和同事嗎？」

段長青伸手抹了一把眼淚，抬頭看著王亞楠，哽咽著說：「我都問過了，沒有人見到過她。我打過她的手機，幾乎天天打，可是一直都關機。這是以前從來都沒有發生過的，都快半個月了。她以前無論去哪裡都會先

和我說。我知道阿珠肯定出事了,我……我還沒來得及告訴她玲玲的事。你們幫我找找她,我實在是沒有辦法了,我不騙你們,我感覺她肯定出事了!」

「你把你妻子的手機號碼給我們,還有你所能想到的她好朋友的連繫方式。」說到這裡,王亞楠嘆了口氣,掏出印有自己手機號碼的警民連繫卡遞給段長青,「段師傅,再想起什麼和案子有關的情況,你可以隨時打上面的電話和我連繫。」

手捧著薄薄的小卡片,段長青感激地點點頭。

第二章　破碎的臉

第三章　撲朔迷離

「死者為中年女性，年齡在四十至四十八歲之間，是外物阻塞呼吸道入口導致機械性窒息死亡。左邊肋骨第三和第四根斷裂，疑似硬物撞擊所致。死者死前嚴重脫水，胃內沒有任何存留物，表明死前四十八小時內沒有進食。」章桐神色凝重地看著王亞楠。

第三章　撲朔迷離

　　172894360，到目前為止，對於這串神祕的 QQ 號碼，章桐除了知道申請區域就在市區以外，別的幾乎一無所知。章桐不明白這個神祕人為什麼給自己留下如此特殊的連繫方式，卻又遲遲不和自己連繫，難道出了什麼事？她實在想不通，事情都過去好幾個月了，想要放棄卻心有不甘。她也曾想過連繫網站提供一些內部資料，比如，號碼擁有者註冊時的資料和曾經登入過的 IP 地址，等等。但轉念一想，自己除非以警方身分出面，否則這不太可能。自己只是法醫，沒有權力調查案件，而劉春曉的死早就定性為自殺，自己怎麼能堂而皇之地以「調查案件」為名申請查看內部資料呢？她輕輕搖了搖頭，在申請對方加自己為好友的驗證訊息一欄裡，飛快地輸入五個字：「我需要真相！」然後退出頁面。

　　正在這時，辦公桌上的內線電話突然響了起來，章桐愣了一下，摘下話機放在耳邊，還沒等她開口，電話值班員尖銳的嗓音就在電話那頭響起來：「章法醫嗎？需要馬上出警，地點是市殯儀館，重案大隊已經過去了。」

　　「我馬上就到！」

　　掛上電話後，章桐頭也不回地走出辦公室。

　　雖然自己的工作就是和屍體打交道，為此也經常來殯儀館進行例行的屍體抽檢，但在殯儀館發生刑事案的事卻很少發生。

　　一路上因為塞車嚴重，潘建繞了好幾個彎才開到位於城北郊外十三公里處的市殯儀館。這裡背靠青山，環境清幽，比起喧囂的市區來，彷彿是另外一個世界。

　　而此刻通往殯儀館的一條長約兩公里的水泥大道上卻顯得異常熱鬧。透過車前部的擋風玻璃，章桐看到水泥大道兩旁停了好幾輛掛著黑紗的大

巴車，大巴車的車窗幾乎都被打開，送葬親友們正探頭四處張望，時不時地還交頭接耳議論紛紛，看情形，他們被阻攔在這裡已經有一段時間了。

法醫現場車緊跟著前面不停閃著警燈的警車開進殯儀館大門，大門隨即被重重地關上，警戒線也被重新拉起來。章桐跳下車向後車廂走去，拿好工具箱後，經過指點，她和助手潘建一先一後快步走向火化工廠。

推門進去後，大約五十平方公尺的房間裡燈火通明，一排巨大的火化爐早就停止工作，爐門大開，火化爐邊上正站著一個神情沮喪的年輕火化工。房間裡溫度並不高，但火化工的額頭卻全是汗珠。王亞楠的副手老李正皺著眉在不停地低聲詢問著什麼，火化工除了搖頭還是搖頭，最後急得揮舞雙手，乾脆大聲嚷嚷起來：「我不知道怎麼回事，我只負責送，不負責查數，這不是我的責任！」

看到章桐和潘建站在門口，老李這才鬆了口氣，微微搖搖頭，轉身來到章桐面前：「章法醫，跟我來，屍體就在裡間。」

進入裡間，眼前的一幕讓章桐不免有些吃驚。這是一間用來做屍體遺容整理的房間，不大，大約五六平方公尺，中央的不鏽鋼支架輪床上放著半口斷裂的紙棺材。章桐知道，這種特製的紙棺材承重量一般在一百二十公斤到一百八十公斤左右，但很輕便，材料是特殊紙板，所以可以同屍體一起被火化。此刻紙棺材裡面正躺著一具身形瘦小的老年婦女屍體，身穿壽衣，遺容安詳，應該就是準備火化的屍體。可輪床上只有半個紙棺材，另外半個在屋角的地板上，裡面赫然還有一具屍體，呈俯臥狀。王亞楠正一言不發地蹲在旁邊，仔細觀察著破裂的紙棺材底座。

「亞楠，這裡有兩具屍體，怎麼回事？」章桐看了一眼身邊站著的潘建，不解地問。

第三章　撲朔迷離

王亞楠伸手指了指輪床上的老太太屍體：「她沒事，老太太高壽八十四，」緊接著又指指地上這具屍體，「這個有問題。」

「兩具屍體裝在同一個紙棺材裡？」

「沒錯，」王亞楠無奈地搖搖頭，「要不是這紙棺材品質差了點，一把火燒掉後，到時可真是誰都說不清了！」

章桐在屍體邊蹲下來，戴上手套，認真檢視地板上那半個紙棺材中的屍體。

「死因是不是他殺？」王亞楠焦急地追問，「我得趕緊給李局一個回覆，新聞媒體很快就會來的。」

章桐頭也不抬地揮揮手：「別急，我不能草率了事，一切都得按照步驟來。」

「步驟有時候也可以加快啊！」

章桐有時真的很佩服王亞楠的鍥而不捨，她無奈地搖搖頭：「真拿妳沒辦法！」說著和潘建一起把俯臥狀的屍體翻過來。

突然，王亞楠低聲驚叫起來：「這張臉！」

「怎麼了？」章桐抬頭疑惑地看著站在自己面前的好友，「出什麼事了？人死後臉都是有些變形的，你沒有見過死人嗎？」

「不是，這張臉我好像在哪裡見過，」說著她迅速掏出手機，伸手在上面觸控幾下，然後遞到章桐面前，「我前些天幾乎一直在看這張照片，所以對這張臉太熟悉了。你來之前我不能動屍體，現在我懷疑這就是我要找的人！你再仔細看看，看我有沒有認錯。」

章桐看了看手機螢幕上那張普通的檔案照片，又回頭看看地板上的屍

體:「從面部骨架結構特徵來看確實相似,但最好做個DNA鑑定來判斷,死亡時間畢竟已經不短了,你有她的DNA樣本嗎?」

王亞楠點點頭:「我可以盡快送去給妳。」

章桐示意潘建一起把屍體抬上隨身帶來的簡易輪床,隨口問:「亞楠,妳手機裡是誰的照片?」

「還記得那個沒了臉的可憐女孩段玲嗎?要是我沒看錯的話,這應該就是她後來失蹤的母親!」王亞楠的聲音中透露出一種說不出的冰冷。

章桐的心不由得一陣發抖。

回到局裡,趁潘建簽收屍體並做屍檢的間隙,章桐快步走進辦公室,重重地在辦公椅中坐下,耳邊不停地迴響著王亞楠最後所說的那句話。她緊鎖眉頭,伸手點開電腦螢幕上那個存放屍檢照片的資料夾,找到郊外女屍案的一組,逐個翻看起來。她有種感覺,如果殯儀館發現的死者真是段玲失蹤的母親,那麼兩者之間肯定有著不可分割的連繫,不然為什麼女兒被害大約一個月後,本來四處尋找女兒的母親又離奇死亡?章桐知道,想要找到答案,自己只能從屍檢照片中尋找相應的證據。可自己到底遺漏了什麼,有哪些明顯的證據沒有注意到而被忽視了呢?

* * *

解剖室裡的氣氛顯得很凝重,看著面前輪床上這具瘦小的中年女性屍體,王亞楠緊咬著嘴唇,半天沒吭聲,她在等章桐做完最後一道工序。

「噹啷」一聲,章桐把二號手術刀扔進身旁的工具盤裡,直起腰扭了扭發酸的脖子:「好了,終於完工了。」

「說吧,情況究竟怎麼樣,樓上一屋子人都在等著呢,我得有個交代

第三章　撲朔迷離

啊！」王亞楠著急地在屋子裡來回踱步，雙眼緊盯著章桐。

「死者為中年女性，年齡在四十至四十八歲之間，死因是外物阻塞呼吸道入口導致機械性窒息死亡。左邊肋骨第三和第四根斷裂，疑似硬物撞擊所致。死者死前嚴重脫水，胃內沒有任何存留物，表明死前四十八小時內沒有進食。」章桐神色凝重地看著王亞楠，「除了這些，死者在臨死前還遭受過虐待，你來看！」說著她依次抬起死者四肢，「注意到沒有？死者手腕和腳踝處的傷痕顯示，她死前曾經遭受長時間繩索捆綁，時間在四十八個小時以上。」

「你的意思是，死者真的被綁架了？」

章桐點點頭：「我還在死者指甲縫中找到一些疑似人體皮膚殘屑的東西，正在等化驗結果。」

王亞楠沒吭聲，臉色陰沉地離開法醫解剖室。

儘管是正午，天空卻是灰濛濛一片，烏雲滾滾，轉瞬間大雨滂沱。街上行人開始加快腳步，有的甚至乾脆跑起來，面對這場絲毫沒有防備的大雨，誰的心情都會很糟糕。

警局五樓的會議室裡，王亞楠面對著表情嚴肅的局高層，心裡七上八下。

「小王，火葬場發現的屍體DNA檢驗結果怎麼樣，確定是死者母親嗎？」聽完王亞楠的案情進展彙報後，李局翻了翻手裡的卷宗，抬頭問。

王亞楠點點頭：「根據段長青所提交的DNA樣本比對，結果顯示完全吻合。死者正是一週前失蹤的李愛珠，段長青的妻子，段玲的母親。我的人正在殯儀館那邊調看監控錄影，追蹤屍體來源，很快就會有結果過來。」

「這樣看來，兩個案子就可以併案處理了。」難得出席案情分析會的唐政委嘆了口氣，「如果我們在段長青報失蹤案時就關注這個案件的話，說不準就能挽救一條無辜的生命！」

　　王亞楠沒吭聲，她低下頭，這幾天來她一直為前幾天的草率而感到深深懊悔。如果當初自己再多問一句的話，說不定就不會有後面的慘案發生，「政委，李局，我錯了，請求處分。」

　　「現在不談什麼處分，小王啊，以後一定要注意，汲取教訓，面對任何案件，我們無論當時多累多睏，都要詳細詢問清楚，每一個細節都要注意到，明白嗎？這個案子爭取早日破案，好給死者家屬一個交代！」李局認真地說，「兩個死者，同一個家庭，短短三十天內相繼被害，這個案件對社會影響非常惡劣，小王，你們重案大隊一定要迅速破案！」

　　「明白！」王亞楠臉色凝重地回答。

　　匆匆回到樓下辦公室，王亞楠馬不停蹄地把幾個小隊負責人叫進來，關上門後神情嚴肅地說：「在座的各位都是重案大隊的骨幹力量，你們聽好了，從現在開始起，二十四小時都要在工作上，誰都不准回家，家裡有什麼事情，給你們十分鐘用電話處理，明白嗎？」

　　一屋子偵查員們立刻紛紛掏出手機，開始打電話給家裡，說的無非就是「最近要加班，不能回家了」之類的話。不到五分鐘，屋子裡又恢復了寧靜。

　　王亞楠點點頭：「好，我剛才在樓上會議室已經向局裡的唐政委和李局做了案情彙報。現在局裡同意我們進行併案處理。我分配一下任務，老李跟著我去走訪死者段玲生前的朋友和同學。根據段玲父親段長青的講述，我確信段玲的母親李愛珠這三年來也一直在鍥而不捨地尋找失蹤的女

第三章　撲朔迷離

兒，而段玲從失蹤到死亡這幾年，很可能根本就沒離開過本市。我和老李的任務就是追查出段玲失蹤後的具體去向。于強，你們隊負責查看李愛珠失蹤當晚的監控錄影，列出一張具體的行走路線給我。如果有可能的話，周圍所有監控錄影都要查看，並且把時間前後延長到四十八小時。」

「沒問題。」身材魁梧的一隊隊長于強點點頭，同時在筆記本上記錄。

「二隊，你們再去一次凱旋高爾夫球場，問遍每個員工，包括清潔工和球僮，任何可疑線索都不要放過！」

「王隊，再去第一案發現場調查，這樣做值得嗎？」二隊隊長盧天浩面有難色，「工作量非常大，我們二隊有人因傷住院，剩下的連我在內就三個人，我怕人手不夠。」

「等三隊從殯儀館那邊撤回來的時候，我會叫人去高爾夫球場那邊幫你！」王亞楠心不在焉地揮了揮手，「說到三隊，他們那邊也該有消息了，老李打電話催一下，問監控錄影查得怎麼樣了！」

老李點點頭，掏出手機，打開辦公室門走出去。沒過幾分鐘，老李探頭回來說：「三隊那邊說監控錄影沒什麼問題，但殯葬師好像有貓膩，現在他們正要把人帶回來。」

「李愛珠的手機通話紀錄查了嗎？有什麼線索？」

「最後一個電話是在她失蹤前二十分鐘打的，我們查過號碼，是個公用電話，可惜的是公用電話店主根本不記得這件事，而當地也沒有監控錄影，這條線索就再沒什麼追蹤的價值了。」老李無奈地說。

正在這時，王亞楠桌上的電話機發出清脆的鈴聲，來電顯示是法醫辦公室分機，她一邊迅速摘下話筒夾在肩膀上，一邊伸出雙手在桌上凌亂的檔案欄裡尋找紙筆：「什麼事？」

「我這邊有線索，亞楠，快來解剖室一趟。」章桐很快就結束通話電話。

＊　＊　＊

看著迎面匆匆忙忙推門進來的王亞楠，章桐沒有再要求她穿上一次性手術服。不是在解剖屍體的時候，這些規定可以稍微變動一些，尤其是對像王亞楠這樣脾氣急躁、一分鐘恨不得當十分鐘來用的人。

進門後王亞楠直接問：「什麼情況，我那邊正開著工作會呢，趕快！」

章桐伸手拉開冷凍櫃的抽屜，揭開蒙在李愛珠屍體上的白布：「我一直覺得很奇怪，死者明顯是被悶死的，可我找遍屍體全身，除了手腕和腳腕處的捆綁傷和斷掉的兩根肋骨之外，沒發現別的能和死因對得上的傷口。我仔細檢查過死者的鼻腔，也沒有纖維殘留，口鼻處也沒有外力摀住所留下的痕跡。」

「那就見鬼了。」王亞楠皺起了眉頭，「沒有明顯的外力壓迫，那她是怎麼被悶死的？血檢報告呢？有沒有毒物反應？」

章桐探身從巨大的工作臺上拿起血檢報告遞給王亞楠：「妳可以看一下，毒物反應檢查結果為陰性，沒有任何中毒現象，可以肯定的是，她是外力所導致的機械性窒息死亡。」

「會不會是在紙棺材裡被悶死的？」

「不可能，根據屍斑觀察的結果來看，死者是在死後被人放進紙棺材裡的。她死的時候是平躺著的，不是俯臥狀，並且死後十六個小時之內沒有改變過姿勢。」

「那她死亡的具體時間能確定嗎？」

第三章　撲朔迷離

「在現場時，我提取了紙棺材中另一具屍體的檢材樣本，經過對比和對紙棺材內溫度的推測，再考慮到屍體肝溫等因素，我推斷該死者的死亡時間是在四十八小時前到五十小時前之間。」章桐聳聳肩，「因為屍體在幾乎恆溫又不透風的紙質棺木中存放，時間點相對比較容易確定，我也檢查過她的肌肉組織，排除了冰凍可能，所以準確性比較大。還好是在棺材裡，要是在外面接觸空氣，腐爛得就更快了！」

「但是造成她機械性窒息死亡的原因還是沒辦法確定。」王亞楠神色嚴肅，「妳就沒有想過別的可能嗎？」

章桐剛要開口，想了想，嘆了口氣，略帶遲疑地說：「我有一種推論，但妳可能會認為我瘋了。我懷疑死者是被一種特殊的紙封住面部而導致死亡的。」

「現在按照妳的推論，什麼樣的紙能達到這種要求？」王亞楠愁眉苦臉地坐在章桐的辦公椅上。

「桑皮紙！」章桐很乾脆地說，「我安排痕跡鑑定組的人對比了目前市面上很多種紙張，只有桑皮紙完全符合凶手作案的需求，而且容易購買。」

「好像從來沒聽說過這種紙。」王亞楠頓時來了精神頭，坐直身體。

章桐微微一笑：「妳是沒有聽說過，不光妳，我應該也是第一次聽說。原因很簡單，我們都沒有這個閒工夫去寫詩作畫。而桑皮紙和宣紙一樣，都被專門運用於繪畫方面，它呈黃色，纖維很細，有細微雜質，但十分結實，韌性很好，質地柔軟，拉力強又不易斷裂，無毒性而且吸水性強。在上面寫字不浸，如果墨汁好，一千年也不會褪色，又不會被蟲蝕，可以存放很長時間，價格也就相當貴。亞楠，這種紙雖然不難買到，但並不是普

通人能消費得起的，而且用途比較專業。我建議你去市裡的書畫協會打聽一下，看有什麼線索，我想擁有這種紙的人並不太多。還有，死者雙手指甲縫中的皮膚殘屑已經有化驗結果了，證實是一名男性的 DNA，但資料庫裡沒辦法找到與這個人相關的 DNA 匹配。亞楠，看來這個人還沒犯過案子，或者還沒有被我們處理過。這樣一來就很麻煩了。」

王亞楠緊咬著下嘴唇，沒吭聲。

＊　＊　＊

王蓓做夢都沒想到，事情過去已經整整三年，警察居然還會找上門。當王亞楠和老李出示證件並講明來意後，王蓓顯得有些不安，她雙手神經質地緊緊握在一起，目光在屋角的那盆君子蘭上游移不定：「段玲的事和我沒關係，你們找我做什麼？再說都過去這麼久了，我和她又不是很熟，班裡四十多個人，誰還記得當時發生的事啊！」

王亞楠和身邊坐著的老李對視了一眼，老李從隨身帶來的公文包裡拿出一張照片，遞給坐在沙發另一側的王蓓：「你好好看看。」

王蓓愣住了，她猶豫了一會兒，最終還是伸手接過照片，沉默許久說：「你們是在哪裡找到這張照片的？」

「段玲的書桌裡，她的相簿裡只有這一張不是單人照。我想，你們的關係應該不用我再解釋了吧？」王亞楠緊盯著王蓓的臉，「我請你們當時的班導看過這張照片，她記得你們四個當時在班裡的關係最好，幾乎形影不離。而女孩子之間的祕密幾乎是共享的，王小姐，我們來找你不是想問你們之間究竟發生過什麼，只是想弄清楚段玲當初離家出走後去了哪裡，你們作為她的好朋友，難道一點消息都沒有嗎？還有，據段玲的家人描述說段玲在失蹤前在談戀愛，你知道她的男友是誰嗎？」

第三章　撲朔迷離

聽到這裡，王蓓反駁道：「誰說我們和段玲是死黨？她是我們四個人中長得最漂亮的，脾氣也最壞。她母親從來都沒對她的要求說過半個不字，她是個徹頭徹尾被寵壞的人！」

老李剛要開口，王亞楠卻伸手示意他先別問，靜靜聽下去。

王蓓指著照片中最邊上表情茫然的自己說：「我們長得都不如她，所以她需要我們圍在身邊，聽從她的指手畫腳、呼來喚去，時刻供她取樂開心。這樣一來，就更滿足了她的虛榮心！」

「其實你們的心裡都很恨她，對嗎？」王亞楠提高了聲調問道。

「是的。所以當她離家出走後，我們巴不得她永遠別再回來，這樣我們的日子就能恢復平靜了，可以像個正常人那樣過日子！」王蓓聲音裡居然有些許欣喜，「所以，後來我們就沒告訴她父母親段玲去了哪裡。」

王亞楠打斷了她的話，問道：「事實上，妳們都知道段玲去了哪裡？」

王蓓點點頭：「那天晚上她來我家了，在我家過的夜，我父母上夜班，所以他們根本就不知道段玲來過我家。」

「第二天妳陪她回家了嗎？」

「我還要上學，段玲是自己走的，我當時問過她想去哪裡，要不要回家，她說再也不回那個家了，要去找她的男朋友。」王蓓皺眉說。

「妳說段玲沒回過家，那為什麼她父親後來還在家中找到一張字條？」

「她臨走時讓我回她家去拿幾件換洗衣服，我照辦了。我當時想段玲這麼做有點過分，不和自己父母打聲招呼就走，所以就模仿她的口吻替她留了張紙條。」

聽到這裡，王亞楠不由得想起一件事：「等一下，妳剛才說段玲是在走後叫妳回她家取一些換洗衣服的，那後來妳把這些衣服送到哪裡了？」

「有人開車來拿走的。」王蓓挑起左邊的眉毛,「她只是叫我送到學校旁的小賣店門口,約好了時間。」

「還記得那輛車是什麼牌子嗎?」

王蓓面露難色:「這我可真記不起來了,當時因為是課間,我急著回去,上課怕遲到,再說我對汽車品牌也不太熟悉,到現在我也只認得賓士和奧迪的標誌,別的都不認識。沒想到後來就再也沒有見過段玲,我只是在心裡慶幸她總算離開了我的生活,自己不用整天再像使喚丫頭那樣跟在她屁股後面。」

王亞楠明白這輛神祕的汽車在整個案件中是最關鍵的環節,她不甘心地繼續追問:「再想想,這輛車和段玲的失蹤有很大關係,妳再好好想想這輛車有什麼特殊的地方讓你印象深刻?」

王蓓努力回憶著:「都過去這麼久了,除了黑色外表以外⋯⋯對了,好像車頭有個什麼動物的標記。」

「什麼樣的動物?」

「我沒注意,也沒細看,好像是老虎吧,一隻跳起來的老虎。我當時還在想,段玲什麼時候認識開這種車的朋友了。這人肯定是很有身分的,因為這車很漂亮、很大氣,不像一般街頭跑的那些普通汽車,和她男朋友的車也不一樣,一看就是很值錢的車。」

「她男朋友是開什麼車的?你還記得車牌號嗎?」

王蓓突然笑出了聲:「車牌號我可記不住,但車子我倒是見過兩次。那男的年齡好大,都可以當段玲的叔叔了。車子也很土,灰灰的顏色,樣子很怪,車頭圓得像隻胖頭魚,與後來我看到的那輛黑色汽車根本沒法比!」

第三章　撲朔迷離

「她男朋友的車頭有什麼特殊標記嗎？」

王蓓搖搖頭：「灰不溜秋的，車頭上好像有個大大的字母B。」

聽到這裡，老李再也沉不住氣了：「那是賓利，值一兩百萬呢，什麼灰不溜秋的！」

王亞楠趕緊朝老李使了個眼色，轉身面對王蓓：「王小姐，和我們再說說段玲的男朋友吧。」

王蓓有些尷尬：「我們並沒和那老男人有過什麼正面接觸，只見他來學校門口接過段玲幾回。而段玲的口風也很緊，從不在我們面前提到他。只是說過他對自己很好，那男人家裡很有錢，什麼都聽她的。段玲不允許我們把這個祕密告訴別人。我們也不想多事，所以後來段玲的父母親來找我們，我們就沒說。」

「她從此後就沒有和妳連繫過嗎？」老李問道。

王蓓不屑地哼了聲：「我們在她眼裡算什麼，她會和我們連繫嗎？」

王亞楠想了想，開口問：「段玲的母親因為此事找過妳嗎？」

「十多天前來過，因為只有我還在本地，而青青她們早就去了外地。」

「妳把這些都告訴段玲母親了嗎？」

王蓓點點頭：「段玲雖然當初只把我當成個小跟班，但她母親對我不錯，我沒必要讓她擔心。再說我也安慰她了，段玲那麼聰明漂亮，現在肯定和她那有錢的老公過得很不錯，她應該放心才對。」

王亞楠的心頓時一沉：「段玲已經死了，她的母親前些天也死了！」

聽到這話，王蓓臉上頓時變得慘白，許久才喃喃自語：「對……對不起。三年前我就該說的，結果可能就不是這樣了，阿姨她怎麼死的？是想

不開自殺了嗎？段玲也死了？她又是怎麼死的？」

王亞楠並沒正面回答王蓓的一連串問題，站起身從口袋裡摸出一張警民連繫卡遞給王蓓：「有什麼新情況回想起來，就按照上面的電話和我連繫，謝謝妳的配合。」說著和老李匆匆離開了。

在回警局的路上，王亞楠半天沒說話。她心裡很清楚，李愛珠肯定找到了殺害自己女兒的凶手，或許正因為自己當初並沒有重視段長青的報案，李愛珠就在孤立無援之中被殘忍地殺害。想到這裡，王亞楠的心裡就像被深深插進了一把刀子，她痛苦地閉上了雙眼。

＊　＊　＊

章桐呆呆地看著面前茶幾上的電腦螢幕，手中杯子裡的咖啡早已涼透。這段日子以來，每次回到家打開電腦，章桐第一個舉動就是登入QQ，但每次都以失望告終。為什麼對方留下這個號碼給自己，卻始終不願意和自己連繫，他在擔心什麼？難道是因為不信任自己而最終選擇了拒絕？沒有人會用死人開玩笑，那樣會很殘忍。章桐嘆了口氣，無力地靠在身後的椅背上，目光落在電腦旁邊的手機上。看來只能找王亞楠出面了，章桐明白，作為多年的朋友，王亞楠肯定會全力幫自己。可那樣章桐會覺得自己很自私。更重要的是，以前所發生的一切讓她隱約感覺，劉春曉的離奇死亡並不像自己想像中的那麼簡單，背後隱藏著的黑暗肯定非常可怕，她不想把自己最好的朋友連累進去。必要的時候，她覺得應該自己去面對。

滴滴滴⋯⋯耳畔傳來一陣清脆的鬧鈴聲，不知不覺，又到了該上班的時間，章桐心有不甘地關閉電腦，站起身彎腰摸了摸「饅頭」的大腦袋，然後拿起拷包走出家門。新的一天又會有永遠都忙不完的工作，當晚上回

第三章　撲朔迷離

家時，電腦那端會不會傳來好消息？章桐一邊鎖門，一邊努力使自己的心裡充滿希望。

重案大隊的辦公室裡燈火通明，一晚上沒闔眼，在座的每個人臉上都顯露出疲態。

「三隊，你們先談談殯儀館那邊的情況，殯葬師審問得怎麼樣了？」王亞楠檢視著手裡的卷宗報告，頭也不抬地問道。

三隊的隊長姓向，是個偏瘦的中年男人，平時話不多，做事卻非常有條理，案子的任何細節都很難躲過他尖銳的目光。向隊長把椅子向前拉了拉，好讓自己坐得舒服些，然後開口說：「那傢伙很快就招了，說週二上午的時候，他發現自己的工具箱裡多了張紙條，讓他在週二晚上值班時回值班室睡覺，無論外面有什麼聲響都不要出來，同時還在工具箱裡放了一個裝有五千塊錢的信封。我們查過相應時間的監控錄影，週二晚上有輛汽車在解除安裝區停留過，但很快就開走了。遺憾的是，因為監控錄影的畫面太模糊，我們除了知道是一輛深色轎車外，別的一無所知，連司機的具體長相都沒看清楚。從身高和步態來判斷，司機很有可能是個男的，而車裡可能只有他一個人。」

「如果不是男的，一具屍體那麼重，女人能扛得動嗎？」有人小聲議論。

「那週二上午的監控錄影看了嗎？」王亞楠抬頭問。

向隊長點點頭：「查過了，但因為工具箱所處的區域在更衣室，沒有安裝監控探頭，所以我們也就沒看到具體是誰放的。但肯定是內部人所為，我已經安排他們保衛部的人配合我們進行排查。」

「向隊長，你確定運送屍體的是個男人？」一隊隊長于強疑惑不解，他朝身後坐著的副手點點頭，副手趕緊遞過來一張放大照片，照片顯然是

從監控探頭拍攝錄影中擷取的，有些模糊。

「大家注意看這張照片，是從李愛珠失蹤當晚的路面監控錄影中擷取下來的，時間是晚上十一點五十七分，地點就在中南一路附近。畫面中有兩個人，靠內側的人經死者家屬辨認就是死者李愛珠，而外側這位雖然穿著帶帽風衣，刻意在掩飾自己的外貌，但我們請章法醫反覆檢視過她在監控錄影中的身形步態，從法醫人類學和人體骨骼運動規律的角度來講，這個人很有可能也是女性。並且這個女人走路時明顯有點跛，腳尖一顛一顛的，章法醫說應該是脊椎外傷造成的。」

「是女人？」王亞楠伸手拿過照片，「是個女人拐走了李愛珠？」

于強點點頭：「但章法醫也再三強調，說只是極有可能，她不能百分之百肯定。同時我也請死者家屬辨認過這個人，對方表示從未見過，李愛珠平時比較親近的同事親友也這樣認為。這樣一來就可以想得通了，大半夜馬路上幾乎沒有行人，而透過走訪，我們知道死者是個小心謹慎的女人，她不可能就這麼隨隨便便跟著一個剛見面不久的男人消失，也就是說，對方如果是女性，會讓人的防範意識降低。如果對方聲稱有自己失蹤多年的女兒的消息，換成我是李愛珠，在當時的情況下，我也會毫不猶豫地跟她走，並且也不會多問什麼。」

王亞楠沉思了一會兒，站起身走到身後的白板前，拿起筆飛快地寫下兩個詞——男人？女人？她想了想，回頭又問：「老李，你把段玲的屍檢報告再調出來看看，特別是描寫傷口那一段，她頭上的致命傷是一擊造成的嗎？」

老李很快就找到了答案：「不是，章法醫在這裡註明了——是多次敲擊！」

第三章　撲朔迷離

「那麼，這個案件中確實有一名女人存在，並且就是我們所要尋找的犯罪嫌疑人！」王亞楠難以掩飾激動的心情，「你們注意到了嗎？法醫報告中說死者到達現場時還沒有死，是在現場被人用石塊敲擊面部而死的，又是多次敲擊！如果是個男人，有幾下就足夠打死段玲，而女人沒有那麼大力氣，所以才會在屍體上留下這種雜亂且比較淺的傷口。更重要的是，章法醫提到過死者當時被砸到致命處時就已經死亡，而造成臉部嚴重毀容的傷口，則是在死者死後造成的。也就是說，凶手因為痛恨死者的臉，就拚命敲擊，很多傷口都是很淺的，所以死者的顱骨還能保留個基本形狀。如果換成男人來做這件事，不同的腕力和臂力用上去，我想後果將是不堪設想。再結合死者當時已經懷孕的事實，我認為，我們所要面對的嫌疑人，很有可能是個因愛生恨而失去理智的女人！服用毒品後瘋狂殺人的可能性可以排除，因為大半夜的，開車來到郊外這麼偏僻的地方，如果我們的嫌疑人服用毒品，那麼別說殺人拋屍，連開車都會成為棘手問題。」王亞楠嚴肅地說。

「為了愛或嫉妒就殺人毀容，而且手段這麼殘忍，值得嗎？」有人不解地問。

「這就是我們要找的答案了。」王亞楠搖搖頭，其實得出這樣的推論，連她自己也覺得很不可思議，一個女人會為了愛而剝奪另一個女人的生存權利，這聽上去就像是在看一幕悲劇，「一隊，李愛珠最後是在哪裡失去蹤跡的，你們查到了嗎？」

「在中南一路盡頭的海天路，她上了一輛黑色小轎車，車很快就向東開去了，因為東面正在做城市改建，所以有些監控鏡頭被拆除，我們沒有找到後面的監控錄影。」于強臉上流露出遺憾的表情。

「你們已經盡力了，別太自責。」王亞楠轉而面對右手邊坐著的盧天浩，「凱旋高爾夫球場那邊怎麼說？」

盧天浩低頭檢視了面前攤開的黑色筆記本：「案發當晚值班保全偶然注意到有一輛車從邊門駛入高爾夫球場，因為球場內有俱樂部可以住宿，所以他並沒在意。之所以注意到這輛汽車，只是因為時間比較特殊，是在凌晨一點多，在這個時間點回來的客人很少，大家基本都應該在各自的房間裡休息。再說去他們球場消費的都是身分地位比較高的人，非富即貴，保全本來就不會過多詢問，怕得罪人。但是沒過多久，猜想四十多分鐘吧，又有一輛車開了進去，不久後這兩輛車又一先一後共同駛出了高爾夫球場。」

「那保全看清楚這兩輛車的車牌和汽車特徵了嗎？」

「都是黑色轎車，後面一輛稍大些，車牌沒看清，因為邊門沒有監控探頭，所以就沒有記錄在案。對了，保全特別提到過，如果不是在球場和俱樂部住宿過的人，一般不知道有邊門的存在。」

「邊門沒人看守嗎？」

盧天浩搖搖頭：「沒有，邊門是自動門，正門地勢比較高，可以很容易就看清邊門的情況。因為邊門位置偏僻，又被一堵人工花牆掩蓋住，必須繞過花牆才能來到邊門，所以一般車輛在大路上根本看不到邊門，也就不知道那裡還有一扇門可供進出。高爾夫球場保全部的人說，當初之所以建立邊門，就是為了方便那些想來這裡消遣卻又不希望被人注意到的有錢人，這樣一來，他們的隱私保護就顯得尤其重要。」

王亞楠突然意識到自己幾乎放過了一條非常重要的線索：「盧隊，馬上叫你的人去電信部門，調出案發當晚所有經過凱旋高爾夫球場附近電信

第三章　撲朔迷離

基站轉接的手機號碼和通話紀錄,尤其是保全發現那兩輛車的時間段。凶手很有可能在當晚打過電話,不然的話,那兩輛車不太可能相隔很久進入案發現場,卻又幾乎同時離開,我想前面那輛車裡的人很可能打了電話給後面那輛車的司機。」

散會後,時間已經快到上午九點,王亞楠和老李在樓梯口見到了正從前面大廳走過來的章桐。

「亞楠,我正要去你辦公室找你。」章桐從外衣口袋掏出一張紙遞給王亞楠,「這是我大學同學給我發來的傳真,你看看。」

王亞楠接過傳真低頭看了起來,沒多久就皺起眉頭:「有這樣的事?不會是迷信吧?」

章桐正色道:「做我們法醫這行的從來都不講迷信,只講事實。說實話,收到這份傳真時我也困惑了好長時間,但我這個老同學做事比我還死板,他查了很多資料,還特地去了清史研究部門,確認當初封建統治者運用這種刑罰的最重要因素,就是他們堅信行刑時蓋住死者的臉,死者死後的靈魂就不會來尋仇報復。在科學並不發達的封建社會裡,這種想法幾乎沒人會去質疑。妳想想,當權者殺人又不想弄髒自己的手,殺了人卻又怕死人變鬼來報復自己,這種方式是最合適的。」

「可現在社會科學這麼發達,總不見得還會有人相信這麼一套鬼玩意兒吧?」

章桐從王亞楠的手裡拿過傳真,口氣調侃地說:「老朋友,還記得妳說過的那句話嗎?我看死人很準,看活人或許會走眼。那,妳所提出的這個問題的答案,看來就要由妳自己回答了,我就免了。」說著她邁著輕快的步伐,很快就消失在樓梯轉彎處。

「我說王隊，真是很少看到章法醫這麼幽默，平常見她都是板著臉一本正經的樣子。」見此情景，站在一邊的老李微微笑了，「大家都說和死人經常打交道的人，講話都應該是冷冰冰的，不會開玩笑，今天看來，這樣的結論明顯不正確啊。」

「她就是這樣子的一個人，總讓別人捉摸不透。」王亞楠無奈地聳聳肩，「好了，別浪費時間，快走吧，我們今天還要去畫協呢！」

第三章　撲朔迷離

第四章　重重迷霧

　　王亞楠身子向前傾去，將手臂肘放在膝蓋上：「你說，一個下肢因為車禍而癱瘓，走路只能靠坐輪椅的殘障人士有可能會站起來殺人嗎？還能做拋屍等一系列舉動？」

第四章　重重迷霧

　　畫協是個旁人很少問津的地方，除了每年年底的幾天畫展外，平時在本地報紙雜誌和電視新聞中都很少被提起。就連那兩層辦公小樓，也是位於市郊偏僻的北海路上，如果不是經人指點，王亞楠和老李幾乎錯過了畫協大門。

　　「這裡真安靜！」老李鎖好車門感慨道。這也難怪，他住在城裡人口居住密度最高的白下區，大樓緊靠大樓，平日裡在家中打個響點的噴嚏，隔壁都能聽得一清二楚，人與人之間很難有祕密存在。如今冷不丁來到地處偏僻的畫協，呼吸著郊外的新鮮空氣而不是城裡嗆鼻的汽車尾氣，老李當然感觸頗深。

　　王亞楠不由得打趣：「等你有錢了也來郊外買棟別墅住住，就不用擔心晚上老被吵得睡不著覺了。」

　　「別墅？想都不敢想啊，還是下輩子再說吧。」

　　正說話間，兩人一先一後走進畫協底層的接待處，在出示相關證件後，老李和王亞楠被帶進一間普通的會客室，並被告知主管很快就到。

　　十多分鐘後，一個胖胖的留著典型藝術家長髮的中年男人推門走進來，他滿臉堆笑，連聲說抱歉：「真對不起，讓你們久等了，臨時有點事給耽誤了，真對不起啊！」

　　王亞楠站起身微微一笑：「沒什麼，我們來這裡本來就是打擾你們，請問怎麼稱呼？」

　　「鄙人姓劉，是這裡的辦公室主任。」這位劉主任一屁股在沙發上坐下，臉上堆著招牌式的笑容，「我能幫你們什麼忙嗎？」

　　「是這樣的，我想知道現在本地繪畫界，有誰還在使用桑皮紙？」

　　「桑皮紙？」劉主任皺起眉頭，顯然王亞楠的直截了當，讓他一時有

些不明就裡。他想了想回答道,「現在很少有人用這種紙了,桑皮紙太貴不說,在這種紙上作畫,比在宣紙上難多了。不過⋯⋯你們等等,我打個電話問問。」說著,他站起身來到屋角的電話機旁,摘下聽筒撥了個號碼,電話很快接通了,短暫地詢問幾句後,劉主任掛上電話,在桌旁的白紙簿上記錄著什麼,然後拿著這張紙回到沙發旁坐下,「我問過協會裡專門負責畫家連繫溝通的工作人員,目前本市只有兩位畫家還在堅持使用這種比較珍貴的桑皮紙作畫,這是他們的地址和連繫電話。你們最好實地去看看,因為我的工作人員說,畫協已經很久沒有購進這種桑皮紙了,他們的紙應該是自己買的。」

王亞楠點點頭,不動聲色地接過記著電話號碼和地址姓名的紙片:「謝謝劉主任,那我們就告辭了。」

從畫協出來重新鑽進警車,老李不禁有些困惑,他發動汽車引擎,問王亞楠:「王隊,我們究竟是要找一個男人還是女人?」

「我現在沒辦法回答你這個問題,從現有線索看,拐走李愛珠並且可能殺死她的是個女人,第一個死者段玲身上的傷口也應該是由一個失去理智的女人造成的。而李愛珠的拋屍現場出現的司機雖然是男人,卻不排除是在幫這個女人拋屍,所以我想,等我們找到這個神祕女人時,她身邊的人自然也就露出真面目了。」

「你是說這個案子有兩個人共同作案?」

「沒錯,應該是兩個人,因為我記得章法醫跟我說過,第一個案發現場的嫌疑人身高很可能在一百五十八至一百六十一公分之間,而第二個人,我看過監控錄影,不會那麼矮。話說回來,我們現在最重要的就是找到段玲當初的男友,弄清楚她離家出走後直至被害這段時間裡究竟發生

第四章　重重迷霧

了什麼。」王亞楠聯想到屍檢報告中所提到的段玲被害時已懷有身孕的事實，就不免有些憂心忡忡。

這時車廂裡傳出一連串急促的手機鈴聲，王亞楠掏出手機看了一眼，來電號碼很陌生，並不是下屬及單位的來電，遲疑了兩秒鐘之後才按下接聽鍵：「哪位？」

「是王警官嗎？」電話那頭傳來一個男人的嗓音，帶著些許猶豫。

「是我，你是哪位？」

「我是段玲的父親段長青，你說過有新情況可以和你連繫的。」對方確定了王亞楠的身分後，就立刻講明來意，「我剛剛收到一大筆錢，莫名其妙的一大筆錢。」

「錢？」王亞楠不由得愣住了，她抬頭狐疑地看看身邊向左打方向盤的老李，「有多少？」

「二十萬元，整整二十萬元！用一個普通的方便塑膠袋裝著，我這輩子都沒見過這麼多錢！」段長青越說越激動。

「這和你女兒被害的案子有什麼關係嗎？」王亞楠卻越聽越糊塗。

「我起先也是以為搞錯了，就在我家大門外的門把手上掛著，我問過鄰居，他們都說不知道這個塑膠袋子是從哪裡來的。」

「先別急，段師傅，我們馬上過來接你，你現在在家嗎？」

「對，我在家。」

王亞楠打手勢示意老李趕緊掉轉車頭，向段長青的住處──第一公車公司家屬宿舍開去。

＊　　＊　　＊

刑警重案大隊辦公室，段長青俐落地簽字辦理了相關手續，然後把手中裝著錢的塑膠袋慎重地遞給王亞楠，直到這一刻，段長青那憔悴不堪的臉上才露出一絲輕鬆的笑容。

　　「交給你們我就放心了，不然的話，它就像炸彈那樣，我總擔心哪一天會爆炸。」段長青尷尬地說。

　　「段師傅，你真不知道是誰在你家門口放了這袋子錢嗎？」

　　段長青搖搖頭：「我問過隔壁退休的老王，他說他下樓倒垃圾的時候掃了一眼，注意到是個陌生的男人，戴著墨鏡，以前從沒見過，卻好像對我家很熟悉。他拉開紗門放下包，緊接著就匆匆忙忙離開了，前後半分鐘時間都不到。」

　　聽到這裡，王亞楠心裡不由得一動：「段師傅，你女兒的模擬畫像上了報紙和電視新聞，記者也採訪過你，但你妻子的事卻還沒有透露出去，為什麼偏偏這個時候會有人給你送錢呢？照你所說來看，對方沒有檢視門牌號，也沒有絲毫猶豫，就把這麼一筆鉅款留在你家門口，除非……」

　　「除非什麼？」

　　「這錢如果不是別人放錯的話，那麼很有可能是犯罪嫌疑人留下的。」

　　「專門留給我？」段長青一臉糊塗，「這怎麼可能？」

　　王亞楠思索片刻，說道：「這樣吧，段師傅，我安排人先送你回去，這幾天你留心一下，看有沒有人上門來尋找這筆錢，如果是放錯的，對方很快就會來向你詢問。三天後如果沒消息，就可以確定是和你女兒的案子有關。」

　　「如果是殺害我女兒的人留下，我就更不能拿了！」段長青咕噥了一句，轉身跟著老李走出辦公室。

第四章　重重迷霧

　　送走段長青後，老李一屁股坐在王亞楠辦公桌對面的椅子上：「王隊，如果真是凶手的話，他為什麼要給錢，難道是出於良心不安？」

　　王亞楠點點頭：「似乎也只能這樣解釋，章法醫今天給我看的那張傳真上寫得很清楚，李愛珠那特殊的死法從另一個角度來看，也是凶手不希望死者在死後會尋仇報復。這當然有一定的迷信成分在裡面，但也可以看出凶手內心的忌諱，如今死者家屬又莫名其妙得到這麼一筆鉅款，我相信凶手是在尋求內心的平衡。」

　　老李不由得長嘆：「早知道現在心裡惶惶不安，那當初做什麼要殺人！」

　　「對了老李，那包錢送到痕跡鑑定室了嗎？」王亞楠頭也不抬地問。

　　「送去了，應該很快就會有結果。」

　　「我們去會會那兩個畫家吧。」王亞楠站起身，從衣帽架拿下外套穿上，抱怨道，「我總得弄明白那該死的桑皮紙，不然老在我心裡繞來繞去的，很不舒服。」

　　「可是王隊，這線索真有價值嗎？光憑章法醫的推測？」老李耷拉著腦袋，緊跟在王亞楠身後，生怕被走路太快的她甩在後面。

　　王亞楠突然站住腳，回頭嚴肅地對老李說：「我們不能再放過任何線索，哪怕只是一點點可能，在沒有完全否定掉之前，就必須去落實。再說我相信章法醫對事物的正確判斷能力，因為我和她搭檔破案這麼多年，她從來都沒有錯過！」

　　　　　　　　　＊　　＊　　＊

　　章桐的期盼終於有了結果，那個神祕的QQ號終於接納自己為好友了，但只有那麼一點時間，對方的頭像就迅速變灰，系統顯示對方已經離

線。而章桐卻意外發現自己的QQ信箱裡多了一份郵件，發件人正是這個神祕的QQ號。她猶豫片刻，毅然打開了這封郵件。

　　郵件上只有一句話：「妳自己看！」

　　附件是一張照片，有些模糊不清，顯然是來自某段錄影的截圖。章桐感覺心跳得厲害，雙眼死死盯著這張照片，糟糕的是，不管怎麼放大處理，照片中最關鍵的部位還是沒辦法完全辨認清楚。但有一點可以確認的是，照片拍攝的是一間辦公室窗臺，窗簾布微微揚起，猜想是有風的緣故。由於監控探頭和該拍攝點所處的位置基本在水平線上，所以章桐才得以看清楚那揚起的窗簾後面的動靜。她辨認出那是一隻手，手中有個微微閃著亮光的東西。章桐突然意識到什麼，她把滑鼠滾輪往下拖，很快電腦螢幕的一角露出一個日期，她知道所有監控錄影暫停時都會有日期顯示，以表明該錄影攝製的具體時間和地點程式碼，而程式碼一欄卻被人為抹去了。

　　章桐心中一沉，她迅速接通列印機，隨著雷射列印機輕微的聲響，列印紙緩緩送進去又退出來，照片被清晰列印了出來。她迫不及待地抓起列印紙，推開辦公室大門衝了出去。

　　十多分鐘後，章桐站在市檢察院辦公大樓後面的圍牆底下，對照著手裡的列印照片，抬頭用目光搜尋拍攝照片所在的監控探頭位置。果然，正對二樓有個監控探頭，而探頭被安裝在後面一棟大概相隔十多公尺遠的居民樓外牆上。章桐來到二樓公共陽臺，眼前的一幕和照片中所顯示的場景幾乎一模一樣，突然之間，她的雙腿有些發軟，眼前發黑，不由自主地伸手扶住身邊的圍牆，才使得自己不至於倒下。章桐認出了正對面那扇窗戶──那曾經是劉春曉的辦公室。

第四章　重重迷霧

　　回到局裡，章桐直接來到網監大隊，此刻她需要最專業的幫助。因正是午休時間，網監大隊辦公室裡只留下一個值班人員。

　　「小鄭，我想請你幫個忙。」

　　小鄭抬頭笑了：「章法醫啊，有事您說話！」

　　「我想請你幫我看一張照片。」章桐拉過小鄭面前的鍵盤，打開信箱調出那張照片，然後指著照片中窗簾下的發亮點，「盡量幫我處理一下，看能否確定這是什麼東西在發光。」

　　小鄭皺眉看了看，隨即說：「沒問題，我先用DSP處理一下試試，等等直接通知王隊。」這怪不得小鄭，按照局裡的正常辦案程序，任何網監大隊處理後的涉案證據都要直接通知刑警隊，而法醫沒有這個特殊許可權。

　　章桐愣了一下，搖搖頭：「不，小鄭，直接給我打電話好嗎？你有我的手機號碼，謝謝你。」說完她轉身離開網監大隊。

　　小鄭剛要開口說什麼，想想還是放棄了，他抓過滑鼠，開始埋頭點選起來。

＊　　＊　　＊

　　王亞楠在章桐的辦公室裡找到她，此時的章桐正在電腦螢幕後面佝僂著腰，比對剛剛整理好的屍檢報告。她手裡緊攥著一支鉛筆，時不時地在列印出來的報告上勾畫兩下，目光飛快地在電腦螢幕和工作臺的報告之間交替，王亞楠不知道章桐是否真的看進去了。她想也許章桐只是想讓自己看上去很忙，以防什麼人突然出現在自己辦公室，比如王亞楠，來之前從來都不會提前打招呼。

「找我什麼事？」聽到了門響動，章桐頭也不抬地問道。

「想請妳吃個晚飯！」

章桐將手裡的鉛筆停下來，挺直腰，疑惑地看著王亞楠：「怎麼，心情又不好了？」章桐很清楚，每次只要王亞楠案子沒破就來請自己吃飯，她十之八九是心情糟透了。

「我還以為當了妳這麼多年朋友，我們至少應該心靈相通，難道心情好就不能來請妳吃飯嗎？」王亞楠勉強擠出一絲笑容。

「別笑了，裝出來的笑比哭還難看。走吧，我正好也想吃點東西。」章桐俐落地關上電腦，收好報告，兩人一起走出法醫辦公室，向一樓食堂走去。

晚飯還沒正式開始，食堂裡只有幾個準備接夜班的工作人員，他們稀稀拉拉地散坐著泡茶聊天。王亞楠在自動飲水機邊倒了兩杯水，回到靠窗的飯桌前坐下，順手把一杯水推到章桐面前。

章桐拱起左邊眉毛：「說吧亞楠，心裡有什麼苦水全倒出來吧，憋著也不是辦法，每次妳帶著一張苦瓜臉來找我，十之八九是碰到委屈事了。有人聽總比自己胡思亂想好，是不是隊裡那幫男人又惹妳生氣了？」章桐之所以這麼說也不是沒原因，她比誰都了解王亞楠心中的苦悶，女人當警察這一行本來就不容易，更別提當刑警隊隊長了。身兼刑警隊和重案大隊一把手，她所付出的努力和承受的壓力是可想而知的。她知道王亞楠在別人面前不會哭，但面對自己的時候就不一樣了。

王亞楠搖了搖頭，苦悶地說道：「沒人欺負我，小桐，我只是想不明白一件事，現在所有相關證據都看似準確地指向了一個人，似乎就只等著我們開逮捕令了。可這個人卻又偏偏最不可能作案，妳說這是不是一個天

第四章　重重迷霧

大的玩笑？我現在真感覺自己沒臉再走進隊裡辦公室了，我竟然開始懷疑自己的判斷能力，妳說，我以後還怎麼帶那幫小年輕？」

章桐臉上的笑容漸漸消失，她意識到事態的嚴重性：「亞楠，你說吧，我看能不能幫上妳的忙。」

王亞楠身子向前傾去，將手臂肘放在膝蓋上：「你說，一個下肢因為車禍而癱瘓，走路只能靠坐輪椅的殘障人士有可能會站起來殺人嗎？還能做拋屍等一系列舉動？」

「那要看他具體的受傷情況了，從專業角度來講，應該沒有這個可能性。下肢癱瘓會讓傷者行動非常不便，當然，如果讓我看看那人的病例本或者所拍的 X 光片，我能得出更切實際的結論。但是亞楠，推翻這個可能性的因素基本為零，除非這人有幫手，或者根本就沒受傷，只是個騙局。」

王亞楠更沒精神了：「我何嘗沒這麼想過，都問過好幾個醫生了，那些檢查報告都是真實的，車禍受傷。現在連妳都這麼說，看來真是沒希望了。我昨天和老李去拜訪了畫協的兩位畫家，就是衝著桑皮紙那條線索去的。他們兩人是目前本地唯一還堅持使用桑皮紙作畫的人。其中一個很快就排除了嫌疑，因為那是個老太太，將近七十歲了，無兒無女，現在在養老院住，因為右手的手指痛風發作，已經有很長一段時間沒作畫了。」

章桐點點頭：「沒錯，痛風最後會導致患者四肢畸形，她很可能這輩子都再也沒辦法拿畫筆了。對了，你在她家找到桑皮紙了嗎？」

「最後一張早就在半年前用完了，老太太也不會開車，所以我和老李很快就找了個藉口告辭。」

「那第二家呢？」

「第二位畫家是個男性，叫田軍，四五十歲年紀，家庭條件很不錯，在郊外燕子磯居住。」

「那可是上等別墅區。」章桐插了句嘴，「潘建上個月去那邊出過一次現場，聽他說那邊住的都是有錢人。」

「沒錯，我和老李光進大門就費了老大功夫，又是登記又是打電話，警官證根本沒用。」王亞楠忍不住抱怨，「下回再去的話，我直接拉警笛算了。」

章桐笑了：「最後妳們還是進去了，也算成功。」

「那倒是。因為我們說是畫協介紹來的，所以男主人田軍也就沒多說什麼，但我總覺得他很不自然，尤其面對他老婆的時候。他老婆已經在輪椅上坐了快三年，聽說是三年前車禍造成的，傷勢很嚴重，恢復得也不好，所以那女人給人的感覺就像一座冰雕，沒有任何溫度的冰雕，臉上也沒有表情。說實話，我要是和這種人在一起，三分鐘都待不下去。」說到這裡，王亞楠調皮地笑了笑，緊接著繼續說，「當我們提到桑皮紙時，田軍顯得很驚訝。因為知道這種紙的人並不多，他對我們的來意有些懷疑。我們找藉口來到他的畫室參觀，很快就發現牆上掛的兩幅畫，還有工作臺上那幅還沒完工的〈富春山居圖〉，都是用這種特殊的桑皮紙畫的。而且他接待我們的書房門口書架上放著很多有關清史的書，從市井小說到正史一應俱全。我還開玩笑說田畫家還是個博覽群書的人啊，他笑笑不置可否，沒正面回答我。可是小桐，妳也知道我不能光憑這個就傳喚他，這些都只是間接證據。不過我注意到兩點。第一，田軍和他老婆之間似乎有著某種說不清的矛盾，並且已經很深；第二，他家書房、客廳和畫室都沒有孩子的照片，我很奇怪，這個年齡事業有成的夫婦，家裡一般都會放上自

第四章　重重迷霧

己孩子的照片，至少來個朋友也可以介紹一番。」

章桐點點頭：「說得對，後來呢？」

王亞楠說：「出來後，我和老李到燕子磯別墅區的物業公司了解情況，結果妳知道嗎？我們竟然得到了意外收穫。那裡的人說有好幾次都看見田軍開車帶著一個年輕女孩進入別墅，只不過不是進自己的家門，而是另外一幢。換句話說，田軍在外面有女人，或許是因為老婆癱瘓不能走路的緣故，所以他不怕被抓，為了圖方便，乾脆把小三放在離自己家不到一公里的地方——他家在A區，情婦那邊的房子就在C區。C區別墅是租來的，用的就是田軍自己的名字，物業都有登記。奇怪的是，二十多天前，也就是我們發現郊外高爾夫球場女屍那段日子，田軍竟然把租的別墅退了。至於那個年輕女孩也就不見了蹤影。我和老李把段玲的照片拿給物業經理辨認，她一眼就認出來了。而且田軍的汽車恰恰是一輛買了五年的賓利。」

「亞楠，那不是很順利嗎？妳發什麼愁？」章桐不解地問，「妳找到了最有可能犯案的犯罪嫌疑人，動機也有，我聽不出妳哪裡錯了啊。下一步跟進田軍這條線索不就行了？」

「說實話，我起先也很激動，畢竟終於找到了有價值的線索。我們順理成章地把田軍傳喚到局裡，也安排死者的父親、鄰居和生前同學來辨認，都認出他就是我們要找的人——死者段玲的幕後男友，也和在段長青門口放錢的人長得非常相像。出乎意料的是，田軍把這一切都承認了，卻否認殺人拋屍，而且他的不在場證據也很可靠。兩次案發時間段，第一次他在參加畫展剪綵酒會，他是那裡面的明星人物，四周有好幾百雙眼睛盯著他的一舉一動；另一次他去外地講課，還出示了來回車票。這還不是最糟糕的，妳還記得妳在屍檢報告中提到這個案子裡有個女人嗎？因愛生

恨殺人的那個女人。」

　　章桐點點頭：「毀了死者的臉，不只是希望我們辨認不出死者的真實身分，也有衝動型報復的因素在裡面，尤其是那些傷口的痕跡，依照我的判斷，應該是個女人。」

　　「還有拐走第二個死者的監控錄影，你也看了，也有可能是個女人。我和老李自然就想到了田軍的老婆，因為根據對周圍鄰居和保全的走訪調查，得知田軍老婆安茹脾氣非常暴躁，平時足不出戶，和外界幾乎沒有什麼連繫，家裡已經前後換了好幾個保母。現在這個保母才上班不到三天，當然，殘障人士心情不好也可以理解。可放在這個案子中，安茹如果沒有因為車禍致殘的話，就完全符合我們所要追查的兇手的條件，小桐，有輪椅和病例報告，還有家裡保母的證詞，我……我無話可說啊。」

　　看著自己好朋友滿臉苦惱的樣子，章桐陷入了沉思。

　　「小桐，妳說我該怎麼辦，上面的壓力就別說了，這手下好幾十號人可都看著我呢，妳說，折騰了這麼久，又被一棍子打回原形，我心裡能好受嗎？」此時的王亞楠完全成了一個喋喋不休、亂倒苦水的小女人，「這個案子裡半點直接證據都沒有，我拿什麼給別人交代？難道就眼睜睜看著這個案子成為一個死案嗎？明明有懷疑，我卻動不了人家。要是我能像那些懸疑推理小說裡所謂的『神探』那樣，一有懷疑就能瀟灑地抓人歸案，嫌疑人來個竹筒倒豆子劈里啪啦，那該多好，多省事啊！我也不用愁得成天唉聲嘆氣。唉，證據啊證據！」

　　「妳先別急，下一步打算怎麼辦？」章桐安慰道。

　　「我想再去走訪李愛珠的生活圈，希望從她朋友和同事那邊挖挖線索。別的我一時之間真想不出辦法，田軍雖然說和段玲有曖昧，但這個也

第四章　重重迷霧

不是抓他的理由，妳說是不是？那間租來的別墅我們也看過了，目前沒什麼特殊發現。田軍說兩人鬧了矛盾，段玲就去外地打工，他最後還送她去了火車站。」

「要不這樣吧，亞楠，妳把安茹的病例報告副本給我一份，我現在反正手頭案子不忙，再仔細看看。別擔心，我會盡力幫妳，不管結果怎麼樣，我都會及時和妳連繫。」

王亞楠尷尬地點點頭，沒再多說什麼。

＊　　＊　　＊

網監大隊的小鄭雖然在網監大隊工作了三年多，此刻卻還是第一次來到負一樓法醫辦公區域。那長長的幾乎一眼望不到頭的走廊裡連個人影都沒有，白晃晃的 LED 走廊燈所發出的刺眼燈光讓他感到有些頭暈，經過的幾扇沒掛牌子的門都被鎖著。小鄭拿著牛皮紙信封，嗅了嗅，總覺得鼻子前縈繞著一股說不出的刺鼻味道，淡淡的，聞上去讓人感覺很不舒服。

這是來蘇水的味道。一想到法醫解剖室也在這一層，他就更加不自在，越發緊張地抬頭四處找尋法醫辦公室所在的具體位置。

有扇門「咣噹」被推開了，身穿工作服的潘建抱著資料夾快步走出來，和迎面而來的小鄭碰了個正著，小鄭嚇得差點跳起來。等潘建看清楚來人後，忍不住笑了：「嗨，稀客啊，不是說這輩子都不會上我們這邊來嗎？怎麼，想通了？」

小鄭懊惱地說：「你以為我願意來啊，誰叫你們辦公室的電話經常占線老打不通呢？去，一邊待著去！我是辦正事來的，你們主管呢？」

「章法醫？」潘建更得意了，「她在解剖室看送檢樣本，你自己找她去吧。」說著伸手指了指前面第三個門，調侃道，「不跟你開玩笑，裡面很冷

的，你穿這麼點衣服，夠不夠啊？」

小鄭想了想，硬著頭皮轉身朝潘建所指的方向走去。

看著小鄭的背影消失在解剖室門裡，潘建倒是有些糊塗，不由得咕噥起來：「這傢伙，平時一提屍體就頭疼，連鬼片都不敢看，今天這是怎麼了？」想想還是不追問的好，就轉身忙自己的事去了。

「章法醫，妳的照片處理好了。」小鄭把手裡的牛皮紙信封遞給正埋頭在顯微鏡裡檢視載玻片的章桐，「我想妳肯定急著要，就送來給妳了。」

聽了這話，章桐不由得一愣，又笑了：「謝謝你，小鄭，真不好意思還讓你親自跑一趟。」

小鄭是個靦腆的大男孩，章桐比他級別高，她的讚許讓小鄭有些臉紅：「章法醫，我還有事，先走了。」也不等章桐回答，他就迫不及待地轉身向門口走去，邊走邊揮手，「我就在辦公室，有事打我電話。」

章桐搖搖頭，雖說大家都知道這個世界沒有鬼魂存在，但她不能因此就去強求身邊的每個人都像自己一樣，對那不到兩公尺遠的冷凍櫃裡的屍體視若常態。她伸手打開牛皮紙信封，在看照片之前，章桐先深深吸了口氣，心想不管最終結果怎麼樣，只要一直困擾著自己的謎團被解開，總比窩在心裡什麼都不知道強得多。

那是一把被舉起的刀，緊握著刀的那隻手絕不屬於劉春曉檢察官，因為他的頭已經毫無聲息地耷拉在辦公桌前的椅子上。這時章桐一切都明白了，眼淚瞬間奪眶而出。

她站起身，重新又把照片裝回信封，想了想，伸手拽過辦公桌上的紙巾，擦乾臉上的淚痕，然後走出辦公室。

很快，章桐出現在五樓李副局長的辦公室門口，她略微遲疑了一下，

第四章　重重迷霧

　　重新看了看手中緊緊抓著的牛皮紙信封，終於下定了決心，在敲了兩聲房門後，章桐毅然走進李局辦公室。

　　看著章桐遞過來的放大過的現場照片，做了一輩子刑偵工作的李局也不由得鎖緊雙眉，半晌之後，抬頭嚴肅地說：「章法醫，這個案子我希望妳不要介入。」

　　「為什麼？」章桐不解地問。

　　「首先，接手的法醫是妳一手帶出來的潘建，而據我所知，劉檢察官和妳也有著一定的特殊關係，所以根據避嫌原則，妳應該退出。」

　　章桐點點頭，沒吭聲。

　　「其次，我還要進一步證實這段監控錄影的可靠性，而劉檢察官的意外死亡很有可能也牽涉他生前所辦的最後一件案子。因為有保密原則，目前還不方便讓妳知道，我必須和檢察院的同事進行溝通。」

　　「李局，是天使醫院器官盜竊殺人案嗎？」章桐急切地追問，「凶手在臨死前曾經提到過劉春曉的意外死亡，只是他還沒有來得及說完就死了，我一直為這件事感到扎心。」

　　李局點了點頭，安慰道：「小章啊，目前妳先不要想那麼多，安心工作。相信我，到時候我會給妳一個事實真相。」

　　章桐用力點點頭。

＊　　＊　　＊

　　傍晚六點差五分，王亞楠疲憊地爬上一棟居民住宅樓的五樓，身後的老李也是滿臉倦容。昏暗的樓道裡隱約飄來飯菜香味，王亞楠懊惱地意識到自己不光晚飯沒吃，連中午飯也沒吃上。飢餓的感覺迅速瀰漫開來，這

種滋味真是糟透了。她努力不去想咕咕作響的肚子，伸手敲響五〇二室的房門。

應聲開門的是一位中年婦女，腰間紮著圍裙。看見門口站著一對陌生男女，中年婦女本來掛在臉上的笑容瞬間消失，取而代之的是愕然：「你們是……」

王亞楠趕緊解釋：「我們下午打過電話給妳，這是我們的證件，我們是警察局的人，有些情況想向妳了解一下，請問妳是李愛珠的朋友蔣彩梅嗎？」

中年婦女頓時明白了這兩人的來意，她點點頭，一邊退後，一邊將兩人朝屋裡讓，笑著說：「我想起來了，下午你們來電話時沒具體說什麼時候來，沒想到這麼快，我以為至少要明天上午呢。快請進來坐吧！吃飯了嗎？」

王亞楠進門時就注意到滿滿一桌子飯菜，而房間裡卻空空蕩蕩的，除了女主人蔣彩梅以外沒有第二個人。她趕緊婉拒道：「不用，謝謝，我們吃過了。」

「我兒子還沒下班，他在交管所工作，這幾天都很忙。剛才你們敲門時，我還以為是他回來了呢。快請在沙發上坐。」蔣彩梅順手摘下腰間的圍裙掛在門背後，接著又從屋角拿來一張小板凳坐下來，唉聲嘆氣地說：「你們是為了李愛珠來的，她的事老段和我說過，很可憐啊！我知道她那倔脾氣，這樣下去肯定會出事！」

王亞楠看了一眼身邊的老李，心想今天總算沒有白跑，老李打開了隨身帶來的黑色筆記本開始記錄：「那就和我們仔細說說你的朋友李愛珠吧。」

第四章　重重迷霧

　　蔣彩梅點了點頭，長嘆一聲：「她是個可憐的女人，我們認識二十多年了，她從不抱怨自己生活的辛苦。家裡公公婆婆還在世的時候，全都是她一個人伺候，可惜女兒玲玲不聽話，太任性了！愛珠來我家串門時就經常為此嘆氣。後來玲玲離家出走，她幾乎崩潰了，天天和老公吵架，四處找女兒都找不到。我好說歹說，終於勸她在我這裡住了一個多星期，我是怕她出事，想讓她散散心。她是個死板的女人，那段日子我看她連死的心都有，天天哭個不停。後來愛珠就辭職了，要知道，她那份工作可好了，每個月能拿幾千塊，又很輕鬆。可為了找玲玲，她什麼都不在乎。」

　　「她從妳家走後，再來找過妳嗎？」王亞楠問。

　　「倒是來找過幾次，最近一次大概是十天前吧，」蔣彩梅抹了抹眼角，「她瘦了很多，幾乎不成人形了。」

　　「能告訴我們她為什麼來找妳嗎？」

　　蔣彩梅仔細想了想說：「確切點說，她是來找我兒子的。」

　　「找妳兒子？」老李停下手中的筆，不解地抬頭問，「她女兒失蹤和妳兒子有關係嗎？」

　　蔣彩梅趕緊擺手：「你別誤會，我兒子是不會幹壞事的！他是個老實人，人可好了，她是為了別的事情來找我兒子。記得那天是星期四，我兒子上中班，要晚上十一點才回來。愛珠來的時候已經晚上七點多了，外面下著大雨。她也沒帶傘，渾身溼漉漉的，我很奇怪她為什麼在大半年後突然跑來我家，事前也沒打個電話。她一進門就問滔滔在不在，我說我兒子上中班，要晚上十一點才回來。她就一屁股坐在沙發上，就是你現在坐的位置，」蔣彩梅伸手指了指王亞楠坐的沙發，接著說，「她也不管身上的衣服溼漉漉的，開口就說要等我兒子回來，要請他幫個忙。我了解愛珠的

個性，她那樣子有點怪怪的，家裡出了那麼大事，我們都是做母親的，也能理解，所以我也不方便多問。後來直到我兒子回家這段時間裡，我們東一句西一句地扯著，她就是不談自己的事。十一點多滔滔終於回來了，愛珠就找了個藉口把我支開，然後兩人在我家書房裡談了一會兒，她什麼時候走的我不知道，我太睏了，在沙發上睡著了。」

「那妳兒子後來和妳談起李愛珠的具體來意了嗎？」王亞楠追問道。

「他說了，很奇怪，愛珠要滔滔幫她查一輛車，是一輛車頭有個大大英文字母 B 的車。這種車我們這邊很少，總共沒幾輛，她要知道車主姓名和住址。」

王亞楠皺起眉頭：「這是違反規定的，車管所不能隨便把這些資訊透露出去。」

蔣彩梅無奈地攤開雙手：「我也這麼說，可滔滔心地很好，很同情愛珠一家的遭遇，禁不住她再三懇求，就答應了這個要求。他說阿姨很著急，還說這個車主知道玲玲的下落。」

「後來呢，妳再見過李愛珠了嗎？」

「沒有，她沒有再來過，我正奇怪呢，以為她是找到玲玲了。可幾天前我正好上了老段開的公車，看他心情不好，我問起他們找到玲玲了嗎？老段很傷心，說愛珠和玲玲都被害了……」說到這裡，蔣彩梅不由得流下眼淚，「真可憐啊！母女倆都沒有了。做壞事的人抓住了嗎？」

正在這時，門口響起鑰匙串叮鈴噹啷互相撞擊的聲音，緊接著門鎖「吱嘎」一聲被打開，一個年輕人走進來。看到屋裡除了自己的母親外，沙發上還坐著兩個陌生人，蔣彩梅的兒子蔣滔不由得愣住了：「媽，家裡來客人了嗎？」

第四章　重重迷霧

　　王亞楠趕緊講明來意，並出示了證件。

　　蔣滔放下公文包，在椅子上坐下來：「李阿姨那件事我也知道是違反規定的，可是王警官，李阿姨是好人，她也是為了找自己的女兒。而且她再三向我保證不會去騷擾那些車主，她會盡量想辦法低調一點。」

　　「你放心，你的事情我們不會說的，只是以後要注意，別再這麼做了，一旦出什麼事，後果是不堪設想的！」老李嚴肅地提醒。

　　蔣滔點點頭，顯得有些緊張：「警官，我以後保證一定不會再這樣。對了，李阿姨找到玲玲了嗎？」

　　王亞楠並沒有回答這個問題，看來蔣彩梅還沒把李愛珠和段玲不幸被害的訊息告訴她兒子，反問道：「李愛珠是不是要找一輛賓利車？」

　　「沒錯，是賓利。她畫了車頭的標記給我。這種車在我們這邊並不多，總共才只有兩輛。我把資訊列印下來後，就在第二天打電話通知了她。」

　　「其中一輛車的車主是不是叫田軍？住在燕子磯別墅區？」

　　「對，我記得是有這個人。」

　　王亞楠看了看老李，然後轉身繼續問：「後來李愛珠又來找過你嗎？」

　　蔣滔搖搖頭，說：「她沒有再來過，連電話也沒打，我正奇怪呢。」

　　走出蔣彩梅家的時候，天已經全黑了。王亞楠俐落地打開車門鑽進去，坐在駕駛座上，同時向還在車外的老李伸出手：「老李，把鑰匙給我，你開了一天車，也該休息休息了。」

　　老李一愣：「王隊，我沒事。」

　　王亞楠一瞪眼：「算了吧，你眼睛都紅了，我怕等會兒交警攔我們，

給你扣上一個『疲勞駕駛』的帽子。」說著她一把抓過老李手中的車鑰匙，發動汽車，「快上吧，我先送你回家，你都一週沒回去看孩子了！」

「可是王隊，工作還沒完呢，我們這裡不剛有點線索嗎？」老李一邊貓腰鑽進警車，一邊努力辯解，「我不能擅自離開職位，這樣會被隊裡那些年輕人笑話的。」

王亞楠小心地打著方向盤，避讓前路時不時出現的行人，微微嘆了口氣：「老李，我知道你是個工作起來很負責的人，但你也是隊裡唯一結婚有老婆孩子的，我今天早上剛知道，你兒子已經住院好幾天，嫂子一個人又要忙工作，又要帶孩子，又要照顧老人，真是太累了。回局裡的路上正好經過你家，今晚你就回家看看孩子吧，明天早點歸隊，至於隊裡那幫小年輕，你不用擔心，大家都會理解。」

老李不由得眼圈有些微微發紅，感激地說：「謝謝你，王隊。」

此刻的王亞楠卻似乎沒有聽到老李的話，嚴肅地緊盯著車前方，一副心事重重的樣子。

警車開出小區，拐上大馬路就箭一般向城東開去，很快就消失在馬路盡頭。

第四章　重重迷雾

第五章　完美的病例

「患這種病基本有三種原因,一是結核性疾病,現在已經很少見;二是股骨頭無菌壞死,一般都是在骨腫瘤初期;第三就是車禍導致下肢癱瘓,長期臥床後形成的關節屈曲畸形。而在這個案件中,安茹符合第三個原因。」

第五章　完美的病例

　　章桐仔細查看手裡厚厚的一沓病例報告和檢查單據，她在這上面已經花費了不止一個小時。面對一行行變換的資料，還有那再熟悉不過的專業術語，她很明白，要想從中找出問題，真不亞於大海撈針。可是，她相信真相就埋藏在這些看似凌亂的資料裡，問題是怎麼才能順利找出來。

　　眼前的這份病例太完美了，而收集這份病例的人也是細心到極致，甚至於連一張小小的門診掛號收據都沒捨得丟棄。三年半的病例本，加起來厚厚一大沓，鋪滿整張辦公桌。章桐微微嘆了口氣，疲憊地閉上雙眼。她仔細回想著那些關鍵資料。如果這份病例是精心偽造的話，那麼這個謊言的炮製者也應該是個精通神經醫學領域的行家。章桐突然意識到，或許恰恰因為太完美了，人們只注重最新的報告，有些關鍵細節就會更容易被忽視，而這些被忽視的細節應該存在於早期報告裡。她重新又坐直上身，找到最初的病例報告，填報者是一個叫李凱的急診科醫師，上面寫著：

　　11月1號車禍，送至醫院急診室，病人神智不清，無明顯反應，CT檢查顯示腰椎一骨折，腳踝粉碎性骨折，雙下肢馬面神經受損，對外部刺激無任何反應。初步診斷疑似下肢癱瘓。

　　章桐皺起眉頭，檢視完急診手術備忘紀錄後，她再次把目光投向病人在車禍一個月後轉入神經外科治療時的病歷紀錄。上面出現了一句至關重要的話：下肢可見屈伸，至少在L4平面以下。

　　帶著疑問，她又伸手查到用藥一欄，見「卡馬西平」四個字赫然入目。

　　此刻，她懸著的心終於落了下來。五分鐘後，章桐出現在王亞楠辦公室門口，她伸手輕輕敲了敲開著的房門：「亞楠，我要和妳談談。」

　　王亞楠放下手中的筆：「進來吧。」

　　看著章桐遞給自己的病例報告，王亞楠問：「結果怎麼樣？有希望嗎？」

「我還有最後一點要證實,但要妳配合我。」

「怎麼配合,妳說吧!」王亞楠頓時來了精神頭。

「我想見見這個安茹,有可能的話同時要求讓她做一下MRI,也就是一種類似CT的掃描,是用來檢查受傷脊椎部位神經軟組織恢復狀況的。」

「我們現在沒有她直接涉案的相關證據,所以申請批准這個掃描檢查可能會有些阻力。不過,妳先說說為什麼要這麼做?難道妳懷疑她早就恢復了,但這三年多來卻一直在演戲?」王亞楠疑惑地看著章桐。

「現在還不能這麼說,最先引起我懷疑的,是最初接診的急診醫生所寫的腰椎一骨折,表明病人是第一節腰椎外傷導致的骨折,而這種骨折一般不會損傷到脊椎,恢復下肢行走的可能性非常大。而馬面神經受損也是可以恢復的,在臨床治療上有很多這樣的病例,最多半年就可以開始行走康復治療了。但該病人在被轉入神經外科治療後,醫囑表明『下肢可見屈伸,至少在L4平面以下』。這樣看來,腿部的受損神經組織應該已經開始逐漸康復。而且我還注意到,醫生所開的臨床服用的藥物中有卡馬西平這個藥名,卡馬西平是專門用來治療神經痛的。到此為止,這個叫安茹的病人已經開始了正常的康復過程。如果按照這樣的速度下去,半年多到一年左右,她應該就可以離開輔助裝置直立行走。但我不明白的是,為什麼又過了兩個多月,她的恢復始終停留於起步階段,也就是說一點起色都沒有。我仔細看過各種檢查拍片的紀錄,顯示一切正常,可該病人就是說下肢沒知覺。」說著,她從這沓厚厚的病歷紀錄中小心地剔出一大部分,至少占原來厚度的三分之二,「這一堆資料只表明一個問題,那就是病人的恢復狀況在原地打轉。當然,不排除病人因為心情原因恢復陷入停滯狀態。所以她是不是在撒謊,只有一個最簡單的方法可以驗證,那就是做MRI,我要親眼見到真實可信的影像證據!」

第五章　完美的病例

「我看有一定難度，但是我會找李局彙報。」

章桐聳聳肩：「等妳這邊都搞好了記得通知我，妳知道在哪裡可以找到我的。」

「還有一件事，亞楠，我差點忘了。」章桐右手扶住王亞楠辦公室的房門，「安茹不會生孩子，她的子宮被切除了！」

「因為車禍嗎？」

「沒錯，我在急診醫生的手術單上看到的。」章桐接著說，「車禍時的撞擊，使她的盆骨和子宮受到致命擠壓，醫生要想保住安茹的命，就必須摘除她的子宮。這對於一個已經懷孕兩個多月的女人來講，在失去孩子的同時，還要承擔永遠做不了母親的後果，簡直就是滅頂之災啊。」

王亞楠的腦海裡突然出現了段玲那面目全非的臉。

＊　　＊　　＊

她的擔憂不是沒有緣由的，李局沒等她講完就開始搖頭：「不行，小王，辦案要講證據，現在沒有直接證據證明這個安茹涉嫌殺人，我們不能對她實施強制行為。再說，現在市裡大大小小的媒體都在盯著我們，安茹又是殘障人士，坐著輪椅。話說回來，這醫學上的事情我們又不是權威，很多東西還是未知數，我一個老戰友從對越自衛反擊戰場下來這麼多年，手臂早就沒有了，可他還時不時地感覺那個丟了的手臂還在痛。你知道醫生怎麼說嗎？說是他腦子裡的毛病，是他自己想像出來的疼痛！所以啊小王，這還要考慮萬一檢查出來沒問題的話，我們實在是沒辦法再面對更多的輿論壓力了。」

王亞楠急了：「李局……」

李局擺了擺手：「算了，妳們就別考慮這個建議了，另外想辦法吧。找證據，實實在在的證據才是最要緊的！」說完他低頭繼續看檔案。

　　王亞楠知道此刻再說什麼也沒辦法改變李局的決定，只好無奈地低下頭，走出辦公室，心裡盤算著該怎麼把這個不好的消息通知給章桐。

＊　＊　＊

　　陽光穿過厚厚的玻璃窗，溫暖地灑在王亞楠臉上，總算驅趕走了一點初冬的寒意，她看著面前筆記本上的一行行字，心裡醞釀著等等該如何面對那即將到來的一場硬仗。

　　手機鈴聲突兀地劃破會見室的寧靜氣氛，整個房間裡只有王亞楠一個人。她之所以把會面地點定在會見室，而不是隔壁的審訊室，是因為她不想讓自己要見的人一進門就陷入戒備中。如果真是那樣的話，就糟透了。電話是老李打來的，通知她說已經把人接到，馬上就上樓了。

　　掛上電話沒多久，老李就帶著田軍出現在會見室門口。再次把他請到這裡來，理由就是協助配合調查。王亞楠很清楚，面前站著的這個年近五旬的中年男人，是打開這宗殺人案的唯一突破口。

　　「進來坐吧。」王亞楠指了指對面的椅子，「我們只是談談，沒別的。你不用緊張，有些情況想向你了解一下。」

　　和第一次見面時相比，衣著講究的田軍這次卻顯得很隨意，一頂藍色無簷便帽，上身罩了一件灰色運動衫，鬆鬆垮垮的褲子是棕色的，腳上套了雙跑鞋。臉上的鬍子顯然幾天都沒颳了，身上散發出的並不是第一次見面時所聞到的淡淡男用古龍香水味，而是難聞的汗臭味。王亞楠有點吃驚，幾天不見，這截然不同的裝扮使得本來略顯年輕的田軍一下比實際年齡還要老很多，他看起來不像個畫家，倒像個對一切都無所謂的流浪漢。

第五章　完美的病例

老李走到王亞楠身邊坐下,而田軍則有些不情願地坐在他們對面。

「你是在哪裡找到他的?」王亞楠忍不住側身對老李壓低嗓門耳語道。

「在他家的畫室裡。」

王亞楠不由得皺起眉頭,這才過去幾天,田軍的生活裡究竟發生了什麼,讓他突然之間改變這麼大?她向前靠了一點,手肘平放在光滑的桌面上:「田先生,我們今天請你來,有些情況想讓你知道一下。」

田軍撇了撇嘴:「我跟你們說過很多遍了,我沒有殺段玲,我們是自由戀愛。」

「段玲懷孕了,你知道嗎?」王亞楠不動聲色地看著田軍的臉,到今天為止,這消息她還是第一次告訴田軍。

「懷孕?妳別胡說了!」田軍笑出了聲,「她一天到晚就只知道玩,不然就是逛街買東西,根本就不會定下心來做一個母親。」

王亞楠注意到田軍說「母親」兩個字時,口氣突然變了,變得有些痛苦。她伸手遞給田軍一張法醫屍檢報告的影本:「我沒騙你,這是我們法醫室主任親自開具的屍檢報告,段玲被害前被證實已經懷有身孕。我想這個孩子應該就是你的,雖然我們在段玲身上發現的人體胚胎絨毛細胞的 DNA 並不完整,但用來和你的 DNA 比對足夠了,你應該知道什麼是 DNA 吧?」

田軍沒吭聲,面無表情地看著面前桌上放著的這張薄紙,彷彿這件事情和自己沒有任何關係。

王亞楠回頭看了看身邊的老李,老李皺起眉頭:「我說田軍,人家小女生跟了你這麼長時間,整整三年啊,就算人不是你殺的,可她肚子裡的孩子呢,難道你就真的不痛心?她懷孕那段時間就在你身邊,我查過燕子

磯別墅的進出安保紀錄，證實段玲根本就沒有自己單獨外出過，每次都是你帶她進出。她不會開車，也沒人來找C區8號別墅裡住的人。如今一屍兩命啊！我想情況你應該最清楚不過的。對了，我本來還不想說，今天來你家之前，我和你們那區域的委員交流了情況，得知你一直想要個孩子，但你老婆安茹因為三年半前的車禍失去生育能力，所以你在車禍後沒多久就包養了段玲，田軍，你年紀也不小了，既然做了怎麼就不承認？你到底還是不是個男人！」

聽到這裡，田軍的臉突然抽搐起來，他握緊雙拳，發洩般地在屋裡大吼。眼前的一幕讓王亞楠和老李嚇了一跳，老李剛想上前阻止，王亞楠卻輕輕搖頭示意他別管。

田軍叫著吼著，像極了一個垂死掙扎的人，漸漸地，他的眼淚慢慢滾落，最終癱軟在椅子上，雙手掩面輕輕啜泣，嘴裡時不時地還反覆唸叨著：「孩子……孩子……」

「田軍，我們知道你沒殺段玲和她母親李愛珠，但你知道真相，我們也相信你是真心愛段玲的。所以，我們希望你能幫助我們找到凶手。」王亞楠說，「你是什麼時候見到段玲母親的？」

田軍突然停止啜泣，抬起布滿淚痕的臉，緩緩說出了一句完全出人意料的話：「不，你們別再問了，是我害了段玲，我就是凶手，兩個人都是我殺的。沒有別人，都是我自己幹的，和別人沒關係，你們抓我吧。」

＊　＊　＊

章桐聽到王亞楠說田軍已經認罪，她立刻搖頭：「這不可能，田軍肯定是在替他老婆背黑鍋！」

「你為什麼這麼說？」王亞楠伸手按下電梯的上行鍵，回頭問道。此

第五章　完美的病例

刻，兩人接到通知正準備趕去五樓參加案情彙報會議。

「安茹肯定參與了這個案件，我後來又仔細檢視了李愛珠最後出現時的監控錄影，用電腦記錄下那名嫌疑人的行走軌跡點。串聯起來後，我做了一個模擬的電腦假人，經過和正常人的電腦行走軌跡相對比，明顯看出這個電腦假人的髖關節有陳舊性病變所導致的跛行。患這種病基本有三種原因，一是結核性疾病，現在已經很少見；二是股骨頭無菌壞死，一般都是在骨腫瘤初期；第三就是車禍導致下肢癱瘓，長期臥床後形成的關節屈曲畸形。而在這個案件中，安茹符合第三個原因。」

「得這種病的人行動不會受到限制嗎？比如說開車殺人拋屍之類的？」王亞楠抬起頭看著章桐。

「受損的只是股髖關節部位，別的沒有大礙。亞楠，還是那句話，我要檢視安茹的 MRI 影像資料，沒有被竄改的那種。妳明白嗎？這樣才能真正確定她到底是不是在演戲。」

王亞楠尷尬地轉過頭：「妳就別老想著看什麼影像資料了，李局沒有同意我的申請，他說證據不足，如果繼續強制實施的話……妳也知道現在社會的輿論監督太厲害，安茹又是個殘障人士，比較敏感。算了吧，我們得另外想辦法。」

聽了這話，章桐沒吭聲。就在這時，電梯門打開了，王亞楠率先走出電梯，向會議室所在的方向走去，章桐緊緊跟在後面。

＊　＊　＊

開完會已經是中午十一點多，這是吃午飯的時間。排在食堂隊伍裡等待打飯時，王亞楠注意到前面的章桐刻意多拿了一份紅燒豬腳，不禁皺眉說：「妳不會打算增肥了吧？」

章桐聳聳肩：「這是拿給『饅頭』的，寵物店都不願寄養牠，沒辦法，我只能把牠放在家裡。妳想，我又沒時間為牠做飯，只能在這邊多拿點肉，把吃剩的骨頭帶回去給牠當獎勵。」

「牠是被妳寵壞了！對了，妳現在還有時間出去遛狗嗎？」上次章桐住院，王亞楠曾自告奮勇暫時照顧「饅頭」，結果這隻精力極度旺盛的金毛犬每天跑個不停，遛得王亞楠連換衣服上床睡覺的力氣都快沒了。

章桐劃過飯卡後，走到靠窗的地方找個座位坐下，放下手中的托盤說：「我在外面忙了一天，牠在家裡睡了一整天，我當然鬥不過牠。可是不遛又不行，所以現在天天幾乎都是牠在遛我，我哪怕閉著眼睛走都沒事。」

「妳就不怕牠把妳拉到河裡去？」

章桐驕傲地說：「『饅頭』就這點好，只要出去遛，我叫牠慢點走，牠就乖乖地帶著我在馬路上散步，從來都不亂跑。我看，牠對得起那當導盲犬的老爸留給牠的遺傳基因。」

王亞楠實在忍不住，撲哧笑出聲：「妳那不叫遛狗，叫夢遊！天天回家都已經快半夜，稀裡糊塗被狗牽著滿大街亂逛，不叫夢遊叫什麼？」

章桐翻了個白眼，趕緊換個話題：「亞楠，妳想好下一步怎麼做了嗎？」

「放心吧。」說是這麼說，王亞楠心裡卻一點底都沒有，田軍把所有責任都攬到自己身上，而她目前手頭所掌握的證據也少得可憐，根本沒辦法直接指向安茹。光憑猜測不能抓人。想到這裡，她有點沮喪。

「那妳有沒有找到安茹的那個醫生？」章桐問，「我看過他的醫囑紀錄，但我沒辦法辨認出他的簽名，只知道是市醫學院附屬第一醫院的，我想找這個人談談。」

第五章　完美的病例

王亞楠點點頭：「目前也只能這樣了。」

飯後王亞楠回到辦公室，進門就遇到了二隊隊長盧天浩。

「王隊，我正要找妳，值班員說妳吃飯去了。」

「怎麼，你那邊電信部門查得怎麼樣了？有結果了嗎？」王亞楠問道。

盧天浩點點頭，伸手遞給王亞楠一張查詢報告單，上面列了好幾個電話，其中三個被黃色螢光筆勾了出來：189××××××8，189××××××0，136××××××9。

「第一和第二個號碼我們已經查到機主，排除了嫌疑，而第三個號碼屬於一個不記名的手機卡，我打過去很多次，對方都顯示關機。而這個號碼通話的時間最接近案發時間，是凌晨一點十八分，通話時長為三分零七秒。」

「這些號碼都是撥出還是撥入的？」

「都是撥入那個地區的。」

「被叫電話的號碼呢？查到了嗎？」

「查不到，轉接基站只對主叫號碼進行記錄。」

「那你馬上申請對第三個號碼進行追蹤，它雖然一直關機，但GPS肯定處於啟動狀態，這是電信部門強制安裝的。我聽治安大隊老丁他們提起過，從二〇〇五年開始手機盜竊案逐漸增多，所以那年政府發了文，從二〇〇六年之後，所有本市售出的手機都要強制安裝GPS軟體，只要手機處於開機狀態，就能透過號碼查到機主所在的位置，但監控還是要電信和警局聯合操作。但願這個手機是二〇〇六年以後買的，你馬上去辦這件事，找到這個人，越快越好。」

盧天浩點點頭，轉身離開王亞楠辦公室。

王亞楠打開電腦，找到三隊上次發給自己的殯儀館監控錄影，她已經不止一遍地查看這段影片了，可每次似乎都沒法真正解開心中的疑問。截圖中的男司機戴著棒球帽，大半張臉幾乎都被掩蓋住，即使監控錄影再清晰，想看清楚這張臉的具體長相也不太可能。她又調出那段影片，因為是每隔三秒鐘進行的間隔性拍攝，所以畫面有些許停頓。王亞楠仔細檢視著畫面中那神祕司機有條不紊地做著每個步驟，開車門、繞到車後打開後車廂、搬運屍體、關車門……

突然王亞楠愣住了，她迅速按下倒播鍵，讓畫面停在男司機站在汽車左後視鏡的那個角度，然後再暫停。目測過去，畫面中的人比身邊擦肩而過的汽車左後視鏡高出約七十公分，而一般汽車後視鏡離地面的高度為一百一十公分左右，那麼，也就是說這個男司機的身高在大約一百八十公分上下，誤差不會超過五公分。王亞楠掏出手機，按下老李的號碼快撥鍵，接通後不等對方開口就問：「田軍身高多少？」

「比我矮一點，我一百七十七公分，他差我五、六公分，所以我想他應該是一百七到一百七十一左右吧，怎麼了王隊？」

「我想，我們的案件裡確實還有第三個人存在！」

燕子磯別墅是整個市裡最上等的別墅區，占地面積不小。站在大門口朝裡望去，幾乎一眼看不到盡頭。此起彼伏的巴洛克式鄉間別墅群，儼然就是一副寧靜安樂的田園風光，而有幸住在這裡的人，都是不用為錢發愁的人。

王亞楠老遠就看到了門口保全崗亭裡那張嚴肅的臉，自從有了上次碰壁經歷以後，她早早就把相關證件準備好了。

第五章　完美的病例

　　所幸的是這次並沒有上次那樣麻煩，或許是小區保全隊的領匯出面特意叮囑過的緣故，除了保全隊隊長不停地再三提醒，不到萬不得已盡量不要在別墅區中拉響警笛之外，其他登記事項倒是一帆風順。

　　正在這時，王亞楠注意到有個年輕男子正從保全室裡間屋走出來，垂頭喪氣的模樣，手裡抱著個紙箱子，裡面裝滿亂七八糟的個人用品。年輕男子把紙箱直接搬到在門口角落停放著的一輛摩托車上，隨即發火車子，離開了別墅區大門。

　　王亞楠抬頭問身邊的保全隊長：「你們這是開除人嗎？」

　　胖胖的保全隊長微微嘆了口氣：「早就開除了，今天是來結帳要薪資的。這人不錯，就是心太軟，把不該放進去的人隨隨便便放進別墅區，結果遭到住戶投訴。這不，好好的飯碗丟了，現在這社會，想正經八百地找到一份像我們這樣薪資待遇都不錯的工作真難啊！」

　　王亞楠心裡不由得一動：「他把誰放進去了？」

　　保全隊長搖了搖頭：「不太清楚，聽說是個要飯的乞丐，是上頭直接把他開除的。」

　　身後傳來老李按喇叭的聲音，王亞楠趕緊打了個招呼回到車上，老李順利地把警車開進了別墅區。

　　「老李，剛才那保全隊長說他手下有個保全前幾天把一個乞丐隨便放進別墅區，我懷疑就是李愛珠。等回去的時候我們好好查查別墅區監控錄影，看到底是哪天發生的事情。」

　　老李點點頭：「沒問題。」

　　眼見田軍家所在的Ａ區７號別墅就在眼前，王亞楠的手機突然傳來簡訊提示音。在老李把警車拐上別墅前停車道的間隙，王亞楠低頭檢視了簡

訊，立刻提醒身邊的老李：「盧天浩發來簡訊，說經過電信部門的定位，第三個號碼現在顯示就在這個別墅區。」

「那不就意味著⋯⋯」老李沒有繼續說下去，目光停在停車道上一輛黑色轎車上，由於是側面看，他清楚地看到了車頭標誌 ── 奔跑著的美洲虎。

「王隊，我想我們找到了段玲同學王蓓曾經提到過的那輛車！」他按下手剎，伸手指著前面停車道上的車，「它的車頭是個奔跑著的美洲虎，看上去和獵豹相似，這是一輛進口的捷豹，我們市並不多見，要好幾百萬呢，而它的車型和賓利乍一看差不多。」

「你把車開過去，停在那輛車的屁股後面，堵住退路，我們要好好會會這輛車的主人。」

＊　＊　＊

安茹是個身材乾瘦的女人。王亞楠心想，要是沒有三年半前那場車禍，眼前坐在輪椅上的這個年輕女人應該是容光煥發、風采照人的。她的生活中什麼都不缺，愛自己的男人、花不完的錢、上等別墅，當然還有全套進口歐美家具。這一切的一切都顯示出房間女主人與眾不同的品味和生活的優越感。可惜，老天爺似乎給安茹開了一個巨大的玩笑，從車禍發生的那一刻起，以前那個高高在上的安茹就已經不見了，取而代之的只是一副空殼。此刻，王亞楠在這個女人的眼中看到一片茫然和死寂。

安茹對於王亞楠和老李的突然到訪並不吃驚，她冷冰冰地支走保母，一句話也沒有多說，就頭也不回地直接把電動輪椅開進書房。看她那熟練操作自動輪椅的一連串動作，可見這個女人在輪椅上已經坐了很長時間。王亞楠注意到她雙腿上蓋著一條薄薄的紅黑相間的格子毛毯，就想到了臨

第五章　完美的病例

來時章桐的一再叮囑，於是情不自禁地又多看了一眼安茹放在輪椅踏板上的那似乎毫無生氣的雙腿。

上次來是在田軍的畫室，這次安茹並沒有再在田軍緊鎖著的畫室門口逗留，而是來到旁邊的書房。

王亞楠一抬頭，冷不丁看見有個上身穿淺灰色毛衣，下穿燈芯絨長褲，身材瘦弱，面容又有些蒼白的年輕男人正悠閒地坐在書房的搖椅上看書。

「這位是？」

「我弟弟，安再軒。」

「門口那輛車是他的嗎？」老李隨口問道，「真不好意思，我把車停在它後面了。」

「是我的車。」安再軒坦然地站起來，他走到安茹輪椅旁邊，彎下腰對她柔聲說，「姐姐，你有客人，那我就先回去了。」

「不用，安先生請坐，既然來了，我們也想和你談談。」王亞楠在沙發上坐下來，伸手指了指安再軒剛才坐過的搖椅。

見此情景，安再軒微微一笑：「警官，我們第一次見面，我想我們之間沒什麼事要談。再說學院裡有事，我本來也不打算過多停留。」

「就幾句話。」此時的王亞楠早就胸有成竹，她看到安再軒的身高正好略高於旁邊站著的老李，這樣一來，他的身高就很接近殯儀館那段監控錄影中所顯示的司機身高，「只是警方正常的辦案程序而已。你不用擔心，不會誤了你的工作。你姐夫田軍現在已經向我們警方供述了殺人拋屍的所有經過，但還有一些模糊不清的地方，希望你們家屬能配合我們工作的進一步開展。」

王亞楠注意到安茹朝安再軒點點頭，安再軒就回到搖椅邊重新坐下來。她心裡不由得一動，顯然，眼前的這個年輕人非常聽姐姐的話，毫不誇張地說，已經到了言聽計從的地步。

　　「警官，你儘管問吧。」安茹挑了挑眉毛，聲音平淡得如一條直線。而田軍身上所發生的事情似乎與安茹沒有任何關係，她並不關心自己的丈夫。

　　「安先生，請問你目前的工作單位是哪裡？」

　　「市醫學院，我是一名講師。」

　　「哦？」王亞楠抬頭看了他一眼，微微笑道，「那請問你具體是教哪個科的？我同學也在裡面教書，太巧了，可能你們還認識。」

　　聽著王亞楠有模有樣地拉家常般的問話，老李不得不佩服這位頂頭上司很會編故事。

　　「是嗎？我今年剛分配過去，認識的人並不多，我在臨床醫學科工作。」安再軒回答。正在這時，安再軒隨身帶著的手機響起來，他表示歉意後就快步走出書房去接聽電話。

　　王亞楠皺了皺眉，她注意到安再軒拿手機的那隻手上布滿水泡和皮疹，有的地方還有輕微破皮的跡象，好像被什麼東西給感染了。

　　「警官，我先生什麼時候才能放出來？他是被冤枉的，你們肯定弄錯了。我已經準備請律師，我行動不便，請你們儘早給我一個答覆。」安茹冷冷地問。

　　老李清了清嗓子：「這一點妳不用擔心，警察不會隨便冤枉人，我們辦案是講證據的。再說我們只是對田軍進行了一些例行詢問，他就承認了與那兩起殺人案件有關，並沒有人逼迫他，所以我們現在要對他依法進行

第五章　完美的病例

審查。有什麼訊息我們會第一時間通知妳，放心吧。」

趁坐在輪椅裡的安茹不注意，王亞楠迅速地在筆記本上寫下一句話，推給身邊的老李。老李瞄了一眼，很快明白了王亞楠的用意，他緩緩把右手伸進口袋掏出手機，然後迅速地按下一串號碼，他並沒有急著撥通，只是耐心地等待。

「我先生承認了？他怎麼會這麼做？不，這不可能，肯定是你們逼他的！」安茹的情緒漸漸激動了起來。

王亞楠皺起雙眉，嚴肅地說：「安茹，妳不能憑空猜測，警方辦案是有原則的，請注意妳的言辭！」

「那他為什麼要承認他沒做過的事？他平時連殺雞都不敢看，還敢殺人？笑話！」安茹的臉上充滿不屑的神色。

正在這時，安再軒回到書房：「實在很抱歉，我要回學院了，一個小時後還有課，姐姐，我先走了，明天再來看你。」說著他向王亞楠和老李點頭示意，轉身離開書房。老李說：「我這就移車去。」緊隨其後也走出書房。

「那你們準備什麼時候去拘留所探視？」王亞楠突然問。

安茹愣了一下，想都沒有想就脫口而出：「我先生是無辜的，我相信他沒殺人。很快就會真相大白，我沒必要去看他，他自己會回家的。再說我坐在輪椅裡，進出也不方便。」

王亞楠若有所思地看了一眼安茹，然後慢慢踱步到落地窗前，一邊繼續想著問題來拖住安茹，一邊緊緊盯著窗外停車道上的一舉一動。

老李把車移開後，並沒有急著馬上下車。他坐在警車裡，看著安再軒開著捷豹車開出停車道的一剎那，暗暗按下手機撥出鍵。從開著的車窗

裡，他清晰地聽到不遠處傳來的電話鈴聲，而這個鈴聲就是從擦肩而過的安再軒捷豹車裡傳出的。老李感到一種莫名的興奮，他迅速結束通話了電話。

王亞楠字條上的那句話說得很清楚——趁手機還開機，證實號碼！

＊　＊　＊

從保全室出來，王亞楠的收穫並不理想，監控錄影三天一換，記錄本上只有「乞丐」兩個字，投訴住戶是保密的，不能留檔，而那個被開除的保全手機也欠費停機，沒有可用的連繫方式。

王亞楠懊惱地鑽進警車，抱怨道：「這些人說話都是一個版本，什麼都不知道，除了知道時間是五天前上午，我看明明就是害怕丟飯碗！老李，回去的路上拐個彎，我們去交警隊事故處理科。」王亞楠一手扶著車門，一邊轉頭對身後的老李說道。

「你是想去查那場車禍？」

「對，我們現在手裡就田軍這張牌有點用處，而要想讓田軍開口，就必須卸掉他心裡的包袱。田軍之所以替他老婆頂缸，很大部分是因為愧疚，我想不是因為包養段玲的事情，症結應該是三年半前那場車禍。而另一方面，我們現在沒有證據直接抓安茹，但對於她弟弟安再軒，已經有足夠條件可以傳喚，回去後就辦這件事。」

老李點點頭，迅速鑽進警車發動引擎。

回到局裡後，王亞楠吩咐老李前去申請辦理傳喚手續。而她則直接來到拘留室，在被移送到看守所之前，田軍有四十八小時用來說出真相。王亞楠知道，此刻自己必須幫他一把。

第五章　完美的病例

　　她先把那張監控錄影的截圖照片放在田軍面前：「我想你應該認識照片中這個人。」

　　「是我。」田軍的目光並沒有在照片上過多停留。

　　「你到現在還在替別人扛？」王亞楠有些生氣，「這人比你高了整整七公分，他是安茹的弟弟安再軒，不是你！自始至終你都很清楚這個案子是誰做的。所以你才會在事發後拿出二十萬現金去送給段玲父親。你一直想彌補心裡的愧疚，但你要搞清楚，你真正對不起的不是安茹，而是段玲和她母親李愛珠，還有無辜的孩子！三條人命啊！三年半前的五月二十七日，這一天你總該記得吧？」王亞楠又拿出一沓資料，其中有交警支隊現場處理紀錄和撞車後所拍下的現場照片等，逐一放在田軍面前。

　　她說：「你們當時剛從和車禍現場相距不到三公里的牌樓醫院出來，結婚五年終於成功懷上孩子，你們兩個都很興奮。這些都是你自己當時在交警隊做筆錄時親口說的。這本來是件喜事，但是一輛水泥罐裝車因為車速過快，轉彎時發生側翻，正好壓到你們所乘坐的車輛，慘劇就這麼發生了。雖然事故責任認定已經確認水泥罐裝車的司機負全責，但這場車禍不光帶走了你們的孩子，也永遠讓安茹當不了母親。因為當時車是你開的，自然而然，死裡逃生的安茹就責怪起你來，而你也無法原諒自己。」

　　田軍默默低下頭。

　　「我相信你當初見到段玲的時候，或許只是因為無法面對沒有子嗣的結果，你不忍心離開下肢癱瘓的安茹。但是你又要孩子，所以找到了段玲。可是命運捉弄了你，讓你真正愛上了她，對嗎？」

　　田軍哭了，眼淚奪眶而出：「我⋯⋯我對不起她，要不是因為我，她也不會死。」

「你說得沒錯，你沒殺她，但她卻是因為你而死！」王亞楠話鋒一轉，「所以說，你真正對不起的不是安茹，而是段玲！」

　　田軍滿面淚痕：「都……都怪我，我沒想到她會真願意懷上我的孩子。剛開始的時候，她和我在一起只是因為我能滿足她的各種要求，我買給她最漂亮的衣服、最貴的首飾，我曾經提出過想要個孩子，但她一直沒同意，說自己年齡太小，以後再說，以後有的是機會。那個時候，我就發現我愛上了她，她不僅漂亮，而且還很單純、很天真。而我每天回到家，面對的卻是冷冰冰的一張臉，背負著永遠都還不清的感情債！我只要一看見她在輪椅上的那雙腿，就想哭。」

　　「所以和段玲在一起的時候，你就不會有那麼多痛苦。」王亞楠輕輕嘆了口氣，「段玲出事那天究竟發生了什麼？你現在還不說實話，你對得起死去的段玲和你未出世的孩子嗎？」

　　「我……我真不知道，我也是一時糊塗，都怪我不好！」田軍一邊說，一邊伸手擦了擦眼角的淚痕，「當時情況是這樣的，一個朋友叫我去畫展剪綵，後來又參加酒會，回到燕子磯後已經是晚上十點多。這個妳可以去安保那邊落實，他們對進出的車輛都有紀錄。我先去了Ｃ區8號，就是我幫段玲租住的地方，我買了一條項鍊給她，想哄她開心，我每天回家前都會先去她那邊。結果等我到別墅的時候，燈開著，門也開著，人卻不在了。我找遍整棟別墅，半個人影都沒有。我有些發慌，段玲是不是離開我了？可後來又一想，她最喜歡的幾套衣服都沒拿走，她跟了我三年多，真要走也會留下幾句話。可我幾乎把別墅翻遍，連個紙條都沒找到。我打她手機也是關機。那時候我知道，最擔心的事情肯定發生了。」

　　「你那時候為什麼不報警？」

第五章　完美的病例

　　田軍苦笑著搖搖頭：「我和她的關係是見不了人的。你想，我怎麼可能為此而毀了名譽呢？」

　　王亞楠皺起眉頭，看著眼前這張憔悴不堪、略顯老態的臉，她突然有種想搧他一巴掌的衝動。

　　「後來發生的事情呢？你繼續說。」

　　「紙包不住火，我知道我和段玲的事情遲早都會被安茹知道，所以我那時第一個念頭就是馬上回家找她問問。所以我收拾了一下，把段玲的個人用品都收起來，放在汽車後車廂裡，準備第二天處理掉。一個多小時後我離開了C區8號，回到A區自己的家。」

　　「那個時候家裡有人嗎？」

　　「沒有，除了保母在，保母也說不清我妻子安茹去哪裡了。直到第二天早晨，安茹才被她弟弟送回來。她弟弟說那晚安茹感覺不太舒服，所以打電話叫他送她去看醫生。」

　　「她怎麼不叫你？」

　　「她恨我，很少和我說話，有事情都找她弟弟安再軒。」

　　「那保母呢，她還在嗎？」王亞楠心裡一動。

　　「很快就被辭退了，安茹說她偷東西，手腳不乾淨，現在這個才上班沒多久。」

　　「據說你們家經常換保母，對嗎？」

　　田軍沮喪地說：「安茹癱瘓後，整個人都變了，脾氣非常不穩定，所以在家裡嫌棄保母是很正常的事情。我們平均兩三個月就要換一個，最少的才做了半個多月就被辭退了。」

「你還記得辭退保母的理由嗎？」

「我哪能記得清那麼多，更何況過去這麼久，人也沒地方找了。」田軍躲開王亞楠的目光。

「你為什麼懷疑你妻子安茹和段玲的失蹤有關？」

「我也不知道，只是直覺。」田軍嘆了口氣，「本來把段玲安排在別墅區，我就是想圖個方便，好找藉口，畢竟開車沒幾分鐘就到了。段玲的朋友圈很簡單，我了解她，幾乎對外沒什麼交往，把她安排在別墅區我家附近，我也放心。當然，我也想過或許遲早會被安茹發現段玲的存在，但這三年都過來了，反正婚姻已經名存實亡，我認為已經沒有必要再去擔心。如今段玲突然失蹤，我第一個念頭就想到了安茹，可她那天並不在家，她弟弟小安送她去醫院檢查了。」

「和我說說安再軒。」

「你問他做什麼？」田軍一下子愣住了。

「沒什麼，就問問，一般程序。」

田軍臉上這才顯得輕鬆了些，他往後一靠：「小安是個好孩子，年紀輕輕就顯露出才華，他大學剛畢業就被母校聘為講師，他姐姐的病也是他在四處奔波。可以說，小安陪在安茹身邊的時間比我要多很多。」

「他知道你和段玲的事情，對嗎？我們有個目擊證人說，他當年曾經開車幫段玲拿過東西。」

田軍點點頭：「沒錯，他知道。我和段玲剛開始交往的時候，有一次被他看到了，他開始很生氣，後來我請他喝酒，把心裡的苦悶告訴他，說只是為了要個孩子，他最終也還是理解了。」

「他才工作沒多久，哪裡來的錢買車？」

第五章　完美的病例

　　田軍笑了：「當然是我送他的。我一幅畫能賣到上百萬元，這車是在那年的車展上買的，朋友拉的線，再說價格本身並不是問題。」直到這一刻，田軍的自信和傲慢才略微有了些許流露。

　　「你見過李愛珠嗎？」

　　「段玲的母親？沒有，我沒見過。」田軍毫不遲疑地搖搖頭。

　　王亞楠向前靠了靠身體，然後雙眼緊盯田軍：「既然現在你已經說出你不是殺人凶手，那為什麼最初要承認？是不是在替你老婆安茹背黑鍋？」

　　田軍不由得怔住了，急忙結結巴巴地辯解起來：「我⋯⋯安茹不可能殺人，她下肢癱瘓好多年了！我這麼做是因為⋯⋯」

　　突然老李推門進來，彎腰在王亞楠耳邊低語幾句，王亞楠笑了，站起身對愕然的田軍說：「田軍，不用多說了，今天就到這裡吧。」說著她點頭示意屋角的拘留室管理人員帶走田軍。走到門口的時候，王亞楠突然回過頭叫住拘留室管理人員，然後問田軍：「你名下共有幾輛車？」

　　「兩輛，第一輛在車禍中壓壞了，修好後因為怕安茹見了傷心，就一直在車庫裡放著沒開，另外又買了現在的這輛賓利。」

　　「你老婆以前會開車嗎？」

　　田軍點點頭：「車禍前剛拿到駕照。」

112

第六章　殺人的理由

「我本不想殺她的，可田軍好幾天都不回家，對我的關心也越來越少，保母回來說看見他的車直接開進C區。以前再怎麼有應酬，他每晚都會回家，我知道他離我越來越遠，我快留不住他了。於是我安排保母去物業那邊打聽，得知他以自己的名義租下了另一處別墅。這個渾蛋，以為我再也站不起來了，竟然把女人養到家門口！」

第六章　殺人的理由

老李站在門口的走廊上，等王亞楠關上拘留室的門，隨即轉身向電梯口走去，邊走邊說：「安再軒就在一號審訊室。」

「傳他來的時候有困難嗎？」王亞楠問。

老李搖搖頭：「只是這小子讓人有種說不出的感覺，不知是高高在上還是拒人千里，總覺得他好像與眾不同。」

「透過剛才和田軍的交談，我想他還不知道安茹具體的恢復情況，而他自始至終都認為是自己害了段玲。尤其是當他得知段玲懷了他的孩子時，強烈的自責感使他背下一切罪責。田軍之所以這麼做還有一個原因，那就是他內心對安茹的愧疚很深，因為當初那場車禍。」

「你的意思是，他懷疑到妻子安茹身上，知道段玲的事情和她脫不了關係，但又沒辦法證實自己的推斷。在這種矛盾心態下，他為了懲罰自己，一激動就扛起了整件案子。」老李皺起眉頭，「怎麼會有這麼傻的人，不是自己做的還承認，這可是要判死刑的啊！」

王亞楠苦笑：「他也是性情中人，總覺得自己對這兩個女人都有虧欠，對自己的所作所為也後悔，如今又加上一個盼了這麼多年的孩子，他腦袋一熱，說出這樣的話也不足為奇。」

正說著，上行的電梯門打開，王亞楠意外地看到了章桐。

「亞楠，我正找妳，發現了新線索。」章桐邊說邊從隨身公文夾裡拿出一份檢驗報告遞給王亞楠，「妳還記得我曾經說過，在二號女屍，也就是李愛珠的屍體指甲縫裡發現的人體皮膚碎屑嗎？」

王亞楠點點頭：「沒錯，妳說DNA檢查出來是屬於一個男人的，但庫裡沒有匹配對象。怎麼了，妳那邊找到符合的DNA樣本了嗎？」

「那倒沒有，我後來又對樣本進行了細胞生化檢查，希望能夠查出對

方是否有特殊的遺傳類疾病。結果妳猜怎麼樣？這個男人患有一種通俗說法叫『紅斑狼瘡』的免疫系統變異皮膚病。因為這份檢驗樣本中，抗ds-DNA抗體、抗SM抗體和抗核抗體的陽性率達到百分之九十五，而且碎屑中的皮膚組織表面的血沉非常高，達到百分之百。亞楠，他的病應該已經到了中晚期。」

「那這種病最明顯的表現是什麼？」王亞楠一邊走出電梯，一邊回頭問道。

「血小板減少，面部光過敏，指甲端紅腫及有水泡皮疹的出現，血壓升高，持續低燒，渾身骨骼疼痛。」

王亞楠突然站住，轉身面對章桐：「你剛才說這是一種遺傳性的疾病，那麼我想問，得了這種病，後代都會遺傳和病發嗎？」

章桐搖搖頭：「那不一定，患有紅斑狼瘡的人，如果把基因傳給下一代的話，那麼他的後代中也有可能只是隱性病毒的攜帶者，卻不會爆發，當然有的人就沒有那麼好運。」

王亞楠和老李對視一眼，輕輕說：「我看見過那樣的一隻手！小桐，妳跟我們來，親自幫我們判斷一下，他現在人就在審訊室。」

在經過辦公室通向審訊室的走廊裡，王亞楠叫住于強：「你馬上申請搜查令，然後去田軍家別墅的車庫裡，那裡有一輛車，好好給我搜，任何證據都不要遺漏掉。」

于強點點頭，轉身迅速離開。

「對了，醫學院附屬第一醫院那邊查得怎麼樣？找到負責醫生了嗎？」王亞楠回頭問章桐。

章桐聳了聳肩：「根本就沒有這個人，我找了我的同行，他也是病理

第六章　殺人的理由

科的人，我把那個醫生簽名傳真過去，結果全院的醫生看過後，都說根本不認識這個簽名。要麼是給安茹看病的醫生沒睡醒在鬼畫符，要麼就是有人編造了假簽名。」

「等等。」老李忽然想到了什麼，「那個安再軒不是在市醫學院教書嗎？我記得這些教授講師們都會帶醫生去附屬醫院實習。你們先等我一下，我去打個電話了解情況。」

很快，老李就興沖沖地回來，嘴裡還咕咕噥噥的：「這小子，總算露出狐狸尾巴了。」

安再軒一個人在審訊室裡已經等了將近二十分鐘，他顯得有些不安，時不時掏出手帕在額角擦了擦，又不停看著腕上的手錶，感覺自己像極了一隻被關在箱子裡毫無目的四處亂竄的老鼠。

門口傳來腳步聲，隨即審訊室的門被推開，陸續走進來三個人，前兩個安再軒見過，知道是刑警隊的，最後這個沒見過，是個身材瘦小的女人，穿著工作服，手上戴著醫用手套，右手還拎著一個小工具箱。

「你們想做什麼？為什麼把我帶來？我下午還有課，你們不能隨便抓人的。」安再軒先發制人地開始嚷嚷起來。

王亞楠微微一笑：「別急，安先生，這是我們法醫室的主任，她要對你做些例行檢查。」

或許也是學醫出身的緣故，安再軒不安的感覺更加強烈，他剛想站起身，身後站著的老李早就按住他的肩膀，一時之間讓他無法動彈：「請你配合一下，安先生，你現在是被傳喚，有義務配合我們警方進行各項工作的開展。再說了，我們沒有證據也不會隨便傳喚你。你現在牽涉進一樁殺人拋屍案，我們這是依法對你進行檢查取證。」

安再軒心有不甘地咬緊嘴唇，終於不再掙扎，但把憤怒的目光投向了王亞楠。

　　章桐來到安再軒身邊，先抓起他的手臂，然後仔細檢視了他的手指。在此期間她始終一言不發，最後章桐抬起頭，對王亞楠說：「符合紅斑狼瘡病人的症狀，但我想因為他一直在用藥控制，所以並沒有爆發得很厲害，我需要採集他的DNA樣本回去進行比對。」

　　一聽這話，安再軒就像被蛇咬了，猛地往後一縮。

　　見此情景，王亞楠不由得冷笑：「DNA樣本的採取是不疼的，只要用棉花棒在你口腔壁上輕輕刮一下就行。你不用害怕，我們這麼做也是為了儘早排除你的殺人嫌疑。所以你不用擔心。」

　　「不不不，你們不能因為我是紅斑狼瘡患者就隨便提取我的DNA樣本，你們沒有證據！」安再軒還在努力辯解。

　　老李從公文夾中找出那張殯儀館的拋屍現場照片，又拿出電信部門的追蹤紀錄，一一擺放在安再軒面前：「我們沒有證據就不會請你來了。這個照片中的人應該是你吧，還有這個手機號碼，熟悉嗎？我想現在如果我再撥打一次的話，肯定能夠聽到你口袋裡的手機鈴聲。」

　　安再軒下意識地把手伸向褲子口袋。

　　「別看了，上次在你姐姐家門口，那個電話就是我用手機打的。安再軒，你應該比我們更清楚，為什麼我們要提取你的DNA樣本。是你用特殊方法殺害了李愛珠，在搏鬥過程中，李愛珠的手指甲縫裡留下了你的皮膚碎屑，其中就有你的DNA樣本。你要是心裡沒鬼，就不會害怕我們提取你的DNA樣本去做匹配試驗！」

　　安再軒就像被當頭狠狠敲了一棍子，頓時蔫了，他垂下高昂著的頭

第六章　殺人的理由

顧，沮喪地注視著面前桌上的照片，沒多久，他嘶啞著嗓門說：「你們別檢驗了，用不著了，我現在就可以把結果告訴你。那個女人手指甲縫裡的皮膚碎屑是我的。」說著他把右手手掌高高抬起，中指背面赫然有被抓傷破皮的痕跡，「我自以為什麼都考慮到了，就是沒想到最終還是露出馬腳。這是報應！」

王亞楠從審訊室抽屜裡拿出一隻錄音機，放在桌面上，按下錄音鍵：「說吧，安再軒，你究竟是怎麼殺害李愛珠的，把事情發生的前前後後詳細說出來，再瞞著也沒必要。」

安再軒突然抬起頭：「段玲也是我殺的。」

「不，殺死段玲的是你姐姐安茹！」王亞楠的語氣中充滿嚴厲，「一個因愛生恨的女人。」

「她⋯⋯她坐在輪椅上，行動不便，怎麼能殺人？」安再軒急了，幾乎要從椅子上站起來。

「坐好，給我老實點！」老李嚴肅地警告，「都這個時候了，你還護著她，以為我們警察都不會動腦子嗎？那天晚上，凱旋高爾夫球場的保全看見案發前後有兩輛車開進高爾夫球場。進去的時候兩輛車一前一後相隔有些時間，卻是一起出來的。就在第一輛車進入高爾夫球場後沒多久，你的手機號碼就朝那個區域打了電話，很快第二輛車就出現了。就在剛才我把你傳喚來的時候，重案隊同事已經申請對你捷豹車的 GPS 定位系統紀錄進行查證。你得慶幸你姐夫送給你的是輛進口好車，為了防止被盜，這種先進的 GPS 定位系統忠實地記錄下半年內你去過的每個地方。在這一點上，我想普通汽車能記錄二十四小時就已經很不錯了。紀錄顯示，你在打完電話以後二十多分鐘才到達案發現場，所以說你是被別人叫去的，而不

是首先過去殺人拋屍。」

「還有,就要談到你姐姐安茹的病情了。安再軒,你姐夫田軍說自從醫院裡出來後,一直是你陪伴在你姐姐身邊,帶她看病,幫她做康復治療。很奇怪的是,前面幾頁病歷本,我們都能看清楚主治醫師的姓名,後面卻跟鬼畫符一樣,而且自從安茹出院回家後,病歷紀錄顯示她似乎一直處於恢復的停滯狀態。我想其中一定是你搞的鬼,對不對?」王亞楠緊緊盯著安再軒的臉,「我想如果我去找這些簽字醫生核查的話,結果肯定會不太一樣,當然,前提是我能順利找到這些人,但根本就不存在這些醫生,去哪裡找?安再軒,後期病例都是你偽造的,一切的一切都是為了掩蓋你姐姐已經逐漸恢復的真實病情!」

老李嚴肅地說道:「我剛與你們醫學院教務處的負責人通過電話,你本身懂醫,有醫師執照,又在醫學院工作,所以經常帶學生在醫學院第一附屬醫院門診部進行實習活動,這就給了你偽造病歷的可乘之機。」

王亞楠重重嘆了口氣:「安再軒,我們不明白的是,你明明知道你姐姐安茹殺了人,為什麼還要幫她?還有,李愛珠到底是不是你殺的?兩條人命,還有段玲肚子裡那沒出生的無辜孩子!」

「沒錯,我承認李愛珠是我殺的,也是我拋的屍,可孩子——」安再軒傻了眼,「我不知道那小丫頭懷孕了啊!」

王亞楠和老李不由得面面相覷。

*　　*　　*

一場濛濛細雨把街道變成一塊明亮的黑鏡子,臨街亮著燈光的窗戶倒映在光閃閃的路面上,微風從西面徐徐吹來,帶來遠處水波湧上岸邊的聲音。現在已經是晚上八點半,但對於坐在警車裡的王亞楠和老李來說,這

第六章　殺人的理由

一天還沒真正結束。

警車迅速開出城區，來到近郊的燕子磯別墅。在出示證件後，老李把警車開進安靜的別墅區，拐到Ａ區7號田軍的家。

別墅前的停車道上空空蕩蕩，一輛車都沒有。在來之前，王亞楠已經得到通知，于強帶著下屬順利地從別墅後面車庫裡那輛舊雷克薩斯車上提取到了所有相關證據，在半個小時前就離開了。臨走前，于強特意留下一個副手，名為看護，其實是擔心安茹做出不必要的傻事。

王亞楠伸手按下門鈴，沒多久，別墅深灰色的大門就被輕輕打開，安茹蒼白的臉出現在門後。這回她竟然沒坐輪椅，看到站在門口的王亞楠和老李，安茹一點都不吃驚，她好像知道王亞楠他們要來似的，只是輕輕嘆了口氣：「進來吧，我正在等你們。」然後轉過身，腳步顛簸地走向不遠處的書房。

安再軒被警局帶走的消息肯定已經傳到安茹耳朵裡，就在打開房門的那一刻，王亞楠在她的臉上看到一種哀傷到極點時所流露出的絕望。

還是在書房裡，一位身穿制服的女警檢視到王亞楠和老李走了進來，趕緊站起身，在得到允許後，隨即離開別墅。

「你很清楚我們為什麼來。」王亞楠伸手指了指書房角落裡放著的那張空空蕩蕩的輪椅，又從隨身帶著的公文包裡掏出了已經開好的傳喚證，遞給安茹，「現在請妳和我們一起去一趟局裡，配合調查兩起謀殺案。」

安茹看都不看，冷漠地說：「那就走吧。」

警局審訊室，安茹靜靜地坐在椅子上，一言不發，神情有些呆滯。

「安茹，妳弟弟安再軒已經被我們正式拘留，他承認了殺害李愛珠的犯罪過程以及後來的拋屍，他很快就會被轉交給檢察院進入司法程序。我

們希望妳別再隱瞞，老老實實講出案發的前前後後，明白嗎？」王亞楠口氣嚴厲地說道。

安茹點點頭：「我本來不想把再軒牽扯進來的，他太傻了。」

「安茹，妳到底是什麼時候可以不坐輪椅的？」

「兩年前，也就是二○一○年的十月分，我弟弟帶我去做針灸，漸漸地我的雙腿有了知覺。後來因為堅持康復鍛鍊，我最終可以不依賴輪椅了。」

「那妳後來為什麼還要繼續坐在輪椅上？」王亞楠皺起眉頭，「能走不是件好事嗎？為什麼妳寧願不要自由？」

安茹笑了：「警官，妳不懂什麼是愛，而我就是為了愛才這麼做的。我比田軍小十七歲，但我深愛著他，我不顧父母勸阻，執意嫁給剛剛離婚的田軍。那一刻，我以為自己會成為這個世界上最幸福的女人。田軍也並不虧待我，尤其對我弟弟再軒，還送給他一輛豪車作為禮物，並且對他的各種要求也是有求必應。我常常慶幸自己找了個這麼好的男人。於是就想為他生個孩子，可因為我自身的原因，我是紅斑狼瘡病毒的攜帶者，這種病很難懷上孩子，而田軍年紀也不小了。我們為此努力五年，好不容易才算是懷上了。」說到這裡，安茹一臉悲傷，「要不是那場該死的車禍，我早就當上了母親。車禍發生後，田軍起先一直很照顧我，他對我也很愧疚，尤其是看到我坐在輪椅上的時候。可隨著我出院回到家，我漸漸發現，田軍回家的時間越來越晚，應酬越來越多，有時凌晨兩三點才回家，還一身酒味，我還能聞到女人用的香水味。那一刻我知道，他在外面有了女人。可他並沒有提出和我離婚，我從他看我雙腿的眼光中讀到了憐憫和同情，還有那永遠都抹不去的自責。我終於明白了，他之所以還留在我身邊，是因為我坐在輪椅裡。而只要我在輪椅裡坐一天，他就不會離我而去。所以

第六章　殺人的理由

我打定主意這輩子都在輪椅裡坐著,哪怕我已經可以行走。」

聽了安茹的解釋,老李徹底糊塗了,他看了一眼王亞楠,無奈地搖搖頭。

「那妳為什麼要殺害段玲?既然妳已經打算就這麼平平靜靜地過下去,容忍田軍的所作所為,只要他不離開妳,妳又何必去殺人呢?」王亞楠疑惑地問道。

安茹長嘆一聲:「我本不想殺她的,可田軍好幾天都不回家,對我的關心也越來越少,保母回來說看見他的車直接開進C區。以前再怎麼有應酬,他每晚都會回家,我知道他離我越來越遠,我快留不住他了。於是我安排保母去物業那邊打聽,得知他以自己的名義租下了另一處別墅。這個渾蛋,以為我再也站不起來了,竟然把女人養到家門口!」咒罵田軍的時候,安茹彷彿換了一個人,變得目光冰冷,咬牙切齒。

「我去找她,親自去找那個女人,那天晚上田軍不在燕子磯,他的一個朋友拉他去開什麼剪綵會。我知道不到半夜凌晨他回不來。他開車走後,我就去了C區8號,也就是那個女人住的地方。」

老李看了一下于強傳過來的結論報告:「妳當時開的是妳們家原來的那輛舊雷克薩斯,對嗎?根據妳的車牌號,我們查到那輛車在案發當晚十一點多離開過燕子磯別墅,第二天下午才開回來。」

安茹點點頭:「是我弟弟開回來的,早上他開自己的車先送我回家。下午田軍不在家的時候他開了回來,把車停回車庫。」

「那個叫段玲的女人,看到我似乎一點都不吃驚,我本來想,她這樣的女人跟著田軍不就是為了錢嗎?我給她三十萬元或者四十萬元,作為補償不就行了?」

王亞楠輕輕地說道：「妳沒想到段玲竟然會拒絕妳。」

「對！她不光是拒絕了我，還羞辱我，你知道她說什麼嗎？她說我長得難看，田軍已經不愛我了，更主要的是，她已經懷上了田軍的孩子。她的手指幾乎戳到了我的鼻梁上！她說我裝殘疾，明明已經可以走動卻還坐在輪椅上，為的就是拖住田軍。她還說……」

「她還說什麼？」王亞楠抬頭問道。

「她還說我是一隻不會下蛋的老母雞，遲早會被田軍甩掉。我傷心到了極點，田軍竟然把我的祕密全都告訴給眼前這個我根本不放在眼裡的女人。我失去理智，撲上去狠狠卡住她的脖子，沒想到她很快就暈了過去。」

「那時候她已經懷孕大約兩個月了，妳太殘忍了，一屍兩命！」老李重重嘆了口氣。

安茹臉上依舊沒有表情，彷彿是在講述一件在別人身上發生的事情：「我以為她死了，很慌張，我當時只有一個念頭，不能讓她的屍體留在別墅裡。我把她拖出門，塞進汽車後車廂。」

「那妳是怎麼想到要把屍體拋在凱旋高爾夫球場的？」老李問。

「出車禍前，我和田軍經常去那裡玩，因為那邊離我們別墅區很近，開車半個小時左右就到了。我知道那邊很偏僻，如果不是打球，根本不會有人去注意那裡。我直接把車開往那裡，我沒走正門，半夜三更，正門保全會問個不停，我直接走了邊門。我對那裡太熟悉了，把車直接開進球場後半部分，那邊人更少。我找了個地方停下車，然後把後車廂打開，把段玲拖了出來。」

「妳是怎麼處理屍體的？」

第六章　殺人的理由

　　安茹冷笑道：「還能怎樣？當然是埋了啊。我把她拖到一個坑裡，正要找東西掩埋時，突然聽到她發出呻吟聲，那時我才知道她還沒死。」安茹的眼神突然之間變得很陰森，「我不能讓她活下來，月光之下，我看她的臉是那麼美，這張讓我恨之入骨的臉！我想都沒多想，順手抓起石頭狠狠砸下去。」一邊說著，安茹一邊伸出右手，彷彿抓著一塊無形的石頭，用力重複著她曾經做過的可怕事情。

　　王亞楠皺起眉頭：「住手，安茹，妳冷靜點！」

　　安茹的手停在半空中，她突然意識到了什麼，微笑道：「對不起，警官，我走神了。」

　　「說說妳弟弟安再軒吧，他是怎麼來的？」

　　「他在我離開家後沒多久，就跟平常一樣來我家探望我，看到我不在，聽保母說我開車出去了。那個保母很愛多嘴，知道得太多，我第二天就把她辭退了。」安茹微微一笑，繼續說，「我弟弟急了，四處打我的電話，起先我的手機在車裡，我沒聽到，後來等我處理完屍體後回到車裡，那時才連繫上他。說實話，我……我很害怕，因為殺了人，我的手一直抖個不停，我告訴再軒我所在的位置，他執意要開車來。我不該同意他來的，但他很擔心我，見到現場後，他幫我處理了餘下的事情，我們很快就一起離開。」

　　「那妳弟弟就沒有想到報警嗎？」王亞楠追問道。

　　安茹搖了搖頭：「他是個好孩子，從小到大都聽我的。」

　　「包括幫妳偽造病歷！」老李咕噥了一句。

　　王亞楠又問：「那後來呢，李愛珠又是怎麼回事？」

　　「過了些日子後，有一天上午，我記得那是星期三，田軍要出去講

課,照例一大早就出了門。段玲死了以後,他在家的日子也越來越少,整天就像丟了魂一樣。那天正好下雨,我坐在窗前看書,那時候門鈴響了,保母開門的時候嚇了一跳,因為眼前這個女人雖然上了年紀,但卻和段玲幾乎長得一模一樣,只是瘦得可怕。那一刻我才突然意識到,段玲的家人找上門來了。她手裡拿著段玲的照片,照片上那張臉,我到死都不會忘記!那個女人一見到保母身後的我,就問我有沒有見過她女兒,我很慌亂,隨便說了幾句就把她打發走了,她臨走前留下自己的電話號碼。後來我越想越不對,因為那女人的眼神似乎明白了什麼。我還注意到她又走向保全,真不知道她是怎麼進來的,我很生氣,就打電話到物業那邊痛罵了一頓,後來物業經理特地上門道歉,說隨隨便便放人進來的保全已經被開除。那女人裝可憐,拿著照片四處求人,被開除的保全就是因為心太軟,在她再三保證說自己不會騷擾住戶,並且清楚地說出我們家的電話號碼和田軍的名字,以表明認識我們家之後,就放她進來了。物業經理走後,我怎麼想都不對勁,就打電話把弟弟找來,我告訴他必須讓這個女人消失,不然等段玲的屍體被人發現,她很快就會認出女兒,然後連繫到我們頭上,那就麻煩大了。她這麼無休無止地找下去,拿著照片在別墅區四處打聽,遲早有一天會知道一切。」

「那個悶死人的方法到底是誰想出來的?」王亞楠問。

安茹撇了撇嘴:「當然是我了,我在家沒事幹就看書,什麼書都看,我本來想即使屍體被你們發現,也不會找到死因,因為這種老輩人留下來的特殊殺人方法不會留下一絲痕跡。再說,現在那些市面上的偵探小說不都會故意搞些詭異的東西來把你們整得暈頭轉向嗎?我正好看到,就想著試試。聽說用這種方法弄死的人,都不知道自己怎麼死的,也不知道死在誰手裡。真是絕了,我都不用怕她來找我索命!」

第六章　殺人的理由

聽到這話，王亞楠哭笑不得：「那妳接下來是怎麼把李愛珠帶進圈套的？」

「我用公用電話打給李愛珠，說我那天忘了，其實我有她女兒段玲的消息，我會帶她去她女兒上班的地方。我讓她在中南一路附近的公車站那邊等我，她很興奮，當晚早早就去了。後來我把她騙到我弟弟的車上，我弟弟弄暈她後，就把她帶到這裡的地下室。」

「保母呢？妳不怕她看到？」老李問。

「我辭了先前的保母，對田軍說放了她的假，讓她半個月後再回來。」

「那妳也不擔心田軍回來會看到嗎？」

「他從不去地下室，回來就一頭埋到畫室裡畫畫去了。」

「我弟弟不讓我再動手，兩天後就幫我完成了這件事，他說他有個同學在殯儀館做遺體整容，可以想辦法讓人神不知鬼不覺地把這個女人的屍體和那些即將火化的屍體一起處理。就像那些外國電視劇中的情節一樣，不留一絲痕跡。現在的紙棺材可結實了，完全能承受兩個人的重量！往裡一放再蓋上布，找個墊子就足夠了。但是沒想到，老天爺和我們開了個天大的玩笑，選中的那具紙棺材竟然在搬運時底部脫落。」安茹像個做了壞事被母親逮到的孩子，無奈地聳了聳肩，「後面的你們就全知道了。我也沒什麼可說的。」

「妳殺人的時候有沒有考慮過後果？」王亞楠問。

「後果？我現在什麼都沒有，為了田軍這樣一個忘恩負義的男人，我真不值得，這是我唯一感到後悔的事情！」

「那妳弟弟呢？妳也毀了他，不是嗎？」老李語氣生硬地說道。

安茹突然不吭聲了，她低下了頭，神情漠然。

王亞楠合上筆記本,收好錄音裝置抬頭說:「安茹,妳還有什麼要補充的嗎?」

安茹想了想,輕輕地說:「我想在進監獄前能再見見我弟弟安再軒,我對不起他。」

王亞楠長嘆一聲,站起身搖搖頭,心情沉重地走出審訊室。

＊　＊　＊

案子破了,王亞楠卻一點都高興不起來,開完案情彙報會議後,她就晃悠悠地來到負一樓的法醫辦公室。

在她的記憶中,每次來法醫辦公室,幾乎都會看到章桐那忙碌的身影,今天也毫不例外。

「妳還在忙啊,不回家嗎?」

章桐一回頭,見王亞楠懶懶地靠在門邊,滿臉疲憊,神情顯得很沮喪。她微微一笑:「怎麼,案子破了,還陷在裡面拔不出來?亞楠,別太投入了,陷得太深對妳不好。」

王亞楠並沒有回答章桐提出的問題,她一屁股坐在章桐身邊空著的椅子上,同時掃了一眼空蕩蕩的辦公室後問:「妳的小助手呢?怎麼沒見到他的影子?平時不老像個跟屁蟲一樣跟在你後面嗎?」

「今天他休息。對了,亞楠,安茹後來都承認了嗎?」章桐一邊關上電腦,一邊問。

「說實話,我真沒有想到她這麼快就承認了,我和老李帶著傳喚證去找她的時候,本來還以為會費一番周折,可沒想到的是,她好像就在那裡等我們一樣。輪椅也不坐了,就像一場戲演完後演員要謝幕。到局裡以後,她什麼都說了。我們最初的推斷沒有錯,一個因愛而生恨的女人。」

第六章　殺人的理由

　　「我明白她的心情，自己最在乎的都沒有了，自然也就沒有必要再去掩飾，哀莫大過於心死啊。亞楠，我相信她第一次是衝動殺人，安茹最初肯定沒有想到會有這樣的結局。可惜，就像我們平時撒謊一樣，撒一個謊很容易，但卻不會想到以後會不得不撒更多的謊來圓第一個謊，她陷入了一個永遠都沒有辦法拔出來的惡性循環。」

　　王亞楠趴在椅背上，看著章桐，無奈地說：「你知道她最後提出了一個什麼請求嗎？她想見見自己的弟弟安再軒。她卻沒有好好問問自己，該不該為她弟弟如今的結局而負責。所以說小桐，我有時候其實很羨慕妳，雖然妳經常面對的是死人，冷冰冰的死人，但是死人有時候卻比活人好面對多了，因為他畢竟死了，思想就只會定格在一個地方，而活人就不一樣了，我猜不透，就像安茹，她為了愛，為了一個男人，甘願付出這麼大的代價，真的是讓人想不通啊！」

　　章桐似乎並沒有聽到王亞楠的抱怨，她默默地盯著王亞楠看了好一會兒，才緩緩地說道：「亞楠，對不起，我有件事一直想跟妳說，但是我怕連累妳。」

　　王亞楠皺起了眉頭，「連累？妳什麼意思？」

　　「還記得那個放在妳車子擋風玻璃上的字條嗎？對不起，我騙了妳，我幾天前連繫上他了。」

　　王亞楠迅速坐直了身體，兩手向前緊緊地抓住章桐的雙肩，一字一句嚴肅地說道：「妳怎麼可以瞞著我！快告訴我，他說什麼了？」

　　章桐緊咬著嘴唇，她開始後悔自己的這個決定，但是她很清楚李局最終還是會找到王亞楠，與其從李局嘴裡知道這件事，還不如自己現在就告訴她。

「他給了我一張照片，只有一張照片，但是卻已經足夠證明劉春曉是被害的。」

　　「那照片呢？現在在哪裡？妳快拿給我。」王亞楠急了。

　　章桐搖搖頭：「按照規定，我屬於利害關係人，必須脫開這個案件的調查，所以我把情況向李局彙報了，連同照片一起都交給了他。」

　　「妳為什麼不找我？我可以幫妳調查這個案子。我有這個權力啊！再說妳是我的好朋友，難道妳不信任我？」

　　章桐不由得苦笑：「我怎麼可能不相信妳？可劉春曉的死不是那麼簡單的，李局說了，很有可能與劉春曉死前調查的那個案子有關。我很信任李局，他答應我會幫我調查這個案子。亞楠，妳幫我已經夠多的了，而我對這件事也只能這麼處理，我不能違背局裡的程序規定啊。」

　　王亞楠愣住了，章桐說得一點沒錯，她完全可以不告訴自己，只是想起劉春曉案發現場的慘狀，她的心就不由得像被一隻無形的大手緊緊地攥在了手心，讓她感到透不過氣來。

　　五樓李局辦公室，門被關得很緊。屋內李局正在通電話，半晌都沒有說一個字，表情嚴肅，直到最後，他才神情凝重地說道：「謝謝您對我的信任，我一定會還劉檢察官一個公道！」

第六章　殺人的理由

第七章　人骨拼圖

「亞楠，要是我沒有看錯的話，這兩根肱骨分別屬於兩個不同的人！」

王亞楠瞇起了雙眼，她的目光在章桐手中的肱骨和地上黑色塑膠薄膜上的骸骨之間來回轉了好幾圈，這才懊喪地咕噥了一句：「別告訴我，這回我們碰上了現實版的『人骨拼圖』！」

第七章　人骨拼圖

　　我不知道我的噩夢究竟是從什麼時候開始的，好像從我生下來的那一刻開始，它就已經深深地在我的腦海裡扎根、發芽，最終長大。當我每次掙扎著從噩夢中醒來時，都感到自己已經喊得聲嘶力竭，除了抽噎，再也發不出別的聲響。我一籌莫展，但是我只能繼續做噩夢，因為黑夜總會來臨。

—— 一個憂鬱症患者的自述

＊　　＊　　＊

　　骨頭，是人身上最堅硬的組成部分。人活著的時候，它支撐著人類站立、行走和做各種動作，從而盡可能地讓人們隨心所欲地生活；而人死了，皮膚、皮下脂肪、肌纖維、肌腱……通通腐爛消失以後，塵歸塵土歸土，骨頭卻依舊會被保留下來，不管歲月如何變遷，它都會忠實地記錄下人們一生的軌跡，甚至於包括人們是如何走向最終的死亡的。

　　只是有時候，在這種對死亡解讀的特殊過程中，難免會產生一些讓人難以想像的困難。在接近零攝氏度的室外氣溫下，章桐雙膝著地，在鐘山公園的沙坑裡已經跪了一個多鐘頭，刺骨的寒冷穿透她工作服下薄薄的羽絨衣，讓她渾身哆嗦，牙齒不停地打戰。更糟糕的是，她戴著乳膠手套的雙手手指幾乎僵硬，每一次觸碰，對她來講都是一次痛苦的經歷，到最後彷彿眼前這十根手指都已經不再屬於自己，根本就不聽從命令，除了揮之不去的疼痛的感覺愈演愈烈。

　　從另一個方面來講，章桐卻又很慶幸現在是一年之中最冷的冬天，因為每年只有到了這個時候，鐘山公園的沙坑裡才不會有小孩子過來玩耍，那麼他們也就不會被眼前這一幕恐怖的場景所嚇倒。沙坑很大，長五十公尺，寬三十公尺，所用的沙子都是來自不遠處的銀湖，所以很乾淨、潔

白。但此刻被藍白相間的警戒帶所圍起來的沙坑裡,卻出現了一塊塊灰白色的骨頭,形狀各異,長短不一,就像被人隨意拋棄在裡面的垃圾。章桐所要做的工作,就是趴在沙坑裡,儘自己所能,像古代的淘金者那樣把沙坑劃分好區域,然後依次用篩網,一塊塊地小心翼翼地把這些東西篩揀出來,最後彙總到沙坑邊早就鋪好了的一張巨大的黑色塑膠薄膜上。

最早出現在塑膠薄膜上的是一段長約四十三公分的完整人類股骨,老李想盡了辦法,最後不得不用一根真正的豬骨頭,才從一隻激動過頭的比特犬嘴裡把它交換出來。沒人會把骨頭朝乾乾淨淨的沙坑裡扔,更別提這麼大的骨頭,所以當比特犬的主人見到自己愛犬嘴裡的意外收穫時,第一個念頭就是馬上打電話報警。

人體總共有兩百零六塊骨頭,聽上去是挺多的,可是像現在這樣散落在一塊三十公尺乘五十公尺的沙坑裡,那就有點像天上的星星。潘建一邊跺著腳,嘴裡哈著氣,一邊不斷地抱怨著:「這鬼天氣,都凍死人了。啥時候才算是個完啊?」

章桐挺了挺已經接近僵硬的腰板,皺眉問:「你那邊數目是多少?」

「一百二十三。」

「顱骨還沒找到。」章桐鬱悶地掃了一眼面前還有三分之一沒動過的沙坑,「接著做吧,還早著呢。」

潘建不吱聲了。他很清楚人類顱骨是判定一個人具體身分的最重要的象徵,哪怕這個人身上所有的骨頭都找齊了,卻唯獨少了顱骨,那麼就可以苛刻地說,除了知道這個人是男是女,年齡大概多少以外,別的都無從知曉,這對後面屍源的認定來說沒有多大的意義。

天邊漸漸地出現了夕陽,風也停了,但是寒冷的感覺卻像針扎一樣已

第七章　人骨拼圖

經深入骨髓。章桐現在最渴望的就是一杯熱乎乎的咖啡。她眼角的視線裡沙坑邊上出現了一雙黑色皮靴，伴隨而來的是一聲響亮的噴嚏。緊接著，王亞楠那被重度感冒幾乎毀了的嗓音就在耳邊嗡嗡響起：「還沒有完工啊，我都快被凍死了，妳是不是打算就這樣做到天黑！」

章桐疲憊地抬起頭，看著面前的沙坑，心裡不斷地計算著數目：「快了，應該就差顱骨部分了。」

「妳確定凶手把顱骨也扔在這裡了？」

章桐皺起了眉：「即使沒有，我也得把這整塊沙坑都翻完。妳去準備一下應急燈吧，以防萬一，我也快了，還有一兩個平方公尺。」她伸手指了指自己左手方向兩公尺遠的區域。

王亞楠咕噥了一句，轉身走開了。在她看來，這裡是法醫的地盤，她犯不著和章桐多計較什麼，既然她吩咐自己做這個做那個，那就乖乖地去做就是了。

很快，四架高高的應急燈就在沙坑邊立起。當夕陽的最後一絲餘暉在天邊消失的時候，應急燈四束雪亮的燈光就把整個沙坑照得猶如白晝。看著王亞楠對手下指手畫腳的樣子，章桐只是淡淡地一笑。她手腳並用爬出沙坑，然後一屁股坐在冰冷的地面上。在她身後，沙坑裡的每一寸空間幾乎都被她翻遍了，不管是埋得深還是埋得淺，只要是類似於骨頭的東西，都沒有躲過她的眼睛。

骨頭都找到了，但工作還遠遠沒結束，章桐深吸了口氣，然後咬牙站起身，走到潘建身邊。潘建則一副半蹲半跪的姿勢，正在那塊巨大的黑色塑膠薄膜上一塊一塊地按照人體骨骼的原本分布規則進行排列。他這麼做是以防萬一遺漏掉骨頭，這可是法醫工作中的大忌。因為漏掉的那塊骨頭

很有可能就是破案的關鍵所在，所以，章桐絕不容許這樣的失誤發生。

「是人骨嗎？」王亞楠湊上前彎腰問道。

「沒錯。」這時候章桐才感覺到自己講話都有些困難，下巴變得僵硬而毫無知覺，她趕緊摘下右手的手套，用力地拍打著自己的臉和下巴，「可以確定是人骨頭，那顏色和骨質紋路不會錯的。很快骨架就可以拼齊了。」

「那可以確定是刑事案件嗎？」

章桐皺起了眉頭，她的目光自始至終都緊緊地盯著面前埋頭忙碌的潘建：「這個我真不好說，因為光憑眼前這副骨架，我還看不出任何涉嫌刑事案件的跡象，等我回去借用儀器仔細檢視後，才可以告訴妳準確的結論。妳知道，有很多傷口，光憑我們的肉眼是看不清楚的。」

正在這時，潘建的一個舉動吸引住了章桐的目光，她趕緊叫住了他，並且把剛才脫下的手套重新又戴了回去：「等等，把這兩根肱骨遞給我。」

潘建感到有些詫異，因為他並沒有把肱骨放錯位置。他點點頭，把骸骨上關節部位的左右兩根肱骨轉身遞給了章桐。

看著手中兩根已經略微發黃的骨頭，章桐半天沒吭聲，她左右仔細對比著，然後拿出標尺，測量具體的資料，漸漸地，她雙眉緊鎖。

「怎麼了，又有什麼不對嗎？」王亞楠很熟悉章桐臉上的這副特殊表情，這意味著她發現了連她自己都不敢相信的事實。

「亞楠，要是我沒有看錯的話，這兩根肱骨分別屬於兩個不同的人！」

王亞楠瞇起了雙眼，她的目光在章桐手中的肱骨和地上黑色塑膠薄膜上的骸骨之間來回轉了好幾圈，這才懊喪地咕噥了一句：「別告訴我，這回我們碰上了現實版的『人骨拼圖』！」

第七章　人骨拼圖

　　章桐用力地點點頭：「不排除這個可能，我相信自己的判斷。但是至於是不是刑事案，我們還得進一步檢驗骨頭上的傷痕後，才能告訴妳。」

　　「該死！」王亞楠狠狠地咒罵了一句，轉身就向沙坑邊停著的警車快步走去，一邊走一邊頭也不回地大聲嚷嚷，「趕緊回去吧，我等你們法醫的報告！動作快點！」

　　如果說骨頭真的能夠說話，那麼章桐現在至少就不會感覺這麼煩惱，面對著不鏽鋼解剖臺上排列得整整齊齊的骨架，她已經靜靜地在工作椅上坐了很久。自己雖然不是醫生，卻也是一個學醫的人，工作這麼多年以來，除了自己的導師外，章桐還很少這麼佩服一個人精湛的技藝，儘管這個人所處的立場很有可能就在自己的對立面。

　　「章法醫，這是剛剛送來的骨架表面微痕跡檢驗報告。」潘建推門走了進來，他把薄薄的兩頁報告紙放到了章桐的手裡。

　　「這麼快？」章桐有些詫異，要是放在平時，證物微痕跡檢驗報告至少要六個小時才會出得來，她一邊翻看一邊問。

　　潘建不由得苦笑：「我們當然沒有這麼大的面子，但是如果我說再拖下去的話，等會兒就得王隊親自來拿，那速度就立刻不一樣了。現在整個局裡，只要一提到王隊，幹活速度至少快三倍啊！」

　　「我的效率有這麼高嗎？」王亞楠不知道什麼時候出現在解剖室的門口，她調侃地說道，伸手拽下一件一次性手術服，草草套在身上。也懶得在腰間繫上釦子，轉身就問章桐，「情況怎麼樣？樓上李局那邊還等著我彙報呢。」

　　章桐闔上報告，隨手放到了身後的工作臺上，然後站起身，來到解剖臺邊：「到現在為止，我可以肯定這是非正常死亡案件，那是因為所有屍

骨的表面都沒有防腐劑的殘留物，因為骨架如果是來自醫學院或者醫療機構的標本室，為了防止骨架腐化，他們都會做預先的防腐處理。在這具骨架上，我只看到了一些普通的寄生蟲和風雨侵蝕過的痕跡，猜想是在野外暴露過，我找不到屍體被掩埋過的跡象。而至於這副骨架所涉及的死者的具體數目，應該是五具。」

「為什麼這麼說？不就只有一具骨架嗎？難道還牽涉了五起凶殺案？」王亞楠有點糊塗了。

「不能說是『凶殺案』，至少目前不能。我為什麼說他們是非正常死亡，妳看。」說著章桐伸手把骨架的頭骨部分輕輕向上挪了挪，「這是第一具，根據眉間距離和顴骨高大、顳骨面粗糙、眉弓凸出、鼻骨寬大，還有牙齒磨損程度等一系列證據來判斷，死者為成年男性，死亡時間不會超過二十年，死因可以定為槍殺。明顯象徵就是枕骨頂端的這個洞口，直徑為七點七一公釐，我詢問過局裡槍械科的人，這種創面直徑應該是五四式手槍所造成的，明顯的貫通傷，而我把嵌在前額骨上的一小塊彈頭碎片也取出來了，正在申請做進一步的槍彈實驗來驗證凶器。」

「慢著，我怎麼覺得這個射擊的方式有些像是處決死刑犯的角度？」說著王亞楠做了一個拿槍朝下射擊的手勢，「死刑犯一般都是跪著的，這個角度和它比起來，有些相似。」

章桐聳聳肩：「這個我不清楚，那要妳調查了，我只是就事論事。」

接下來，章桐又把左邊鎖骨移動直到指骨部分小心翼翼地從軀幹部位移開幾公分，同樣把右邊的從鎖骨開始的部分骨頭也移開了相差不多的距離，然後她站直身體，神情嚴肅地說：「我剛才移動的是另外兩具，受害者分別為成年男性和成年女性，左面的肱骨骨質較重，骨面粗糙，長度超

第七章　人骨拼圖

過四十公分，可以斷定為成年男性；相對應的就是女性，因為她的骨質明顯較輕，骨面光滑，尤其是掌骨部位，明顯比左邊的成年男性小。說她是成年女性，因為她的鎖骨內切面已經癒合，年齡至少是在二十二歲。」

「那死亡時間呢？」

「三十六個月左右，不會超過三年。」

王亞楠的眼睛睜大了：「妳忘了告訴我這兩名受害者的具體死因。」

章桐嘆了口氣，搖搖頭：「我只能說女性的恥骨和橈骨上有螺旋形骨折癒合的痕跡，別的我就不知道了，光憑這幾塊骨頭，我沒辦法知道具體死因。」

「螺旋形骨折？聽上去怎麼這麼熟悉？」王亞楠皺著眉，忍不住咕噥了一句。

「妳該不會說是上週要我去鑑定傷情的那場家暴吧？」章桐撇了撇嘴，「你記性真好，那個女的受害者的手臂上的傷和她的傷口是差不多的，都是外力強行反方向扭轉而造成的。女性的骨質比較輕，所以即使癒合了，也很容易會有這樣的傷痕留下。」

王亞楠點點頭，發愁地望著解剖臺正中央還剩下的軀幹部位和下肢：「那剩下的呢？」

「和妳所想的差不多，軀幹部位屬於一個成年女性，因為盆腔寬大，恥骨角度為一百度左右，根據盆腔壁偏厚判斷，該死者應該有過生育史。至於死亡時間，應該是在五年前左右。」章桐又轉到了解剖臺的另一頭，伸手指著下肢部位剩下的骨頭，說，「兩副腿骨是屬於同一個男性，成年人，死亡時間不會超過十年。我測量過，腓骨和脛骨為四十二公分，那麼，死者身高應該為一百七十八公分左右。」

「完了？」王亞楠半晌才回過神來,「就這些線索？還有呢？妳怎麼不繼續說下去？」

　　「我都說完了呀。」章桐哭笑不得地看著王亞楠,「我知道的都在這裡了。對了,如果說還有的話,那就是幹這事的人精通解剖學！因為要是他不懂解剖學,或者對這一行只是略知皮毛的話,是絕對不可能拼出這麼一副幾乎完美無缺的骨架。亞楠,五具骨架被他拼成了一個人,並且沒有絲毫差錯,他太精於此道了！」

　　王亞楠冷冷地打斷了章桐的話:「沒錯,一幅完美無缺的『人骨拼圖』！妳確定這是五個人？我記得剛才妳說的是三個成年男性和兩個成年女性,有沒有可能縮小一點範圍？」

　　章桐搖搖頭:「我已經比對過了,骨橫切面的紋路、密度都不一樣,所以屬於同一個人的可能性幾乎為零。」她抬頭看了看牆上的掛鐘,「還有二十分鐘,我就可以拿到初步 DNA 報告,那時候就可以更進一步證明我的結論了。亞楠,我只是不明白這個人為什麼要把這些骨頭混在一起放在這麼個地方。他到底想做什麼？」

　　王亞楠沒有回答,她重重地嘆了口氣,扒下了身上的一次性手術服,扔進屋角的回收桶,然後轉身快步走出了解剖室。

＊　＊　＊

　　「這些人,最長的死了有二十多年,最短的也有將近三年的時間,這叫我們上哪裡去確定屍源？」不知道誰小聲咕噥了一句,頓時打破了會議室裡已經持續了半個多小時的安靜。

　　王亞楠不喜歡這樣的安靜,儘管有時候滿滿一屋子的人同時七嘴八舌會讓她幾乎崩潰,一場案情分析會議開下來,她的嗓子都幾乎快要喊啞

第七章　人骨拼圖

　　了。但私底下王亞楠卻很高興，因為這就意味著案子本身還是有希望的，她所要做的就是從一團亂麻般的線索堆中好好地整理一下，抽出那至關重要的一條來，然後順藤摸瓜好好做。

　　怕就怕開會時，會議室裡死一般寂靜。眼前這個案子，王亞楠在被叫到現場去的時候就隱約感覺到了些許不安。看著章桐彎著腰撅著屁股在沙坑裡一待就是大半天，凍得上下牙床直打架的樣子，王亞楠倒寧願相信眼前這堆亂七八糟的骨頭是哪個吃飽了撐的醫學院的學生的惡作劇。可惜，那黑黑的彈孔，還有那幾乎跨越二十年的死亡時間，更別提那根本就無處可尋的屍體來源……王亞楠有些頭疼了。開會前她還指望大家會「三個臭皮匠頂個諸葛亮」，結果在概述完整個案情後，屋裡除了嘆氣就是無語，她的心情自然也就隨之糟糕到了極點。

　　「對於屍源確定，大家還有沒有好的建議？」王亞楠沒好氣地說，「別都一個個不吭氣，案子擺在我們面前，我們總不見得撒手不管吧？」

　　「王隊啊，誰都知道這失蹤人口 DNA 資料庫的建立和完善都是一年半前才開始的，最早的資料輸入不會超過兩年的時間，我們還沒來得及把三年前到二十年前這段時間內的失蹤人口放進去，你叫我們怎麼查？他們是不是失蹤人員，我們目前還沒辦法確定。再說除了頭骨，我們還有一點希望，可以等法醫那邊的模擬畫像，但是另外的骨頭怎麼辦？我們連他們是不是非正常死亡都拿不出個肯定結論來，從何查起啊？」一向小心謹慎的盧天浩重重地嘆了口氣，繼續說道，「王隊，我不會說漂亮話，請妳別介意，這案子，辦起來真的很有難度。」說著，他抬眼掃了一下屋子裡的警探們，「至少我是這樣認為的，不知道大家的意見是怎麼樣的。」

　　話音剛落，屋子裡頓時熱鬧了起來，大家紛紛傾吐著各自心中的擔

憂。王亞楠知道，眼前的這幫男警察們只有在她面前才會想到什麼就說什麼。當然，這樣的信任也不是一天兩天就形成的，沒經歷過生與死的考驗也不會得到。所以，王亞楠一點都不因下屬公開和自己唱反調而生氣。

她站起身，把身後的椅子用力一推，稍微活動一下蜷曲在低矮會議桌下面的雙腿。屋子裡一下子安靜了，眾人的目光都集中到了王亞楠平靜的臉上。

「我能理解大家的心情，大家能把自己的心裡話都說出來是件好事。案子是很難辦，但是我相信只要我們盡力了，就沒有我們破不了的案子！下面我分配一下具體任務，于強，你帶幾個人，和槍械科的老丁他們合作，搞定頭骨槍洞那條線索，二十年前對槍械的管理是非常嚴格的，每一粒子彈的下落都有具體的記錄。一旦確定是五四式手槍的話，就給我好好查，看傷亡紀錄，我要精確到點上，不要給我一份模糊的報告。明白嗎？章法醫已經把屍骨頭骨上取下來的彈頭碎片交給了槍械科，你們去跟進這條線索。」

于強點點頭，收好筆記本，轉身帶著助手離開了。

「二隊，你們負責鐘山公園那邊的監控。找出可疑車輛和人員，盡快給我報告。」

「三隊，」王亞楠剛想繼續說下去，她突然停住，想想後搖搖頭，「你們去檔案室，查這段時間裡，所有符合法醫屍檢報告中所提到的屍骨大致年齡的失蹤人口紀錄，我需要一份詳細的失蹤人口彙總報告，不然的話，我們篩查的範圍太大了。快去，時間不等人，快去！」

會議室裡的警探們魚貫而出，很快偌大的房間裡就只剩下王亞楠和老李。王亞楠疲憊不堪地重重地坐回椅子上，嘆了口氣，轉頭小聲說：「老

第七章　人骨拼圖

李，你的警齡比我長，見過這樣的案子嗎？我想聽聽你的意見。」

老李不由得搖頭苦笑：「王隊，妳問我意見不就是抬舉我了？」

「老李，你怎麼這樣想，你比我先入警隊，按輩分是我老大哥，現在雖然我是你上級，但是你的經驗比我豐富，難道不是嗎？」王亞楠說。

老李的目光變得很無奈：「王隊，我是比妳多當了幾年差，但真正進刑警隊參加破案的時間，前後加起來才十年不到，還都是當跟班，記個筆記啥的。這樣的案子別說辦了，以前連聽都沒有聽說過。再加上那留在我後背的該死的子彈，讓我在醫院裡浪費了整整兩年時間，上頭已經說得很清楚，現在還讓我穿著這身警服已經夠不錯了，不然的話早就叫我提前退休了。所以，王隊，真要我說的話，我只能給妳一個建議。」

「你說。」

「跟著自己的直覺走，別輕言放棄！」

王亞楠的目光中閃爍著亮亮的東西。

※　※　※

章桐坐在工作臺旁，天雖然已經快黑了，但還不至於看不清楚。她並沒有打開辦公室的燈，就讓夕陽這麼通過小小的懸窗玻璃慢慢地在屋子裡做著最後的留戀，萬物沉浸在一小片塵土飛揚的黃昏之中。放在鋼模臺車上的頭骨還安靜地躺在那兒，而電腦螢幕則一片漆黑，死氣沉沉，工作臺旁邊那排架子上的聚丙烯瓶已經用得差不多了。章桐提醒自己等等下班前別忘了填寫領料單，不然的話，不知道什麼時候就會不夠用了。

萬籟俱寂，環顧四周，這樣的時刻一點都不會讓人感到奇怪，因為平時，法醫辦公室所在的負一樓就是靜得可怕，有時候工作太投入了，章桐

甚至會聽得到自己心跳的聲音。

她把椅子輕輕地轉向頭骨所在的鋼模臺車，伸手捧起頭骨，眼前漸漸出現了一個中年男子的外貌輪廓，寬寬的眉骨，挺直的鼻梁，深邃的目光，還有就是那已經凝固了的臨死前的驚恐神情。或許是接觸了太多的非正常死亡，章桐並不害怕那一刻的到來，但是她卻完全能夠體會到手中這顆頭骨主人面對黑洞洞的槍口時，那無助和絕望的心情。她很想幫幫他，但是自己已經做了所有能做的事情，也已經盡力了，剩下的就只能看重案大隊。

「還沒下班？」王亞楠推門走了進來，「妳這邊真安靜。」

章桐抬起頭：「安靜有什麼不好嗎？至少可以讓我思考問題。」

王亞楠嘆了口氣，並沒有像往常那樣一進門就找椅子趴著，她斜倚著門框，微微一笑：「大姐，妳應該知道我的來意。」

章桐發愁了：「我何嘗不想幫妳，」說著她把手中的頭骨重新放回到鋼模臺車上，然後站起身，一邊把車子推回屍骨存放處，一邊搖頭，「亞楠，我真的沒辦法，除了頭骨，剩下的我連一個死因都找不到。甚至連毒害性物質檢測都做了，可是顯示結果都不容樂觀──陰性！」

看著章桐有條不紊地鎖好後面的鐵門，簽好進出登記簿，王亞楠實在忍不住了，她皺眉抱怨道：「那照妳所說，難道我就只有等著其餘的骨頭再一塊一塊冒出來，才動手調查這個該死的案子？妳就不能想想別的辦法嗎？隨便什麼線索都可以啊！」

「我不能隨隨便便下結論，如果屍骨是新鮮的話，我還可以在微證物上再查一下，可這屍骨時間太長，又暴露在外面這麼長的時間，外部有用的線索早就已經被破壞了。我不是神，也絕不會做沒有根據亂猜測的事

第七章　人骨拼圖

情，我的每個結論都是建立在嚴格的科學依據上的！」章桐毫不示弱地回擊著。

王亞楠愣住了，沉默了半晌，才咕噥了一句：「那頭骨的模擬畫像呢？找到一個算一個。」

章桐微微嘆了口氣，搖搖頭，走到電腦列印機旁，從早就列印好的一堆檔案中找出一張頭骨的模擬畫像，塞到王亞楠手中：「這是目前為止，我唯一能做的事情了。趕緊找人吧。」

王亞楠在辦公室裡來來回回不停地踱步，她想盡辦法要讓自己保持冷靜，目前能做的事情都已經去做了，而現在剩下的只有等待。至於在等什麼，她自己也不清楚。手頭的線索少得可憐，除了調查、比對和走訪，她還真的想不出有什麼別的高招。等待，看上去是一件很輕鬆就能夠去完成的事情，可是王亞楠卻並不這麼覺得，牆上掛鐘的秒針每往前挪動一小格，她的心就隨之一緊，目光也時不時地在電話機上流連，嘴裡嘟嘟囔囔唸叨著沒人能聽懂的隻言片語。

突然，電話鈴聲響了起來，王亞楠幾乎是撲了過去，抓起話筒：「哪位？情況怎麼樣？」

電話那頭的人先是愣了一下，然後說道：「我是李兆祥，馬上來我的辦公室一趟。」

來電話的是李局，王亞楠不由得有些沮喪，臨出辦公室門時，探頭對正在忙著整理檔案的老李說道：「我去李局那邊，辦公室你先幫我守著，我會盡快趕回來的。」

老李點點頭，隨即關切地問：「王隊，李局突然找妳，八成為了這個案子，妳要小心應對啊。」

「沒事,我能應付。」

嘴上是這麼說,王亞楠的心裡卻一點底都沒有,果然,皺著眉頭的李局看見她第一句話就是吼出來的:「小王,案子到底辦得怎麼樣了,下一步你們重案大隊究竟打算怎麼辦?現在鐘山公園那個保全為了一百塊錢把什麼都倒給媒體了,搞得我出門一抬頭就是記者。所有的眼睛都緊緊地盯著我們不放,我現在連上下班都不得不從後門進出了!妳倒是說話啊!」

王亞楠能說什麼呢?下軍令狀?她心裡對案子根本就沒有底,也沒有吹牛的習慣。那麼對上級的尷尬境遇表示同情?傻瓜才會那麼做,後果就是被痛罵一頓,因為明眼人一看就知道李局現在正愁滿肚子的火沒地方撒,自己隨便亂說話不就正好撞在槍口上了?所以,王亞楠很知趣地閉緊了嘴巴,乖乖地聽李局發牢騷。

半個多鐘頭後,王亞楠灰頭土臉地回到了辦公室,一臉沮喪地隨手帶上了辦公室的門。剛要在椅子上坐下,門又被打開了,老李在門口探出頭:「王隊,怎麼樣?李局沒罵妳吧?」

王亞楠重重地嘆了口氣,揮揮手,不耐煩地哼了一聲:「又不是沒被罵過,算了。趕緊做事!」

老李點點頭,緊接著說道:「剛才于強從槍械科打電話過來找妳,說有急事,要妳回來後盡快過去。」

* * *

在長時間地盯著電腦螢幕後,章桐感到眼前有些恍惚,她很沮喪,因為此刻自己的腦子裡依舊是一點頭緒都沒有,「鐘山公園沙坑屍骨案」似乎已經不可避免地進入死巷。她輕輕嘆了口氣,稍微運動了一下自己發酸而又變得僵硬的脖子,然後站起身,一邊整理辦公桌,把相關的文件資料

第七章　人骨拼圖

整齊地疊放進鐵皮檔案櫃裡，一邊頭也不抬地對助手潘建說：「小潘，回家去吧，我想今晚我們已經沒有什麼可以做的了。」

潘建點點頭，伸手關上了桌面上的鹵素平衡燈：「章法醫，那妳呢？」

「我今天也想早點回去。你放心先走吧，辦公室的門我會來鎖的。」

十多分鐘後，章桐走出警局大門，來到了不遠處濱海路的公車站臺上，她要在這裡等105路公車回到位於城市另一頭的家。因為線路太長，所以這趟公車每隔三十分鐘才會有一班，塞車就是計畫外的事情了。

此時已經是晚上八點多，公車站臺上只有為數不多的兩三個人在等車。章桐抬頭看看黑漆漆的夜空，突然她感到臉上一涼，緊接著夜空中就斷斷續續地飄起了濛濛細雨。冬夜的雨不會很大，但是卻會讓人感到很冷。她朝遠處張望了一下，熟悉的黃色公車的身影還沒出現，章桐不由得縮緊了脖子，盡量讓自己在這個沒有雨棚的公車站臺上少淋一點兒雨。

正在這時，身後猛地傳來人重重地摔倒在地的聲音，隨即耳邊響起了路人的驚呼：「哎呀，有人摔倒了！」

「還在抽搐，快打120！」

章桐本能地回頭，只見不到兩公尺遠的慢車道上，一個人正仰面朝天躺著，姿勢怪異，四肢不停地抖動著，就像觸了電一般，而身體的軀幹部位則不斷地竭力向上挺直，彷彿無形之中有一隻巨大的怪手正在試圖把他向空中拽去。

章桐當然明白眼前這個人的身上正發生著很可怕的事情，她迅速向那人跑過去，來到跟前，一邊推開已經在漸漸圍攏的好奇的旁觀者，一邊大聲叫道：「讓開一點，我是醫生，病人需要新鮮空氣！」人們迅速讓出了一個並不太大的空間，大家的臉上都掛滿了同情，有人開始小聲議論了起來。

直到近前，章桐才感覺到事態的嚴重性。因為痛苦，躺著的人的臉部已經完全扭曲變形，眼瞼上翻，呼吸急促，意識隨著瞳孔的慢慢散大而正在逐漸消失。病人正在走向危險的邊緣，眼看快要循環衰竭了。時間緊急，章桐用力拉開肩上的背包，拿出一個隨身帶的用黑色密封藥袋裝著的小藥盒。這個藥盒巴掌大小，裡面有她常備的兩支腎上腺激素，這是她多年基層工作所保留下來的習慣。一旦碰到緊急情況，這兩支看上去並不起眼的小藥瓶中的白碳粉末就可能救人一命。此刻，章桐已經顧不上考慮太多了，她俐落地拔開瓶塞，拿出一次性針筒，兌好生理鹽水，然後左右兩手各抓住一支已經裝滿混合藥水的針筒，抬頭對自己正對面的一個年輕人吼了一句：「快幫我按住他，盡量不要讓他動！」

　　小夥子嚇了一跳，趕緊蹲下按住了不斷抽搐著的病人，章桐則把兩支針筒對準已經快要陷入昏迷狀態的病人的大腿用力扎了進去，周圍的人群中不由得傳出了一陣驚呼。

　　隨著藥水被慢慢地注射進了體內，病人也隨之漸漸平靜了下來。章桐這才感覺到自己的臉上幾乎全是水了，只是分不清究竟是汗水還是雨水。頭髮緊貼著脖頸子，逐漸變得稠密的雨水順著額頭鑽進了章桐的衣服裡，她不由得打了個哆嗦。此刻，她懸著的心才慢慢地放了下來。

　　很快，120趕來了，在表明自己的身分和交代完注意事項後，章桐在眾人的目光中緩緩走回了公車站臺。她看了看手錶，離末班車還有十多分鐘時間。

　　「醫生，妳真厲害！」章桐抬頭一看，眼前對自己說話的是個年輕男人，年齡不會超過三十歲，肩上斜挎著一個小電腦包，穿著一件黑色短風衣。因為是背著路燈光，所以她一時之間沒有辦法看清楚對方臉上的表情。

第七章　人骨拼圖

　　章桐微微一笑：「過獎了，救人是我們醫生應該做的。」

　　「聽妳對120的醫生說，妳是法醫？」年輕男人顯然一直在剛才的救人現場旁觀。

　　「法醫也是醫生，只是分工不同。遇到這樣的突發情況，我們也會救人。」

　　「法醫這工作好啊。」年輕男人突然毫無來由地感嘆了一句。

　　聽了這話，章桐不由得愣住了：「好嗎？這話怎麼說？」

　　「現在醫生看病如果誤診的話，會鬧出人命，妳們法醫就輕鬆多了。再怎麼樣，自己面對的人是不可能死第二次的。對了醫生，妳有誤診過嗎？我是指對死人。」年輕男人的口氣中有半是調侃半是認真的味道。

　　章桐從對方突兀的言辭之間立刻感覺到了一種明顯的不友善，她不由得皺起了雙眉：「死人也曾經有過生命，我一樣要認真對待。」

　　「那如果妳知道自己的工作中產生失誤的話，會不會主動去彌補？還是會因為面子關係而去否認？」年輕男人所說的話越來越怪異，而他看著自己的神情也顯得過於專注。章桐內心不安的情緒逐漸變得強烈，她不習慣別人對自己這麼步步緊逼，尤其是一個陌生人，於是脫口而出：「我當然會去彌補。這是我應該去做的事情！」

　　「那就好，我放心了。」年輕男人輕輕地鬆了口氣。

　　章桐正在考慮自己該如何從這種尷尬境地中脫身的時候，那久盼不來的黃色公車終於出現在站臺不遠處。章桐趕緊朝身邊的年輕男人禮節性地打了聲招呼，然後迅速向已經停下的105路公車跑去。

　　公車搖搖晃晃地啟動了，因為時間已經不早，車廂裡的乘客並不多，有很多空位子。章桐找了個靠窗的位置坐了下來，直到這個時候，她才感

到自己的心怦怦跳個不停。公車緩緩從站臺邊經過，章桐下意識地在街面上尋找剛才那個說話帶刺的年輕男人，想好好看看他的長相。

最初，她還以為這個陌生男人是和自己一樣在站臺上等公車回家，可是他沒有和章桐一起上 105 路公車。章桐的目光前後在站臺附近看了好幾圈，卻再也沒有在自己的視線中看到那個陌生男人。「或許人家坐計程車回家吧。」章桐低聲咕噥了一句，畢竟現在的時間已經快晚上九點半了。

公車在吱吱嘎嘎的晃動聲中慢慢開向遠處，很快，章桐就把剛才站臺上發生的不愉快的一幕忘得一乾二淨，疲憊的感覺讓她昏昏欲睡，她實在是沒有再多的精力去追問那個男人為什麼話裡帶刺。畢竟現在這個社會，在重重的生存壓力下，對周圍的一切感到不滿的人不少。章桐覺得自己沒有必要去費神糾正對方的奇怪想法。

第七章　人骨拼圖

第八章　陳年舊案

「天字」198221130782──只要是在警察局裡工作過的人，一眼就會看出這串特殊的案件編碼背後所隱藏的祕密。「天字」表明這個案件發生地在本市；1982211是該案件發生的具體時間──1982年2月11日；307是刑事案程式碼，確切的含義章桐不太願意去解讀──強姦殺人；82是在押犯的編號，通常就是被印在囚服左胸口上方「某某監」下面的數字。

第八章　陳年舊案

　　誰都知道，刑事案件拖久了，很容易就會變成死案，所以才會有「黃金七十二小時」之說，過了這最初也是最寶貴的七十二小時，很多有價值的線索就會流失。王亞楠很著急，但是她更頭疼的，卻是今早會上李局終於把那頂重重的「限期破案」的帽子毫不留情地扣她頭上了。

　　王亞楠本以為局裡的政治處會像以往那樣，在重大案子還處於偵破期間，盡量安撫好媒體，不讓公眾的情緒過於激動。誰知，有關案情的貼文在網上被瘋狂轉發，甚至有某個好事者從遠處用長焦鏡頭拍下了章桐從沙坑裡往外面遞頭骨的現場照片。儘管拍的技術不是很好，那個角度看上去也有些彆扭，但卻不影響現場的真實感。場面已經不好控制。在不斷轉發的微博中，不乏支持警局的工作的，但更多的卻是質疑警局工作不力的負面聲音，王亞楠百口難辯。

　　回到辦公室，王亞楠重重地關上了門，從來都不輕易流淚的她終於忍不住流下了淚水。她很想說自己一直在努力，每個下屬也都在努力，大家好幾天都沒有回家，不是一頭埋在檔案堆裡，就是四處走訪。可事與願違，即使付出這麼多心血，也找不到真正有價值的線索。王亞楠發愁了，到底該怎麼辦？難道眼睜睜地看著這個案子變成死案嗎？

　　桌上放著一份二隊剛剛送上來的鐘山公園監控錄影報告，薄薄的一張紙，結果也在王亞楠的意料之中，沒有任何有價值的線索。原因包括了監控裝置的老化、模糊不清，而更要命的是，案發那段期間，由於供電局重新鋪設線路的原因需要經常停電，所以鐘山公園的保全部門為了圖省事，乾脆就把那一段的監控探頭給徹底關閉了。而最近的交警探頭也在三點五公里外，那是個繁忙的交通路口，逐個排查來往的可疑車輛或者行人，不亞於大海撈針。王亞楠看完報告後徹底失望了，她飛快地簽上了名字，然後用力地把報告扔進了一邊的檔案欄。

門突然被打開了，一陣冷風從外面大辦公室開著的窗戶中灌進來。王亞楠抬起頭剛想發火，等看清來的人是章桐的時候，她不由得笑了，章桐的出現往往代表有了好消息：「我正想找妳呢，妳就來了，怎麼樣？有線索嗎？」

章桐的臉上一點兒笑意都沒有，相反卻憂心忡忡，她並沒有馬上回答王亞楠的問題，只是走上前，把手裡的藍白相間的快遞信封遞給王亞楠：「妳自己看吧。」

王亞楠狐疑地低頭看看信封，又看看章桐：「什麼東西？」

章桐坐在辦公桌前的沙發上，緊閉著嘴巴，沒有吭聲，臉上表情凝重。

王亞楠只好打開信封，袋口朝下倒了倒，一張薄薄的 A4 紙飄落下來。王亞楠正在猶豫要不要拉開抽屜拿手套時，章桐在一邊開口了：「在來這裡之前，我已經叫痕跡組的查過了，沒有指紋，很乾淨。」

王亞楠撇了撇嘴，拿起了那張紙，上面是列印的一封信：

尊敬的章法醫，見信如見人。

相信妳正在為那一堆骨頭而發愁。不用擔心，我完全可以理解妳的心情，所以為了不讓妳們再陷入如此尷尬的困境，我現在鄭重提出一個解決辦法，我確信妳是會接受的。辦法很簡單，案子是我做的，我來你們警局自首就行，妳們也就能結案了。我沒有瘋，如果妳不相信是我做的話，大可以去看那屍骨中，左大腿股骨上我做了一個很明顯的標記，那是個數字。至於是什麼數字，請容許我在這裡賣一個小小的關子。話又說回來，為了公平起見，我的付出也應該有所回報，妳說是不是？所以在我來自首前，妳必須做一件事情，讓我滿意了，我自然也就來投案。章法醫，妳是一個對工作很負責任的人，這一點毋庸置疑，因為我已經關注妳很久了，

第八章　陳年舊案

妳所破的每一個案子，我幾乎都有很詳盡的紀錄。所以我信任妳的能力，也相信妳能做到大公無私，還我一個公道。說到這裡，相信聰明的妳應該也已經猜到了我要妳做的究竟是什麼事。我要妳去重新調查一個案子，案件編號是「天字」第198221130782。不要問我從哪裡得知的這個編號，妳只管去做就行了。等妳找到真相以後，就在報紙上登一個公開啟示，當然是以妳們的名義。當我看到這個啟事，就是我來投案的時候。我說話算話。最後我再囉唆一句，不要試圖來找我，如果妳們能夠找得到我的話，這個骨頭案早就破了，難道不是嗎？有時候，承認自己技不如人並不是一件丟人的事。

信最末尾的落款是「Y先生」。

王亞楠翻來覆去地把這封奇怪的來信看了好幾遍，同時緊鎖著雙眉不吱聲。

「亞楠，妳倒是拿個主意啊，這信會不會是誰在惡作劇？現在外面都在議論我們的這個案子，妳想會不會是誰吃飽了沒事幹？」章桐焦急地問。

聽了這話，王亞楠一瞪眼：「我倒寧願相信是惡作劇，不光是這封信，整個該死的案子都是惡作劇，這樣的話我就不會被搞得像現在這樣，灰頭土臉一天到晚捱罵！」

章桐眉毛一挑，她這時候才注意到王亞楠眼角模糊的淚痕，心裡不由得一軟：「李局早上真的罵妳啦？我早上有事請假了，沒去開會，真沒有想到妳被罵得這麼慘。」

王亞楠重重地嘆了口氣，從辦公桌上的紙巾盒裡抽了幾張面巾紙，用力地擦了擦眼角的淚痕，這才沒好氣地說：「辦正事，妳別扯遠了。這快遞單的情況，妳注意到了嗎？」

章桐點點頭，說：「包括信封上的寄件人名、地址，我都和快遞公司連繫過了，經查證，快遞單上的地址根本不存在，快遞單上面填寫的名字想必也是假的。人口登記系統中有三千多個叫『王琦』的人，而快遞員已經記不清寄件人的具體長相，只知道是個女的，很年輕，不到二十歲。因為只是一張薄薄的紙，所以就是八塊錢，快遞員沒有多問就收下了。」

　　「在哪裡收寄的？」

　　章桐苦笑：「是在大馬路上攔住快遞員的，單子上的字也是快遞員寫的。亞楠，這個人什麼都考慮到了。我們找不到他的。」

　　「快遞公司不去查實寄件人的地址嗎？」

　　「現在的快遞公司競爭這麼激烈，一般情況他們都會收寄的，也不會多問一句是不是本人。」章桐無奈地雙手一攤。

　　「難道我們得順從這個渾蛋的話做這筆交易？」王亞楠心有不甘地哼了聲，「妳查證過他信中提到的那個骨頭上的數字了嗎？」言下之意，如果這個人不是凶手，而是在沒事找事唯恐天下不亂的話，他根本就不應該知道有關骨頭上的數字這件事，或者這個數字根本就不存在。

　　章桐點點頭。

　　王亞楠心涼了半截：「什麼數字？」

　　「13。字型比米粒大不了多少，所以我在第一次驗屍的過程中才會沒有注意到。」說到自己的失誤，章桐免不了眉宇之間流露出了少許懊喪的神情。

　　「13？就這麼簡單？」

　　「妳還想要什麼？這難道還不夠嗎？這就很好地證明了寫這封信的人知道這件案子的詳情。」章桐有些急了，她手指用力敲了敲桌面上的信紙，

第八章　陳年舊案

語速加快,「要是沒有數字的話,我根本就不會爬兩層樓來找妳,厚著臉皮聽妳發脾氣。總之,正是因為我擔心這封信背後有問題,或許對妳的案件有幫助,而我根本就拿不定主意,所以才會來找妳。」

「妳別發火啊,我又沒有在這邊指責妳什麼。」王亞楠有些尷尬,章桐很少在自己面前這麼激動地說話。

「那妳現在打算怎麼辦?」章桐多少緩和了一下情緒。

「我馬上向李局彙報一下這件事,聽聽他的意見。」

一聽這話,章桐轉身就走。

「哎,妳怎麼走了?」王亞楠急了,站起身,「我的話還沒有說完呢!」

章桐在門口站住:「李局那邊就交給妳了,我回去馬上查信中提到的這個案子,反正我現在別的事情也做不了。」說著她做了個打電話的動作,然後快步走出王亞楠辦公室。

＊　　＊　　＊

「天字」198221130782 —— 只要是在警局裡工作過的人,一眼就會看出這串特殊的案件編碼背後所隱藏的祕密。「天字」表明這個案件發生地在本市;1982211是該案件發生的具體時間 —— 1982年2月11日;307是刑事案程式碼,確切的含義章桐不太願意去解讀 —— 強姦殺人;82是在押犯的編號,通常就是被印在囚服左胸口上方「某某監」下面的數字。一切都一目了然,只不過它們被濃縮排了一連串普通的數字裡而已。

這是一樁發生在整整三十年前的凶殺案,而犯罪嫌疑人在當時肯定已經伏法。章桐不明白的是,為什麼事隔三十年,卻還會有人想到要用一種如此極端的方式來要求重查這個案件,哪怕凶手已經不在這個世間。對方

心甘情願付出這麼大的代價，難道這個三十年前的案子真的是一件錯案？

雖然自己並不算是一個真正的司法系統的工作人員，也不是執法者，但是身處這個特殊的系統裡，章桐能夠理解，錯案發生的可能性是存在的。世界上沒有絕對的事情，或許是許多無法想像的因素導致錯案發生。可怕的是，有人竟然會用無辜的生命的代價來試圖糾正所謂的「錯案」，想到這裡，章桐不由得感到一陣徹骨的寒意。

想要找到三十年前舊案卷的下落也不是完全沒有可能，尤其是在本地這麼一個有著七十年歷史的老警局裡，很多舊案卷都被小心翼翼地保存下來。可要想找到這份舊案卷，卻又有著不小的難度，成堆還沒來得及輸入電腦系統的紙質檔案庫裡，章桐和潘建足足翻找了一下午，才終於找到裝有這份特殊的內頁已經略微發黃的案卷。因為屬於已經結案的類別，所以卷宗的牛皮紙封面上被蓋上了醒目的大紅戳印──結案。

潘建的頭髮上滿是檔案櫃裡的蜘蛛網，他懊惱地拍著褲腿上的灰塵，嘴裡嘟嘟囔囔：「這麼多老的案卷還留著幹嘛？一股子發霉味道。在電腦裡查起來多方便，按幾下滑鼠就行了，犯得著爬上爬下和蜘蛛打架嗎？還好沒有老鼠！」

章桐見狀解釋道：「小潘啊，你說得沒錯，電子檔案比紙質檔案查起來確實是方便多了。但是你知道嗎？有很多東西，電子檔案是保留不下來的，老檔案更加真實可靠。」她伸手輕輕拍了拍紙箱子，又抬頭看了一眼整個檔案大倉庫，不無感慨地說，「其實有時候我們真該謝謝費神保存這些老檔案的管理員們，他們為我們現在的破案留下了很多可以借鑑的地方。

章桐深吸了一口氣，彎腰抱起放在桌上的紙箱子，「走吧，我們今天

第八章　陳年舊案

浪費的時間已經夠多了。」

潘建點點頭，跟在章桐的身後離開了檔案室巨大的倉庫。

不出王亞楠所料，李局還沒有等她把話說完，就搖起了腦袋：「不行，妳這樣做風險太大，我不同意！」

「可是，我們不得不承認鐘山公園那個案子已經走入了一個死巷，我的下屬連一點有用的線索都沒有找到。李局，案發以來，我們一直在努力，可是我不能欺騙自己。我們應該面對現實！」王亞楠急了，她雙手撐住了辦公桌，身體微微向前傾，「李局，我知道你擔心萬一媒體知道這件事的話，肯定又會死死咬住我們大做文章。我向你保證，這個線索除了你、我，還有章法醫，不會有別人知道。正常的調查工作我們重案大隊絕對不會停下來，而至於這件案子，我們私底下調查。雙管齊下，你說呢？」

李局不吭聲。

「有時候為了能夠順利破案，我們不得不動用一些非正常手段。」

李局皺眉：「那不就是向嫌疑人認輸了？我們對他的情況幾乎一無所知，萬一他把我們耍得團團轉怎麼辦？再說了，小王，還有一個很嚴重的後果妳沒有考慮到！」

「什麼後果？」王亞楠追問道。

「錯案必須糾正，這一點是肯定的！但如果這件案子真是錯案，在三十年前，這種強姦殺人的案子在社會上的轟動效應是非常大的。」說到這裡，李局不由得長嘆一聲，目光中若有所思，「當時參加破案的人現在如果還活著，我想他們都是有功之臣，妳能不在報紙上公開嗎？不然的話，到了最後這些辛辛苦苦幹了一輩子的前輩們，妳真忍心把代表他們榮

譽的名字從榮譽榜上拿下來？」

王亞楠無語了，她還真沒想這麼遠。沉默良久，她忽然平靜地點點頭：「李局，總會有辦法的，你放心吧。」

王亞楠走到負一樓法醫辦公室的門口時，走廊邊的懸窗外已經看不到陽光了，又一個黑夜來臨。王亞楠深深地吸了口氣，鎮定了一下自己的情緒，然後伸手推開了辦公室的活動門。

屋裡只亮著一盞檯燈，章桐正在低頭仔細研究著什麼，好像根本就沒有聽到門口的響動。在她的左手邊放著一個四、五十公分長的紙箱，王亞楠一眼就認出來了這種特殊紙箱的來源。

「妳在檔案庫找到了那份卷宗？我還以為時間都過了這麼久，已經結案的可能都被處理了。」

章桐抬起頭：「我在看第二遍了。」

「有沒有可能是錯案？」王亞楠在章桐辦公桌對面的椅子上坐了下來。

「我現在還不知道，都已經過去了整整三十年，亞楠，死者的屍體已經火化了，當時的樣本取材也因為結案而銷毀了。可以說，作為我們法醫的工作已經結束了。沒有屍體，沒有檢驗樣本，我就不能夠做出任何有根據的結論。」章桐的表情顯得有些過於冷靜。

王亞楠皺了皺眉，伸手拿過了章桐面前的卷宗，一行一行仔細看起來。

案件發生在三十年前，也就是一九八二年的二月十一日凌晨兩點三十分左右，城東暖瓶廠門口拐角處小巷盡頭的公共廁所裡發現一具女屍。經檢驗，女屍是被人扼住頸部窒息而死，死前遭受到毒打，身上傷痕累累，而死後遭到了嚴重性侵犯。報案人是暖瓶廠的小青工，叫何東平，二十七歲，當時他在上夜班，因為肚子餓，就和搭班的工友一起請假外出買夜宵

第八章　陳年舊案

吃。據何東平所說，回來的路上，在經過公共廁所時，聽到了女廁所發出怪異的聲響。何東平的工友並沒有在意，也不想惹麻煩，但是何東平卻一再聲稱裡面肯定有人出事了，堅持要進去看看。工友不想摻和，又因為當時外出才請了十五分鐘的假，時間很快就要到了，所以工友就先走了，何東平一個人進了女廁所。

工友後來才知道何東平當晚並沒有回來，早上五點半左右，城東派出所的辦案人員找到暖瓶廠保衛科幹部，聲稱該廠青工何東平因為涉嫌強姦殺人而被拘留。而之所以會定下何東平就是犯罪嫌疑人的證據有兩條：其一，在何東平的身上發現了大量血跡，經檢驗就是死者的；其二，死者體內發現的體液殘留物，經檢驗血型和何東平的 AB 型是相吻合的。就是這兩條鐵一般的證據，最終導致何東平被判了死刑。而他並沒有上訴。當時處理流氓罪等刑事案件本著從重從快的原則，不久後，何東平就被槍決了。

看完案情介紹，王亞楠抬起了頭，她注意到了章桐一副心事重重的樣子：「怎麼了，有什麼情況不對嗎？」

章桐欲言又止，她緊咬著嘴唇沒吭聲。

「我們認識也不是一天兩天了，妳還有什麼話不方便和我說？」王亞楠有些不高興了，她深知身邊的每個人因為外界情況所迫，或許多多少少都會講一些言不由衷的話，但章桐卻不會。她是一個有什麼就說什麼的人，並且從來都不怕得罪別人，她也從不會講假話，最多只會像現在這樣，不想說出來的時候就閉上嘴巴一個人發愁。

想到這裡，王亞楠把屁股底下的凳子向前挪了挪，好讓自己離章桐更近一點，然後伸手搭在她的肩上，一字一句地說道：「妳有心事瞞不過我，

說出來，我好替妳想辦法，妳一個人扛著的話，遲早會被憋死！」

章桐皺了皺眉，說道：「我真拿妳沒辦法。妳再看看那份法醫屍檢報告。」

王亞楠心裡一喜，隨即很快地抓過案卷，翻到法醫屍檢報告一欄，她從頭看到尾，可是除了一大堆專業術語外，並沒有發現有什麼異樣，包括死者的死因。王亞楠一臉狐疑地抬起頭，看著章桐。

「你注意到法醫主任醫師的簽名沒有？」章桐低聲說道。

王亞楠低頭再看過去，不由得心裡一沉，脫口而出：「章肖欽！」

章桐點點頭：「沒錯，他就是我父親。」

「當時的主任醫師是你的父親？」王亞楠簡直不敢相信自己的眼睛，「那這樣一來，如果結果真如那渾蛋所說的是錯案，豈不就是要你來親手否定你父親當初的工作成績？」

聽了這話，章桐不由得苦笑：「我父親的名字就在一樓榮譽榜上面，他為了這個案子立過個人二等功，他是這輩子我最佩服的人。我之所以選擇來基層當法醫，尤其是我父親曾經工作過的地方，也恰恰就是因為我崇拜我父親。他對我這一生的影響真的是非常大。但我父親也曾經不止一次地對我說起過，我們法醫，對自己的工作就應該做到認認真真、一絲不苟，不容許任何一個錯誤發生。但是如果發生就要去糾正，就要勇於去面對和承認自己曾經犯下的錯誤。所以，如果這個案件被證明是錯誤的話，亞楠，我會毫不猶豫地去做我父親也會去做的事情。」

「可是，」王亞楠急了，「現在這個案子究竟是不是錯案還沒有定論，妳千萬不要有那樣的想法。等結果出來了，我們再說，好嗎？」

章桐微微一笑：「亞楠，妳別為我擔心，好好調查這個案子，我也正

第八章　陳年舊案

打算要去找個老前輩好好談談。對了，李局那邊同意了嗎？」

「先別管他了，有些事情和妳說妳也不會明白，我們就別煩他了，還是做好兩手準備吧。」王亞楠無奈地嘆了口氣。

「妳的意思是暗中調查？」

「目前看來，也只能這樣了。」

*　　*　　*

第二天天還沒有亮的時候，和槍械科老丁一起申請出差去貴州的于強突然打電話給王亞楠。電話那頭，他難以掩飾自己的興奮，嘶啞著嗓門嚷嚷道：「王隊，有結果了，妳猜得沒錯，我們終於找到這顆子彈和頭骨主人的下落了！」

「你一晚沒睡，是不是？」王亞楠皺眉咕噥了一句。

「管不了那麼多了，王隊，按照妳的要求，在排除了部隊用槍之後，我們就查詢法院執行庭用槍。結果證實在二十年前，也就是一九九二年，這裡的棋盤山市有一批共十支五四式手槍被用於法院執行死刑的槍決過程。他們那一年總共處決了六名罪犯，其中兩名符合我們的描述要求。我們的模擬畫像和其中的一個對上了，我已經提取了死者後人的DNA樣本。」

「死者是哪裡人？棋盤山好像屬於少數民族聚居地。」王亞楠疑惑地問道。

「沒錯，死者是當地少數民族。」

「那死後安葬的方式呢？」王亞楠頓時來了精神，她從沙發椅上坐起來。

于強想了想說：「很特別，聽說是一種叫懸棺的方式。就是把死者的

屍體裝在當地的土棺材裡，掛在懸崖邊上。等很長一段時間後，再取下來，由當地專門的人把死者的遺骨拿去火葬。」他突然停頓了一下，轉身好像在向身邊的人求證，沒多久，于強的聲音又從電話那頭傳過來，「沒錯，應該是這樣的，沒記錯！王隊，最後那些骨頭收起來是火葬的。」

* * *

在跨進樓門洞之前，章桐又一次抬起頭，看了看門洞上方懸掛著的門牌號：「沒錯，十八棟。」她小聲嘀咕了一句，把滑下肩頭的背包向上拽了拽，然後低頭走進低矮潮溼的樓門洞。

這是一棟一九八〇年代建造的樓房，總共六層，每層有四戶人家。由於空間狹小，人們盡可能地把各自領地向外擴展，這樣一來，樓道裡到處都是人們的生活用品，堆得像小山一樣的煤球、累積起來準備賣廢品的雜物，甚至還有人把簡易灶臺搭到家門口的過道裡。昏暗的光線讓章桐不得不小心翼翼地在各式各樣的雜物之間穿梭著，盡量不去碰到它們。

終於拐上了五樓，在仔細核對完房間號後，章桐伸手敲響了五〇三的房門。

很快，房門被打開了，一位滿頭白髮的老婦人站在門後，她見到門口站著的陌生女人，愣了一下，問：「妳找誰？」

「阿姨，我是章肖欽的女兒，叫章桐，妳還記得我嗎？」

老婦人搖了搖頭，章桐心裡不由得有些發酸，畢竟過去了二十年，自己的外貌肯定有了很大的改變，對方一時之間認不出自己也是在情理之中的事。

正在這時，老婦人的身後的裡屋傳來了一位年紀大的長者的聲音：「讓她進來吧。」

第八章　陳年舊案

　　一聽這話，老婦人立刻領著章桐走進了房間。

　　房間並不大，一室一廳，客廳兼做廚房，所以不大的空間裡到處都是油煙的味道，灶臺上凌亂地擺放著還未洗的碗筷，牆角的小花貓正在美滋滋地舔著貓盆裡剩下的小半條紅燒魚，顯然屋裡的主人剛剛結束一天中最後一頓飯的忙碌。

　　剛才長者的聲音是從裡屋傳來的，此刻，裡屋的門正虛掩著。章桐看了身邊老婦人一眼，老婦人點點頭，章桐伸手推開裡屋的門走了進去。

　　一進門，一股刺鼻的藥膏味道就撲面而來，屋子裡到處都堆滿了報紙和各種書籍，正對著門的牆壁上，赫然掛著兩幅人體解剖示意圖，與這屋子裡的雜亂無章比起來，顯得很是不相配。

　　示意圖的下方是一張小木床，此刻，床上躺著一位已經年逾花甲的老人。老人背靠著枕頭，臉色蒼白，戴著老花眼鏡，手上正拿著一本厚厚的書籍：「自己找地方坐吧，對不起，屋裡太亂了。」

　　章桐打量了一下凌亂的屋子，最後把老人床邊木凳子上的書抱起來放到書桌上，這才放心地輕輕坐了下去。

　　老婦人不知何時已經離開了房間，很快，屋外就傳來了嘩嘩的流水聲和碗筷接觸碰撞時所發出的聲響。

　　老人嘆了口氣，摘下了老花眼鏡，抬頭看著章桐：「別怪她認不出妳，從三年前開始，她連我都不認識了，我花了很長的時間才讓她明白我是她什麼人。這都是梅尼爾氏症惹的禍。」

　　「對不起，王伯伯，我沒和你事先連繫就來打擾你。請原諒！」章桐誠懇地說道。她當然不會告訴老人，自己直到一小時前才下定決心過來拜訪這位已經退休的老法醫，同時也是自己父親當年的助手。

老人微微一笑：「沒什麼，妳能來看我，我就已經感到很滿足了。我雖然年紀大了，但是腦子還好使。妳阿姨記不得妳了，這很遺憾，但是我還記得妳。桐桐，妳爸爸還活著的時候，我就經常聽他提起妳，妳是他這輩子最大的驕傲。妳爸爸要是知道妳現在接了他的班，並且做得比他當年還出色，相信他會更高興的。對了，妳媽媽還在嗎？她身體怎麼樣？」一口氣說了這麼多話，老人有些氣喘，眼神中閃爍著亮晶晶的東西。

　　章桐努力不讓眼淚流下來，她輕輕地吸了口氣，竭力讓自己的聲音平靜了下來，說道：「王伯伯，謝謝你的掛念，我媽媽身體比起前幾年來是要差多了，畢竟年紀大了，但是還可以，現在在我舅舅醫院那邊休養，我經常會去看她。」

　　聽了這話，老人的神情顯得有些黯然，他默默地放下了手中的書：「是啊，年歲不饒人，桐桐，我都已經在床上癱了好幾年了，身體是越來越差了。」

　　章桐不忍心再繼續說下去了，她轉移開話題：「王伯伯，我手裡有一份屍檢報告的影印件，我想請你看看。」

　　「哦？」老人的目光中劃過了一絲異樣的光芒，他重新戴上老花眼鏡，伸手接過章桐遞給他的資料夾，認真地翻看起來。

　　半晌，老人才抬起頭，滿臉疑惑：「這案子我還記得，當初是我和你爸爸一起經手辦的，我的簽名就在他的後面。怎麼了，有問題嗎？妳現在怎麼會給我看這個東西？」

　　章桐搖了搖頭，她實在不忍心告訴老人，他們當初引以為豪的這個案子，很有可能是錯案。「沒有，王伯伯，你別想太多，我只是問問。我父親在我很小的時候就離開了我，有很多東西他還沒有來得及教給我。我現

第八章　陳年舊案

在經常在看他以前經手的案子。王伯伯，你還回憶得起當初有關這個案子的更多細節嗎？」

老人苦笑道：「都過去這麼多年了，我盡力吧。我只記得……當時好像是我們查過兩者的血型，比對無誤後就交給刑警隊的同事，由他們接手批捕抓人。不過——」老人突然想起了什麼。

「不過什麼？」章桐追問道。

「我記得當時上交比對結果的時候，妳爸爸似乎覺得證據好像有不完整的地方，可是卻總是找不到。沒辦法，我們一直拖到破案期限的最後一天，才不得不上交報告的。該死的『破案期限』。」老人最後不滿地抱怨道。

「為什麼我爸爸會覺得證據不夠完整？」章桐疑惑不解地問道，「當時你們是查過血型的，應該說在三十年前那個時候的條件下已經做得足夠了。王伯伯，我爸爸有沒有跟你說過什麼？」

「在審訊室他見過那個凶手，回來後他跟我說，這案子不像是這個人幹的，因為這個年輕人看上去人很老實，不像是那種幹缺德事的人。當然我勸過妳爸爸，人不可貌相，我們是做學問的人，思想難免會變得簡單些。可妳爸爸卻堅持說這個人不太像是凶手，但事與願違，我們就是找不到能夠證明他不是凶手的證據。就像這份報告中所說，凶手身上發現的血跡是死者的，而死者體內發現的體液的血型和凶手又完全相符，你說我們還有別的理由來推翻他是犯罪嫌疑人的推論嗎？那個人說自己身上的血跡是在檢查死者的情況時，因為廁所裡燈光昏暗，不小心被蹭上的，但是體內的體液血型，他卻沒有辦法解釋了。」說到這裡，老人無奈地搖了搖頭，「桐桐，我和妳爸爸已經盡力了。」

章桐想了想，說道：「王伯伯，你們那時候還沒有DNA技術，所以只能靠血型來判斷，這一點是肯定的。對了，我在證物箱中除了這本卷宗外，並沒有發現別的證據。比如說現場屍體的照片，它們是不是被銷毀了？我很想看看當時現場拍下來的照片，尤其是血跡的照片。」

老人突然表情奇怪地看著章桐，半晌才緩緩說道：「丫頭，和伯伯說實話，難道妳真的要親手推翻妳爸爸定下的案子？為什麼？」

* * *

王亞楠把老李叫進辦公室：「把門帶上。」

老李點點頭，照辦了，然後走到王亞楠辦公桌前的凳子上坐了下來。

王亞楠伸手從紙簿上撕下一張紙，然後在上面快速地寫下了一個名字，交給老李：「你馬上去城東派出所，查一下這個人的相關情況，所有情況我都要。家裡有幾口人，他做過什麼，一件都不要落下。」她抬頭看了看牆上的掛鐘，「我給你一個小時的時間，一個小時之後回到這裡向我彙報。」

「沒問題。」

老李剛要站起身，王亞楠又補充道：「有一點我要事先提醒你，這個何東平在三十年前已經被判死刑了，罪名是強姦殺人。」

「死了？人都死了，那我們為什麼還要去調查他？」老李感到很困惑。

「你就先別問那麼多了，快去吧。」王亞楠頭也不抬地揮揮手。

一個小時後，老李快步回到王亞楠辦公室門口，他伸手敲了敲門，不等裡面的人答覆，就直接推門走了進去。王亞楠正在低頭核對著三隊剛剛拿過來的資料，那是二十年前所有失蹤人口的檔案彙總紀錄和法醫屍檢報

第八章　陳年舊案

告，她的目光快速瀏覽兩份記錄檔案。

「王隊，我都查到了。」

老李打開了隨身帶著的資料夾，說道：「何東平，男，一九五九年出生，家裡共有兄妹三人，他排行老大，所以十八歲的時候就頂替父親何大海進入了市暖瓶廠工作。平時表現一貫良好。作為家裡當時唯一的勞動力，何東平還算是工作比較努力。案發時他正準備結婚，誰都沒有料到他竟然會做出那樣的事情來。何東平被正式拘捕後，女朋友就和他分手，後來就去了別的城市，再也沒了消息。而何東平的父親因為受不了周圍輿論的譴責，最終選擇了自殺。母親精神失常，一直住在市精神病醫院，三年後去世。」

王亞楠皺眉：「那何東平的弟弟妹妹呢？他們後來怎麼樣？」

「弟弟何東海，因為搶劫殺人，兩年後犯案被槍決了。」

「何東海有沒有結婚生子？」

老李搖搖頭：「沒有，聽城東派出所的老所長說，因為沒有哥哥何東平的管教，再加上自暴自棄，弟弟很快就犯案了。老所長記得很清楚，那一批死刑犯中，他弟弟年齡最小，十九歲。」

「那何東平的妹妹呢？」

「她叫何愛華，沒過多久就去了新疆和田，先前還聽說是嫁了人，可是後來就沒有訊息了。幾次人口普查紀錄中也都沒有她的相關具體消息。」

「這個何愛華有後人嗎？」

「沒有。」老李看了一下電話紀錄，隨後補充說道，「一九八五年以後，和田那邊就沒有了何愛華的任何紀錄，也沒有孩子出生報戶口的紀錄。」

「那她的丈夫呢？」

「婚後沒多長時間，當地採礦發生事故死了。我打電話去她村裡問過，她老公死後，因為身邊沒有孩子，何愛華沒多久就離開村子，不知去向，老家現在也已經荒廢沒人居住了。」

王亞楠突然想到了什麼：「你確定何愛華是去了新疆而不是貴州？」

老李點點頭：「是新疆，因為她去了沒多久就回來遷戶口，遷到和田的一個村裡，叫善於村。」

聽到這裡，王亞楠不由得重重地嘆口氣，陷入了沉思之中。這究竟是一個怎樣的家庭？就因為當年的那一起強姦殺人案，結果死的死、瘋的瘋、走的走，一個好好的家庭瞬間支離破碎。那現在這個給章桐寫信聲稱要為何東平翻案的「Y先生」又是誰？和他們家什麼關係？透過他信中的字裡行間，完全可以感覺到這個人是一個非常自信的人，也很有生活經驗，年齡不會太小，接受過正規的教育。王亞楠突然想起了章桐曾經說過的話：「如果說還有的話，那就是做這件事的人精通解剖學！因為要是他不懂解剖學或者說對這一行只是略知皮毛的話，絕對不可能拼出這麼一副幾乎完美無缺的骨架，亞楠，五具骨架被他間接拼成一個人，並且沒有絲毫差錯，他太精於此道了！」

王亞楠記得很清楚，章桐說這些話的時候，眼中閃爍著激動和佩服的光芒。這樣看來，這個所謂的Y先生的來歷真不簡單。

「老李，你確定他們家沒有人生活在這裡了嗎？」

老李點點頭：「沒錯，我查過戶籍登記資料，這個何家在本市目前已經沒有什麼人了，也沒有親戚。我想，能夠攤上這種家庭做親戚的，別說三十年前，就算是現在，也挺讓人難以接受的。」

第八章　陳年舊案

　　因為困惑不解，王亞楠不由得瞇起了雙眼，她雙手十指合攏，上身緩緩靠在椅背上：「別的沒什麼了，老李，謝謝你，你先出去吧，我要好好靜一靜，理一理思路。」

　　老李收起資料夾，轉身走出辦公室。

第九章　遲來的眞相

　　根據屍檢報告，死者雖然是被扼住頸部導致機械性窒息死亡，但在臨死前曾經遭受過毒打，身上和軀幹部位還有頸部傷痕累累，胸椎骨第七節和肋骨第三、第四根斷裂，頭部枕骨遭受過硬物猛烈撞擊。

第九章　遲來的真相

「妳要的東西都在這裡，章法醫。」鍾伯是檔案管理庫的老管理員，他費力地把一個多年未打開過的小鐵箱從檔案櫃最底層狹小的空間裡拉出來。鐵箱表面刷的是那種最普通的墨綠色油漆，由於年代已經久遠，很多地方的油漆已經有些明顯的脫落跡象。小鐵箱並不大，寬七十公分，長九十公分左右。箱子是用一把沉重的棕色鐵鎖鎖住的。箱子表面上貼著一張標籤紙，上面寫著 265 號。

「鍾伯，這箱子在這邊放了多久了？」章桐好奇地問。

「快三十年了，當初章法醫——」鍾伯突然意識到了什麼，他尷尬地一笑，「我說的是妳父親，他把它存放在這邊的時候，我才調過來沒多久。」

「局裡允許存放這樣的箱子嗎？」

鍾伯點點頭，他一隻手扶腰，另一隻手指了指身後幾個高大的裝著可移動門的鐵皮檔案櫃，有些驕傲地說：「按照當時上頭下來的指示，對一些未破案件的相關證據，我們都要盡可能地加以保留，以備日後偵破條件完善，能夠重開這些『冷案』。所以，局裡就搞了這麼幾個大櫃子來存放這些證據，連這個房間裡的空調和通風裝置都是當時最好的。」

「那來存放這些證據的標準是什麼？」

「只要是主任級別的案件經手人員，都可以來存放他們認為值得保留下來的東西。當時妳父親是法醫主任，所以他也有資格過來使用存放櫃。妳剛才進來簽字時看見那個登記簿上對應的簽名了嗎？前面一欄中就是妳父親的親筆簽名。我沒有想到妳過了這麼久才來打開這個箱子。」鍾伯用下巴指了指進門處左手邊的那個大辦公桌，上面放著厚厚的三大本登記簿。

章桐沒有吭聲，自從王伯伯告訴她在這裡可以找到父親當年為這個案件所保留下來的一些證據後，她的心情就一直沒有平靜過。

鍾伯在隨身帶著的一大串鑰匙中找到了標有 265 號的鑰匙，隨即打開鐵箱，章桐也戴上了醫用橡膠手套。

鐵箱中的東西並不多，只有一個厚厚的馬尼拉紙信封，還有兩個密封的小玻璃試管。章桐拿起試管，藉著檔案庫的燈光，一眼就認出了其中一個試管中所存放的是人類上皮組織，而另一個試管中則是一截棉花棒的棉頭部分，她懸著的心終於放下了。

章桐放下了手中的試管，轉頭對一邊站著的鐘伯說道：「謝謝你，鍾伯，東西沒有錯，現在我要帶走這些證據。」

鍾伯點點頭：「妳在登記簿上簽個字就可以了。說實話，鍾伯該謝謝妳才對。」

章桐不解地問道：「鍾伯，你為什麼感謝我？」

「又一個案件終於可以水落石出了。我等的就是這一天。」說著，老人伸手拍了拍高大的鐵皮櫃，心滿意足地笑了，「天天守著它們，如今我還有兩個月就要退休了，時間過得真快啊！」

回到辦公室，章桐放下手中的證據袋，把其中裝有密封玻璃試管的證據袋放在潘建面前的辦公桌上：「馬上拿去分別做 DNA 提取，然後進行比對，我要盡快得到比對結果！」

潘建仔細看了看玻璃試管，不禁疑惑地問道：「這是三十年前的？還能查出 DNA 嗎？」

「可以，只要完全隔絕空氣，樣本就不會被汙染，你快去吧，我等你消息。」

第九章　遲來的真相

　　潘建點點頭，拿起證據袋就向隔壁的實驗室走去了。

　　章桐拉開辦公桌前的椅子，然後坐下，伸手打開桌上的檯燈。在檯燈淡黃色的燈光照射下，馬尼拉紙信封靜靜地躺在桌面上。章桐深吸了一口氣，緩緩地撕開了信封的封口。

　　信封裡裝著六張放大的照片，根據照片左手上方的編號顯示，這就是當時現場所拍攝下來的照片的副本。在仔細逐一檢視照片的時候，章桐突然明白了父親當時矛盾的心情。她略微遲疑了一會兒，隨即果斷地抓過辦公桌上的電話機，撥通王亞楠辦公室的電話。

　　幾分鐘後，王亞楠匆匆忙忙地推開了章桐辦公室的門：「妳有訊息了？確定嗎？」

　　章桐抬起頭，神色凝重：「你過來看。」

　　她伸手指著桌面上依次排開的六張照片：「這三張是當時現場的屍體照片，中間這張是犯罪嫌疑人身上所穿衣服和四肢血跡的照片，這剩下的兩張則是屍檢照片。都是我父親和他助手一起拍的，後面有他的簽字。」

　　「妳父親為什麼要保留下這些證據？」王亞楠不解地問道。

　　「為了真相，真相就藏在這些證據裡面。當時因為時間緊迫，再加上條件有限，我父親一時之間找不到任何推翻自己結論的證據，他就儘自己所能把這些東西保留了下來。」

　　「那妳找到了嗎？」

　　章桐點點頭，說：「妳注意看屍展現場死者身上的血跡，有被擦拭過的痕跡，根據屍檢報告，死者雖然是被扼住頸部導致機械性窒息死亡，但在臨死前曾經遭受過毒打，身上和軀幹部位還有頸部傷痕累累，胸椎骨第七節和肋骨第三、第四根斷裂，頭部枕骨遭受過硬物猛烈撞擊。報告上還

說，在現場廁所隔間的水泥牆壁上也確實發現了死者的血跡和相關腦部組織。我們因此可以推斷，在死者遭受侵犯之前曾經發生過激烈搏鬥，現場照片上也發現了有噴濺性的血跡。」說著，章桐轉身面對王亞楠，「如果凶手何東平當時就在實施這些行為的話，那麼在他衣服上或者裸露的軀幹部位上，比如說雙手和頭面部、耳部等，就應該同樣會有噴濺性血跡的出現。但是妳看這張照片，我怎麼也找不到噴濺性的血跡，相反，都是接觸所產生的擦拭性血跡。這樣一來，他所說的證詞就可以得到印證了。」

王亞楠心一沉，案件卷宗中的詢問筆錄上，何東平一直堅持自己是在檢視死者傷情時，因為廁所燈光昏暗，不慎沾染上的血跡：「還有別的證據嗎？」

章桐的目光投向隔壁緊緊關閉著的房門，沒過多久門被打開，潘建快步走了出來，遞給了章桐一張檢驗報告。

章桐看完後，輕輕地嘆了口氣，把報告遞給了王亞楠：「根本不吻合。血型是一樣的，但是DNA卻完全兩樣，不是同一個人做的。」

「妳拿到現場的生物檢材樣本了？」

章桐點點頭：「我父親當時也有疑問，但三十年前我們還沒有DNA技術，只能透過現場留下的血液樣本或者體液樣本來圈定嫌疑人。而何東平的血型和死者體內所殘留的犯罪嫌疑人的血型竟然吻合，這就成了怎麼也改變不了的鐵證。我父親不甘心，事後就在檔案庫裡保留下這些證據。他相信總有一天事情的真相會還原，我想，那時候他肯定寧願希望自己這麼做是沒必要的。」

「那……下一步妳到底打算怎麼辦？」王亞楠關切地注視著自己的好友。

章桐淡淡一笑：「當然是去面對現實了，這是我必須去做的。還有亞

第九章　遲來的真相

楠，我會把那一份沒有找到匹配對象的DNA樣本輸入DNA資料庫裡。相信不久的將來，我們會抓到真正的做下這件案子的凶手的，不管這個案子過去多久。」

＊　＊　＊

昏暗的天空中下著傾盆大雨，儘管已經是早上七點半，卻絲毫找不到一點點早晨的感覺。章桐撐著傘，搖搖晃晃地走上警局門前的臺階。風雨打在傘面上，發出劈哩啪啦的聲響。在這種糟糕的天氣裡，任何雨具似乎都沒有多大作用。當章桐推開大廳的玻璃門時，早就已經渾身溼透。

阿嚏！一聲響亮的噴嚏讓她頓時清醒許多。章桐匆忙向負一樓走去，心裡唸叨著趕緊把備用的工作外套穿上，要是感冒可不是鬧著玩的。

在走過一樓走廊的時候，章桐習慣性地停下腳步，視線落在父親章肖欽那掛在櫥窗裡榮譽榜的照片上。章桐知道，父親的那次立功之所以會被高高地掛起來，是因為他所得到的是本地警局自建立以來個人所獲得的最高榮譽。想到這裡，章桐的心猛地一顫，下意識摸了摸公文包裡連夜整理出來的報告，心裡對今天所要做的事情感到了無比的歉疚。

換好衣服後，章桐趕往五樓李局的辦公室，路上她特地在政治處停留了一下，交了一份申請。站在李局辦公室門口，她猶豫了一下，然後深吸一口氣，伸手敲響了辦公室的房門。

門打開後，章桐見到王亞楠早就已經等在李局辦公室，她今天特地換上了平時很少穿的警服，齊肩的黑髮也被一絲不苟地紮在腦後，此刻正神情凝重地注視著站在辦公室門口的章桐。

見此情景，章桐不由得愣了一下，她不明白王亞楠今天為什麼要穿得這麼正式：「今天有什麼活動嗎？」

「我們在等妳。」王亞楠並沒有正面回答章桐的問題。李局同樣一聲不吭，表情嚴肅地看著章桐。

章桐欲言又止，她想了想，打開公文夾，取出那份檢驗報告，遞給了辦公桌後面的李局：「事實證明，何東平確實不是三十年前殺人案的凶手。」

李局緊鎖著眉頭，仔仔細細地看完了檢驗報告，然後抬起頭說：「章法醫，那妳打算怎麼做？」

「我會向媒體公布我對這個案件的最新調查結果。在來這裡之前，我已經把申請交到了政治處，請求批准我的行動，連繫報社的相關負責人。」章桐平靜地說道。

「妳這麼做，知道後果是什麼嗎？」王亞楠問。

「我知道，必須取消我父親在這個案子上所得到的所有榮譽。但是我相信，他會理解我的所作所為的。」

「妳是遵守了諾言，那麼那個所謂的 Y 先生，他也會同樣遵守諾言來投案嗎？」李局問道。

章桐猶豫了一會兒，隨即用力地點點頭：「我相信他會的。」

聽了這話，王亞楠看了一眼身邊的李局，也就只能點頭同意了。她很清楚，只要是錯案，每個人都有義務去糾正，不管已經過去多長時間，也不管要付出多大的代價。但是她打從心底裡不願意讓自己的好朋友章桐來經歷這麼痛苦的抉擇。

第二天一早，天還沒有亮，運送日報的箱式貨車在路燈的照射下，帶著一捆捆滿是油墨清香的報紙駛出了報社的大門，向全市各大報紙發行點開去。

＊　　＊　　＊

第九章　遲來的真相

　　老錢和眾多報刊亭的承包人一樣，早早地就來到了自己負責的報刊亭門口，他打開了捲簾門，開始做著一天營業前的準備工作。身後的大馬路上，行人並不多，只有偶爾開過的夜班計程車在經過轉角處時發出清脆的煞車聲。

　　很快，送報紙的車就要經過這裡，老錢用力地推開報刊亭門口的玻璃窗，拿著抹布的右手開始用力地擦拭著玻璃窗上的灰塵。他時不時地探頭張望著馬路轉角處，等待著那輛熟悉的箱型貨車。

　　在不經意之間，老錢又看到了那個熟悉的身影。就在馬路對面的榕樹下，站著一個個子瘦瘦高高的人。他之所以給老錢留下了這麼深的印象，是因為沒人會這麼早就在那裡站著等報紙送來，並且他這樣做已經不是一天兩天了。每當報紙被送到後，這個人就會從榕樹下走出來，來到老錢的報刊亭前，丟下一塊錢，拿走一份剛剛送來的日報。在此期間，這個神祕的人始終一言不發。

　　十多分鐘後，貨車準時出現在了老錢的視野裡，在經過老錢的報刊亭時並沒有做過多的停留。後車廂裡的押運員甚至都沒有下車，他只是打開貨車門，然後準確無誤地把一捆紮得結結實實的報紙扔在報刊亭前的地磚上，隨即關上車門，揚長而去。

　　不出老錢所料，當他彎腰把報紙拿到已經堆滿了報紙雜誌的售貨架子上時，馬路對面榕樹下的瘦高個子開始向這邊走來。老錢撇了撇嘴，趕緊抽出一份還散發著油墨清香的日報，伸手遞給了正向自己走來的瘦高個，一臉堆笑：「先生，又來等報紙啊？」

　　瘦高個並沒有吭聲，只是迅速丟下早就準備好的一塊錢硬幣，然後就迫不及待地打開報紙。

老錢見這個買報紙的瘦高個並沒有搭理自己，感到碰了一鼻子灰，也就自顧自地忙碌去了。此時，天邊已經漸漸泛白，很快就要天亮了。突然，老錢的耳邊傳來瘦高個說話的聲音：「謝謝你！」

　　正在老錢發愣的時候，瘦高個已經快步走向了馬路對面，很快就消失在了街道的拐角處。

　　老錢總感覺不對勁，他滿腹狐疑地拿過剛送來的日報，戴上老花眼鏡，然後隨手打開了報刊亭裡的白熾燈，開始逐頁閱讀了起來。

　　整份報紙並不厚，十六個版面，很多消息都是老錢很熟悉的，博覽會召開、停水通告……在這些看似五花八門的各類新聞中，老錢的目光突然被第三版左上方的一則啟事給吸引住了。發啟事的是市警局，啟事的內容並不複雜，就是對三十年前，也就是一九八二年發生的一起凶殺案進行了澄清，說最新的證據表明，已經伏法的何東平並不是殺害死者的凶手，對何東平家人所造成的一切傷害深感抱歉，並且希望其家人如果看到這個啟事的話，盡快和檢察院連繫，申請撤銷判決，並且提起相關賠償事宜。

　　看完這則啟事，老錢沉默了，他的目光不由自主地向那個瘦高個匆匆消失的街道拐角處看去，耳邊又一次響起了他臨走時所說的那三個字：「謝謝你！」

＊　＊　＊

　　章桐一聲不吭地站在一樓走廊的榮譽榜前，她呆呆地望著父親的照片，心裡感到酸溜溜的。櫥窗鑰匙在自己的手心裡已經沾滿了汗水，章桐輕輕嘆了口氣，把鑰匙插進了鎖孔，轉動了一下，隨著一聲「咔嗒」聲傳來，櫥窗的鎖孔彈開了。她隨即伸出雙手，推開櫥窗玻璃，動作輕柔地取下父親的照片，放進自己工作服的貼身口袋裡，然後鎖好櫥窗，拔下鑰

第九章　遲來的眞相

匙，頭也不回地向辦公室走去。章桐知道，很快政治處的人就會前來把有關父親一欄的功績介紹取下來，一切善後工作也會如期展開。章桐之所以要在這一切開始之前就自己親手取走父親的照片，為的只是想能讓父親體面地從榮譽榜上走下來。

她知道，在這個案子上，父親其實並沒有錯，他甚至為了案件的真相而親手保留下相關證據，只是他還來不及去完成這項特殊的工作就已經離開了這個世界。章桐沒有埋怨父親。她很清楚，自己和父親都是做了一個法醫應該做出的正確選擇。

「章法醫，有人找妳！」潘建的話語打斷了章桐混亂的思緒。

「誰？誰找我？」章桐一邊掃了一眼牆上的掛鐘，一邊站起身，「人在哪裡？」

「保全那邊，是個男的找妳。我剛才經過一樓大廳時，保全老王叫我轉告妳的。」

章桐心裡微微一顫，趕緊推開辦公室的門衝了出去。她幾乎以跑的速度穿過兩道門，爬上樓梯，來到一樓大門口的警衛室。

「老王，有人找我？」她氣喘吁吁地問。

保全老王點點頭，伸手指了指一邊供來賓休息等候的長椅上：「就是這個人，等妳十多分鐘了。」

章桐看過去，不由得愣住了，來人很年輕，不超過三十歲，瘦瘦高高的，穿著一件黑色風衣，肩上背著一個電腦包，和章桐視線接觸的那一刹那，他的臉上露出了淡淡的笑容：「章法醫，妳還記得我嗎？」

這嗓音很熟悉，章桐脫口而出：「你是公車站臺上的那個人！」她隨即感到一絲疑惑，目光中迅速充滿了戒備，「你怎麼知道我的名字的？你有

什麼事嗎?」

瘦高個並沒有正面回答章桐的問題,他很平靜地伸手從電腦包裡拿出了一份當天的報紙,翻到登有啟事的那一面,隨即遞給了章桐:「我們有過約定。」

「你⋯⋯就是那個Y先生!」章桐吃驚地瞪著面前長椅上神態自若的男人。

＊　＊　＊

王亞楠的辦公室,她今天特地選在這個地方和Y先生見面。章桐坐在王亞楠的左手邊,老李則從自己的座位旁拉了張凳子,直接坐在門口,有意無意地堵住來人的退路。一時之間,整個辦公室狹小的空間裡,氣氛顯得很是緊張。

瘦高個男人坐在王亞楠的正對面,他輕輕嘆了口氣:「你們不用緊張,我既然來了,就沒打算跑。」

「說出你的名字。」王亞楠平靜地注視著他。

瘦高個男人點點頭:「我叫呂俊,就是給你們寫信的Y先生。我今天來就是履行我在信中對你們許下的諾言,來投案自首了。」

「何東平到底是你什麼人?」王亞楠口氣嚴肅地問道。

呂俊微微地閉上雙眼,深吸一口氣,然後猛地睜眼開口:「他是我父親,我姓的是母親呂曉蘭的姓,我本來應該叫何俊。」

聽了這話,王亞楠不由得愣住了:「何東平不是沒有結婚嗎?哪裡來的孩子?」

呂俊笑了:「案發時我父親和母親雖然沒有登記結婚,但卻已經住在

第九章　遲來的真相

一起了，確切地說，我母親就是在我父親被抓進監獄前的那幾天懷上我的。後來我父親被判死刑，我母親就離開了這裡去了其他城市。直到兩個月後，她才知道有了我。」說到這裡，呂俊的目光中突然閃爍出淚花，「我母親到死都不相信我父親是殺人犯。」

章桐皺起了眉頭，輕聲說道：「希望你不要怪我父親，當時沒有現在這樣的技術，他也沒辦法。他已經盡力了。現在可以還你父親的清白。」

「人都死了，再說什麼都沒用。章法醫，但是我還是要謝謝妳。」說著呂俊轉過頭，看著王亞楠，「我知道妳是這裡的長官，既然你們說話算話，已經替我父親平了錯案，我今天也是履行諾言來了，想要問什麼就儘管問吧。」

王亞楠看了一眼章桐，然後轉頭問：「鐘山公園沙坑屍骨案，你為什麼要這麼做？」

「我只是想引起妳們的注意而已，沒別的意思。」

「你就用殺人的方式？」

呂俊搖搖頭：「我沒有殺人。」

「我們已經證實了其中頭骨是屬於一個伏法的死刑犯，但是另外四具屍體，又是怎麼回事？你又是怎麼得到這些屍骨的？」章桐問。

「我在當地瑤族居住的寨子那邊做過一段時間喪葬師，他們的風俗就是把裝有死者屍體的棺材吊在懸崖上。一個多月後，等屍體只剩下骨頭，我所做的事情就是把這些屍骨進行火化安葬。這些屍骨都是來自當地的寨子裡的人，妳們可以派人去考核。」

「怪不得我在屍骨表面找不到任何防腐劑的殘留痕跡。」章桐咕噥了一句，「你這件事情計劃了多久了？要知道屍骨橫跨的時間有整整二十年！」

「我從小就生活在瑤族寨子裡，跟了一個師父。從我做這一行開始，我就已經做準備了。」呂俊活動一下僵硬的後背，「我等的就是今天這個日子。章法醫，我回這裡已經有好幾年了，也蒐集了很多妳經手的案例，我知道妳會幫我的，我沒有看錯人。」

章桐突然想到了什麼，追問道：「你說你回來已經有好幾年了，但是其中時間最近的骸骨死亡不超過三年。你從哪裡找來的？」

「那是我同母異父的妹妹，因為不堪忍受自己老公的家暴，她就服農藥自殺了。我按照當地的方式安葬了她，一個多月後收的屍骨。」呂俊平靜地說道，「你可以檢查我的DNA，我想粒線體DNA方面我們應該是吻合的，因為我們有著同一個母親。我雖然沒有上過專門的醫學院，但是我讀了很多書。」

「那個頭顱呢？二十年前，你那時候應該還是上學的年齡。」

「那是我師父替別人收的骨頭，也是我第一次跟著他出的工，我因為好奇就留下了這個顱骨，做個紀念。」說著，呂俊的嘴角露出了一絲怪異的笑容。

「那你當初為什麼要去選擇做這一行？」王亞楠問。

呂俊的目光黯淡了下來：「我母親一直很遺憾沒有替我父親收屍，到死都在唸叨這件事。因為地處瑤族自治區，很偏僻，為了謀生，我就跟著那裡的師父做起了這一行。」

聽了這話，王亞楠不由得長嘆一聲：「你所說的情況我們會去考核。但是呂俊，你這樣做的代價太大了，必須承擔相應的法律責任。」

呂俊淡然一笑，低下了頭，不再言語。

傍晚下班後，王亞楠和章桐相約去街上走走，案子破了，總想著能夠

第九章　遲來的真相

放鬆一下。儘管已經是隆冬，呼呼吹著的風中透著刺骨寒冷，華燈初上，行人徒步區上的人流卻越來越多，看著周圍商店櫥窗中的精美衣服，章桐的心思卻一點都不在上面。

王亞楠注意到章桐的走神，不由得笑了：「小桐，怎麼啦？難得出來逛逛，別老拉長著那張臉好不好？」

「沒事，我沒事。」章桐有些尷尬，她站住腳，轉身認真地看著王亞楠，「妳不覺得這件案子上我們失敗了嗎？我以前從來都沒有像現在這樣質疑過自己的工作能力，但是自從經過呂俊這個案子後，我不再像以前那樣對自己充滿自信了。」

「傻瓜，怎麼可以這麼想，我從來都不覺得妳很差勁。這個世界上沒有任何東西是絕對的，我們每個人都會犯錯，關鍵是事後應該如何去糾正。妳選擇勇敢面對真相，我相信妳父親也不會責怪妳。榮譽什麼的都是身外之物，小桐，還是好好面對生活吧，相信自己才是最重要的，盡自己所能去做好身邊的每一件事就可以了。對了，呂俊的檔案今天下班前送到我的辦公室，我看了，他的身世其實也很可憐。因為從小到大總是生活在母親痛苦的陰影裡，曾經不幸患上過嚴重的憂鬱症，」說到這裡，王亞楠抬頭看看頭頂寧靜的夜空，嘆息著說，「不過我想，他現在應該可以說是終於得到真正的解脫了。」

第十章　詭異的布娃娃

　　每個小布娃娃都只有一個成人手掌那麼長，四肢健全，這些都還沒什麼。最奇怪的是，布娃娃臉上的表情栩栩如生，都皺著眉，瞪大驚恐的雙眼，那張大的嘴巴似乎正在發出無聲的哭喊。

第十章　詭異的布娃娃

　　雖然快要到清明節了，但是空氣中還是透露著沁人的寒意。似乎只有在陽光照射到的地方，才能夠感覺得到春天已經來了。

　　這裡的梅園公墓背靠青山，面朝寧靜的寶塔湖。站在公墓最高處朝下望去，沉睡中的公墓像極了一副整齊的棋盤。一個個墓穴排列工整，從上至下，俯瞰著晨曦中城市的景色。

　　雖然處在離市區不遠的地方，從市中心開車過來只要十多分鐘車程，但一年之中也只有在清明節前後，梅園公墓裡的寧靜安詳才會被絡繹而來祭奠故人的人們所打破。

　　鮮花替代了往日的紙花，但五花八門的供品卻是沒有辦法統一規劃的，於是公墓管理方就不得不在每天早上開園前半個小時派人上山一個一個檢查，把不該出現的供品逐一清理下來。

　　小齊是梅園公墓剛轉正不久的員工，個子不高，卻瘦得讓人心疼，濃濃的眉毛，稜角分明的臉，渾身上下結合起來看，總是給人感覺一副吃不飽的樣子。因為年紀輕，所以一連好幾天，每天早上在公墓裡上上下下轉悠的差事自然輪到了小齊的頭上。剛來這裡上班的時候，小齊心裡總是轉不過彎，薪酬沒問題，也是事業單位編制，可成天在公墓裡和死人做鄰居，心裡總是會有些過不去。不過轉念一想，哥兒們潘建去的地方比自己還要差好幾倍，小齊的心裡就很快又找到平衡了。

　　「齊根祥，快點！別老磨磨蹭蹭的！」搭班同事大江那咋咋喝呼的聲音在大門口響起。公墓那麼大，光靠小齊一個人也確實走不過來，所以主管大發慈悲，把同事大江也給安排了過來。每人負責一個區域，這樣提前半個小時剛剛好。

　　小齊匆匆忙忙地換上跑鞋，戴上工作牌，一溜煙地跑出了更衣室。

半個多小時後，小齊回到了半山腰的辦公室門口，卻奇怪怎麼也看不到大江的身影，以往他都會比自己快：「這傢伙，去哪裡了呢？」

正在左右張望的時候，大江高高大大的身影終於在石階拐角處出現了。和平時不同的是，大江的雙手抱著個小木箱子，看上去並不太重。

「你撿到什麼寶貝啦？」小齊調侃道。

「我也不知道，是在 A 區空墓穴裡發現的，不是骨灰盒，我打開看過了。」大江疑惑地把小木箱抱進辦公室，放在辦公桌上。

「A 區？那可是這裡最好的『風水寶地』啊！」小齊的好奇心頓時湧了上來，他湊上前，一邊伸手打開小木箱，一邊嘴裡嘟囔著，「我倒要看看這裡面到底裝的是什麼？」

「小心點，別弄壞了！」大江站在一邊抱著肩，嘀咕了一句，「等會兒人家來找就不好交代了！」

「這到底是什麼鬼玩意兒！」眼前突然出現的東西把小齊嚇了一跳。

棗紅色的小木箱子裡整整齊齊整整齊齊擺放著十七個手工做的小布娃娃，十七個娃娃穿著十七套不同的衣服，並且長相、性別都有一定差異。每個小布娃娃都只有一個成人手掌那麼長，四肢健全。這些都還沒什麼，最奇怪的是，布娃娃臉上的表情栩栩如生，都皺著眉，瞪大驚恐的雙眼，那張大的嘴巴似乎正在發出無聲的哭喊。小齊感覺後脊梁骨直冒涼氣，他小心翼翼地嚥了口唾沫，回頭問大江：「你說誰會給自己的先人送這麼恐怖的東西？看了直讓人渾身起雞皮疙瘩！」

大江搖搖頭：「反正跟我沒關係，等主任來了上報就行了。」

＊　　＊　　＊

第十章　詭異的布娃娃

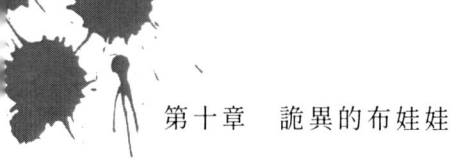

　　晚上，小齊好說歹說總算把老同學潘建從家裡拖出來，兩人坐在樓下大排檔一角，要了兩瓶啤酒，幾碟小菜。

　　幾杯啤酒下肚，兩人的話就多了起來，小齊實在憋不住，就把今天早上在公墓裡發現小木箱的事一五一十地全都告訴了潘建。最後還補充幾句：「我說老同學，送什麼不好，非得送這種讓人看了渾身發毛的東西，難道這些人就不怕把自己的先人給氣壞了？」

　　潘建樂了：「真是少見多怪，這世道送什麼的都有，我們小區對門那老爺子上個月沒了，他兒子在頭七的時候，愣是給老爺子燒了一整套別墅汽車，外加一個在成人用品店買的充氣娃娃。說什麼他家老爺子辛苦一輩子，去了那地方至少也該瀟瀟灑灑。所以呢，你老兄就別成天胡思亂想、沒事找事啦！」

　　聽了這話，小齊不由得皺起眉毛：「不對，你說的我沒意見，兒子替自家老子考慮『幸福』，可這小木盒子裡的就不一樣了，讓人看了就覺得不是什麼好東西。最主要的是，你知道發現這個小木盒子所在的 A 區嗎？那可是我們梅園公墓裡價格最貴、風水最好的地方，聽說當初梅園公墓建立選址的時候，還專門請了新加坡的法師過來看風水，那老法師一眼就看中了現在的 A 區那塊地，說是什麼能旺子孫後代的龍頭寶地，所以那塊地上的墓穴每個五十萬起價。老同學，五十萬啊！」說著小齊嘖嘖搖頭。

　　潘建又把酒杯倒滿了，調侃道：「這麼貴，那是不是就很靈驗呢？」

　　小齊用力點點頭，漲紅著臉說：「那是當然，現在我們這邊等著買 A 區墓地的人都排起隊了。老哥，你說那一木箱子破布娃娃就這麼神祕兮兮地放在 A 區的空墓穴裡，能不讓人覺得頭皮根子發麻嗎？」

　　潘建想了想，點點頭：「照你這麼來說確實是有點，對了，你再說說

那幾個娃娃為什麼讓你覺得不舒服？」

小齊猛地把自己面前的整杯啤酒往肚子裡一灌，然後把杯子重重地往桌面上一放，抹了抹嘴巴：「首先，那娃娃絕對不是在地攤上買的，而是手工做的。我就是搞不明白，誰會吃飽了撐的沒事幹花大把時間在這個上面。」

「別扯遠了，繼續說。」潘建伸手拍拍小齊的肩膀。

「其次，那些娃娃穿在身上的衣服就跟我們人穿的沒兩樣，就是號小一點兒而已。什麼牛仔褲啊、外套啊、裙子啊，甚至還有唐裝！好像這些娃娃本身就是人一樣，並且還沒有兩個娃娃穿的是一模一樣的。這些還不算什麼，最要命的是那些娃娃的臉，老哥，那臉你看了就不會忘記。」

「哦？為什麼這麼說？」潘建頓時來了興趣。

小齊突然神神祕祕地湊近潘建，左右看了看，然後壓低了嗓門兒緩緩說道：「那是死人的臉，表情痛苦到了極點！」

潘建不由得嚇了一跳，伸手推開小齊酒氣沖天的嘴巴，抱怨道：「你小子沒事嚇唬人幹嘛？你是不是《午夜凶鈴》看多了，著了魔？神經！」

兩個人就這麼你一杯我一杯地喝到打烊，然後就各自回家去了。

很快，梅園公墓發現神祕小木箱子和十七個怪異的娃娃的事，就被小齊和潘建通通丟到了腦後，不只是他們，就連公墓裡看到這個小木箱子的工作人員都一致認為，這只是某個沒事幹的人的小小的惡作劇而已。小木箱子隨之就被高高地放在辦公室隔壁儲藏室櫃子的最頂端，從人們的記憶中慢慢消失了。

畢竟這裡是公墓，沒辦法解釋的事情實在是太多了。

第十章　詭異的布娃娃

　　　　　　　＊　　＊　　＊

　　章桐坐在辦公室裡，現在是上午九點十五分，這一天才剛剛開始。前晚她大概只睡了四十多分鐘。先是在寵物醫院守夜，後來她的金毛狗「饅頭」又不得不進行手術，說是有東西卡在腸子裡。章桐責怪自己怎麼這麼大意，本以為一根雞骨頭不會有什麼問題，畢竟狗都這麼大了。可是回想起過後的三天，「饅頭」總是精神萎靡，不愛吃東西，還老是吐。自己偏偏又忙著工作，就沒有把這事放在心上。昨天晚上，寵物醫生的一句話差點把她嚇出冷汗——如果再拖延兩天，這狗就沒命了。王亞楠給她的建議則是趕緊送人，至少也是為了「饅頭」的小命考慮，畢竟她連自己都照顧不好，還有精力去照顧一條狗？章桐感覺自己有點自私。

　　電話鈴響了，章桐伸手接起電話：「哪位？」

　　「妳好，是我啊，章桐。」電話那頭的聲音蒼老而又慈祥。

　　「歐陽教授？」章桐很意外，醫學院法醫系解剖科的歐陽教授怎麼會突然打電話給自己。她的腦海中出現了一位精神矍鑠、滿頭銀髮的老人的形象。自從學院畢業後，因為工作的緣故，章桐很少再回去拜訪歐陽教授。只是每年的九月教師節，章桐會給老人送去一束鮮花。

　　「真不好意思，打擾妳工作了。」老人的話語中充滿了深深的歉意，「我知道妳很忙，但是，妳能抽空來趟學院嗎？」

　　章桐猶豫了一下，隨即答應下來。以前的導師想見見自己這也很正常，年紀大了，身邊又沒有子女，教過的每一個學生，就如同自己的孩子。「你放心吧，歐陽教授，我今天下班後就過來。」

　　「那太謝謝妳了，章桐，妳到我家來找我吧，隨時都可以。」臨掛電

話前，老人還不放心地補充道，「妳一定要來啊！我……我有事想和妳談談。」

「放心吧，歐陽教授。」掛上電話的一剎那，章桐聽到電話聽筒那頭有人敲門的聲音，歐陽教授隨即應了句：「等一下，我馬上來。」電話很快就被結束通話了。

時間到了下午五點，這一整天章桐都不忙，沒有現場也就沒有屍體，她所要做的就只是文案整理。最近由於要參加一個培訓專案，潘建將調離半年，上面決定再安排一個助手給法醫室。李局在電話中一再誇獎那個即將前來赴任的助手是多麼聰明，實習成績是多麼好，別人對他的評價是多麼高。這一些讚譽之詞對於章桐來講都不重要，在她看來只要肯幹，不怕吃苦、不怕髒、不怕累就行。基層法醫，要的就只是這幾條實實在在的標準，別的都不重要。

合上最後一本案卷，章桐伸手揉了揉發酸的眼眶，目光落到了辦公桌上的小相框上，那裡面裝著的是她從榮譽榜上親手取下的父親的照片。雖然已經過去了這麼多年，父親的笑容卻依舊不變。本來章桐想把這張照片放在家裡的相簿中，可轉念一想，又打消了這個念頭，就讓父親陪著自己吧。她就用這張特殊的照片換下了自己的照片，然後端端正正地擺放在了辦公桌上。

章桐伸手關上檯燈，辦公室裡光線不是很好，但是如果沒有必要的話，她從不開著頂上的日光燈。因為在她看來，檯燈的光線能夠更好地讓人集中精神來工作。她站起身，開始收拾起了辦公桌上散落的檔案，正在這時，身後的門被輕輕敲響。

「進來！」

第十章　詭異的布娃娃

　　應聲推門而進的是一名四十多歲的中年男人，中等的個子，面容偏瘦，眉宇間流露出一種憂鬱的神情。他的胸口別了塊牌子，上面寫著「訪客」兩個字。

　　「妳是章主任吧？」

　　章桐抬起頭：「是我，你有什麼事？」

　　中年男人微微一笑，向章桐伸出了左手：「我叫彭佳飛，是妳新來的助手。」

　　「助手？」章桐沒想到李局電話中所說的助手竟然是個如此超齡的人，她不由得愣住了，「你就是派過來的助手？」

　　彭佳飛有些尷尬，他縮回左手，然後點點頭：「沒錯，我就是那個新來的法醫助手。章主任，我是中途改行的，以前是醫院神經內科的醫生，但因為出了點事，我再也做不了手術，就改行學起了法醫。」

　　章桐搖了搖頭：「出什麼事了，方便告訴我嗎？」

　　「我……我的手術出了差錯，病人死在手術檯上，我受了處分，被剝奪了動手術的資格。」彭佳飛的聲音中充滿淡淡的痛苦，「所以我重新又回到學校，繼續進修法醫，然後就來到這裡了，我會好好做的。」

　　還能說什麼呢，章桐輕輕嘆了口氣，伸手指了指辦公桌對面潘建用過的桌子：「好的，你先坐在那邊吧，潘建要過半年才會回來。今天沒什麼事了，你明天早上正式上班，這是我的手機號碼，你記一下。」說著章桐在便條紙上潦草地寫下手機號碼，伸手遞給彭佳飛，「還有記住，手機二十四小時都要保持暢通狀態，明白嗎？這裡是基層，不像你們醫院，這裡沒有上下班的概念，有電話一定要接。」

　　彭佳飛點點頭。

章桐留下了辦公室的鑰匙後，轉身離開了。她心想，希望彭佳飛不要介意自己對他嚴格要求的態度，因為不管他以前是多麼高高在上，從現在開始，他就是一個普通的法醫助手，也就必須明白自己這份新工作的真正含義，沒有任何通融可言。

　　警局門口正好有一輛計程車停下卸客，章桐緊跑幾步追上這輛計程車，她鑽進後車座後，對司機說：「市醫學院，謝謝。」

　　計程車迅速向城東大學城開去，遠處天邊一抹晚霞，紅得就像把天空都燃燒了。

＊　＊　＊

　　計程車還沒到教授樓的樓下，章桐就看見一輛閃著急救燈的120救護車正穿過樓前的甬道，火速向自己的方向開來，她心裡不由得一顫。教授樓裡住的都是已經上了年紀的老教授，不管是誰，120的出現都不會是好事。和120車交會而過後，計程車就在樓下的甬道上停下來，章桐付了錢剛下車，身邊經過的幾個剛從樓裡出來的學生交談的隻言片語把她嚇了一跳。

　　「歐陽教授真可憐，年紀都這麼大了。」

　　「是啊，平時看他好好的，怎麼現在……」

　　章桐趕緊上前攔住那幾個學生，同時指著身後120救護車消失的方向，著急地問道：「剛才車上的是不是歐陽青山教授？解剖科的？」

　　幾個學生點點頭：「沒錯，心臟病發作送醫院了，歐陽師母和我們班長一起陪著去了。」

　　「去哪個醫院？」

第十章　詭異的布娃娃

「應該是第一醫院。」

章桐迅速攔住正要掉頭開走的計程車，一把拉開車門就鑽進去：「師傅，快去第一醫院，快！」

章桐在第一醫院的走廊上狂奔，不時地攔住護士問路，汗水止不住地往下淌，衣服領子被她扯開了，絲質圍巾鬆鬆垮垮地掛在脖子上。她一會兒往左轉，一會兒往右轉，四處尋找急診病房的指示牌。這是誰的錯？她不能怪那個出租司機搞錯了門，把自己送到第一醫院的入口處。她不得不焦急地穿過整個門診大廳，繞過注射室、拍片室、配藥房。她不斷狂奔著，以至大廳的保全都開始注意起了她。由於緊張，她感覺到自己腰部的左側隱隱作痛。

「急診病房在哪裡？」章桐向一個推著手推車的醫院護工大聲道。那人指了指身後的那扇對開門，她趕緊推門進去。玻璃窗後的病房裡有三個護士，其中一個被門的響動驚動了，推門走出來：「什麼事？」

「我……我找醫學院剛剛送來的歐陽教授，是 120 送來的，請問他在幾號病房？」章桐氣喘吁吁地說道。

護士皺起眉，想了想，又伸手拿過門旁掛著的登記簿檢視了下，然後平靜地抬頭說道：「送來時人就已經死了，現在正被送去太平間。」

「你說什麼？」章桐感覺自己像在做夢。

第十一章　教授的祕密

　　看著眼前這個女孩一臉輕鬆自如的樣子，章桐的心裡卻不由自主地感到擔憂。如果歐陽教授的死和唐韻所說的「屍體工廠」有關，那麼唐韻的生命也會有危險。章桐不敢再繼續想下去，她站起身，嘆了口氣：「走吧，我送妳到門口。」

第十一章　教授的祕密

　　章桐和歐陽教授的遺孀一起坐在教授家的客廳裡，她們從醫院回來到現在已經過去了兩個多小時。教授家的保母倒了熱茶給她們。

　　老太太戴著一副黑框眼鏡，銀色的頭髮不再像以往那樣梳理得整整齊齊，神色之間也多了幾份悲傷和無助，眼角不斷閃爍著淚花。

　　「歐陽師母，請節哀。」

　　老太太輕輕搖了搖頭，嘶啞著嗓門說道：「我沒事，丫頭，謝謝妳。」

　　「需要我通知什麼人嗎？」章桐知道兩個老人膝下沒有子女，而在這種情況下，身邊多個人，對還活著的這個人來說，至少也是種安慰。

　　「不用了，阿慶已經幫我打過電話。」老太太所說的「阿慶」就是先前陪同一起去醫院的學生班長，同時也是歐陽教授的得意門生，「老頭子還活著的時候，經常和我說起妳，妳是他最驕傲最出色的學生。」說著，老太太的臉上閃過了一絲光芒。

　　「歐陽師母，您過獎了，我只是他那一屆學生中唯一還在基層當法醫的。」章桐苦笑道，「對了，歐陽師母，歐陽教授今天什麼時候發病的？」

　　老太太臉上滑過一個痛苦的表情：「他心臟本來就不好，去年就已經退休了，後來因為系裡找不到人接他的班，就返聘了他。我一直擔心他的身體，這不，中午也沒在食堂吃飯，就直接回家了。回來後就說不舒服，胸口疼，我給他吃了點救心丸，讓他上床休息。五點多的時候，我想叫他起床吃晚飯，叫了他幾聲沒應，我……」老太太實在說不下去，眼淚再次流下來。她摘下眼鏡，用手背擦了擦眼角的淚水，然後哽咽著說道，「我……我實在沒想到他這麼快就……他連一句話都沒有留下啊……」

　　「歐陽教授今天上午九點多的時候打電話叫我過來，他跟妳說過找我有什麼事情嗎？」

老太太搖搖頭：「我不知道，他工作上的事情從來都不告訴我。」

　　聽了這話，章桐不由得嘆了口氣。可以肯定的是，歐陽教授找自己一定是有原因的，但是現在他突然去世，也就再也沒有機會知道老人在世時，為什麼會突然打電話給自己。只是簡單的敘敘舊？不，歐陽教授知道自己工作很忙，所以在電話中一再為自己的打擾而深表歉意。這是一個很有自知之明也很注意細節的老人，他絕對不會為了一件並不起眼的小事情來找自己。想到這裡，章桐無奈地看著身邊痛苦萬分的老太太，輕輕地把老人布滿皺紋的雙手握在手心，希望能盡可能地給她一點安慰。

　　從歐陽教授家出來時，已經是晚上八點多了，章桐腳步匆匆地走在學院宿舍區的小路上。看著身邊來來往往的學生，她的心裡不由得感慨萬千。在這個學院裡就讀的五年時光，是她記憶中最快樂的日子，那時候的她怎麼也不會想到一旦走上工作，每天所要面對的就是人性中最醜陋的一面所造成的死亡。她雖然已經學會了平靜地去接受這一切，可每當身邊有人離開這個世界，章桐總會感到一種說不出的傷痛。

　　「請等一等。」聽到自己身後有人說話，章桐下意識停下腳步回頭看去。路燈下，眼前站著的是一個年輕女孩，塗著淡淡的粉紅色口紅，長長的頭髮在腦後整齊地梳理成漂亮的馬尾。女孩身上有著這個年齡特有的清純和朝氣。章桐朝左右看了看，確定女孩是在對自己說話。

　　「有事嗎？」

　　「請問妳是不是章桐？市警局的法醫？」

　　章桐點點頭：「是我，妳是哪位？找我有什麼事嗎？」

　　女孩微微鬆了口氣，她緊接著猶豫了一下，隨即從自己背著的雙肩小包裡拿出了一個信封遞給章桐。

第十一章　教授的祕密

「這是什麼？」章桐有些奇怪，她手裡拿著信封，感覺到裡面只是一張薄薄的信紙，「是給我的嗎？」

女孩認真地點點頭，隨後有些靦腆地微微一笑：「這是歐陽教授今天給我的，我是他教的學生，法醫系的，所以論輩分我應該叫妳一聲師姐。歐陽教授說一旦他有什麼意外發生，叫我一定要把這封信親手交給妳。我聽說他因為心臟病突發送往醫院，就在歐陽教授家門口等妳。後來我看到妳陪著歐陽師母回來了，但是我一直不敢確定妳的身分，直到剛才我問了歐陽師母才知道，請妳別介意，師姐。」

章桐不由得被面前的女孩臉上純真的笑容所感染，她知道女孩肯定還沒有得到歐陽教授已經去世的噩耗，想了想決定暫時不告訴她，就順手把信封放進了自己的挎包：「我不介意，還要謝謝妳幫我這個忙，對了，請問妳貴姓？」

「我？哦，我叫唐韻。」說著她忽然從身上格子外套口袋裡掏出了一支原子筆，俐落地拔掉筆帽，緊接著伸手抓過章桐的右手，然後極快地在她右手手背上寫下一串號碼，「這是我的手機號碼，有什麼可以幫妳，儘管打上面這個號碼和我連繫。」

章桐掃了一眼自己手背上歪歪扭扭的數字，笑著點點頭：「好吧，我會連繫妳的。」

話音剛落，這個叫唐韻的女孩已經轉身向宿舍樓走去，一邊走一邊回頭向章桐揮手告別。遠處有個女孩正在等她，兩人會面後，就很親密地手拉著手走遠了。

看著眼前的這一幕，章桐輕輕搖了搖頭，繼續向學院大門口走去。

回到家的時候，章桐感到一種莫名的疲憊，她脫下外套，掛在進門處

的衣帽架上，換好鞋子後就從挎包裡掏出那封信，向客廳沙發走去。今晚她不用操心「饅頭」的起居，那可憐的「饅頭」還在寵物醫院做術後的恢復，已經說好過一週才去接。章桐目前還有很重要的一件事情要去做，她在沙發上坐下，看著手中的信封，略微遲疑了一下後就撕開信封，掏出裡面的信紙。

雖然已經離開學校很多年了，但章桐還是一眼就認出了信紙上歐陽教授那蒼勁有力的筆跡。信中老人很懇切地說雖然已經多年沒有見到自己的這個學生，但卻經常能夠聽到章桐認真工作所做出的成績，他為她感到由衷的驕傲。臨了老人請求章桐幫他一個忙，並且再三表明自己實在是沒有辦法，自己的力量太薄弱，只是個做學問的人，可是心中的正義感卻讓他不會就這麼視而不見。在請求章桐進行調查的同時，老人也已經開始了自己的調查，他說如果自己有什麼意外的話，一定要章桐對他的屍體進行檢查。

看完這封信，章桐久久難以平靜，她嘴裡不斷重複著一個詞——「負312」。為什麼老人會叫自己去這個地方進行調查。在她的記憶中，負312是個非常神聖的地方，這裡，歷來都是用來保存著所有供法醫系和臨床醫學系解剖科學生進行解剖教學時所用屍體的地方。當然，老人這麼說也是出於對自己的信任，但是章桐很清楚自己只是一個普通法醫，根本就沒有參與案件調查的許可權。

她輕輕地放下手中的信紙，站起身來到窗口，看著窗外寧靜的夜空，究竟該怎麼辦？打電話找王亞楠？不，目前來看，這樣做並不實際，沒有任何證據，重案隊就沒辦法介入。自己雖然和王亞楠的交情很不一般，但是工作的原則是沒有辦法隨意改變的。她的目光落到右手背上，那是一串

第十一章　教授的祕密

已經漸漸有些模糊的數字。章桐心裡頓時有了主意，她走到電話機前，打開檯燈，撥通了這個手機號碼。

＊　　＊　　＊

唐韻是個性格非常爽直的女孩。再次和章桐見面的時候，她的馬尾辮不見了，長長的秀髮披散下來，直到腰間，前額沒有瀏海，恰到好處地顯示出了她線條柔和的額骨。

章桐推門走進約定見面的咖啡館的時候，一眼就見到靠窗的位置上坐著的唐韻。唐韻正在和一個看起來同齡的臉龐消瘦的女孩子交談著什麼，時不時地開懷大笑。見到章桐，唐韻就朝她揮了揮手，身邊的女孩子走開了。等章桐走到桌子跟前時，唐韻就指指面前多出來的一個咖啡紙杯：「師姐，我替妳買的，雙倍拿鐵，據說年紀大的女人都愛喝這個口味。」

小姑娘的口無遮攔讓章桐有些吃不消，她搖搖頭，坐下來，伸手拿過咖啡杯：「那就謝謝妳，我不客氣了，下回記得提醒我請妳。」

唐韻做了個鬼臉：「師姐，我可記得哦。」

章桐喝了口咖啡，溫度正好。

「我就知道妳喜歡喝，我媽就喜歡這個口味。」唐韻笑瞇瞇地瞪著章桐，「對了師姐，我下午沒有課，說吧，有什麼可以幫妳的。」

「剛才是妳同學嗎？」章桐隨意地用下巴指了指那個女孩離開的方向。

唐韻點點頭：「和我同系，也住同一個宿舍，叫鄭瀾，她很照顧我。因為宿舍裡的網路線壞了，她經常到這裡來上網。」

「我這次來是想問下有關負312的情況。」章桐決定單刀直入，唐韻是有時間，自己可沒心思陪著她耗。

聽章桐提到這個地方，唐韻的臉色突然變了，她咬著星冰樂的吸管，半天沒有吱聲。

「怎麼，妳不是說要幫我忙嗎？怎麼不吭聲了？」

唐韻猶豫了一下，似乎最終下定了決心，推開手裡的咖啡杯：「是歐陽教授和妳說起這個地方的？」

章桐點點頭：「他囑咐妳轉交給我的那封信中提到的。我記得以前還在學院讀書的時候，這個地方是供我們解剖科的人實習的地方。」

唐韻神色凝重地說：「現在不是了，它正式的名稱應該被叫做『屍體工廠』，對外是『生物塑化公司』，是和外國人一起搞的。」

「屍體工廠？」章桐有些摸不著頭緒。

「沒錯，剛剛興起的新玩意，也很缺德。」此時唐韻所流露出來的憤怒情緒，使得她和先前那個調皮天真的女孩突然判若兩人，「我為什麼這麼說呢？原因很簡單，我根本就看不慣他們對我們人類遺體的不尊重，而且有些遺體來源不明！」

章桐突然覺得自己有些孤陋寡聞，因為她根本就沒聽說過「屍體工廠」這四個字：「別急，和我從頭說說，這屍體工廠究竟是做什麼的？」

唐韻咬了咬牙：「好吧，我告訴妳。這所謂的『屍體工廠』其實是個俗稱，整個運作過程就是把我們捐出去的人類遺體進行處理，然後再送到國外進行商業展出，除了醫用研究價值，也是為了滿足一些人的好奇心從而賺取一定利潤。這最早是一個德國人搞的，後來不知怎麼的就跑到我們國內來了。他們在學院裡包下了整個負312，進行屍體解剖處理，最後把成品標本送到國外去，收益頗豐。你也知道我們負312有三百多平方公尺那麼大，場地空間對於他們來說就足夠了。」

第十一章　教授的祕密

「你們除了屍體整體標本製作外，還涉及哪些？」

唐韻雙手一攤，解釋道：「切割、分解，然後選擇重要部分。比如說心臟病人的心臟、腎壞死病人的腎臟⋯⋯還專門有一個器官保存的地方。就在負 312 裡面。」

「那屍體其餘的部位呢？」

「直接送殯儀館火化。」

「會通知家屬嗎？」

「師姐，屍體到了我們那邊，就和家屬完全沒有關係了，妳明白嗎？」唐韻眨了眨眼睛。

「那就憑這個，我想歐陽教授也不會叫我去插手調查啊。」章桐不由得嘀咕了一句，「妳剛才提到屍體來源不明到底是怎麼一回事？」

「妳說什麼，師姐？」唐韻突然警惕地注視著章桐。

「哦，歐陽教授在妳給我的那封信中，叫我調查一下負 312 室，說裡面可能有一些不該發生的事情。我想如果就是指你剛才所說的『屍體工廠』的話，應該也沒有什麼。這都是國家法律所允許的，只要手續符合就行了，妳說對不對？」

唐韻搖了搖頭：「師姐，我不知道歐陽教授最終找妳來調查這件事情。這件事最初是我特地向他反映的，他很重視這個情況，我確實懷疑負 312 室裡面有一些屍體的來源不正常。」

「妳也在『屍體工廠』裡面工作過？」章桐有些吃驚。

「對，我們法醫系和臨床系的解剖科的都在裡面工作，或者說是實習。沒有一點解剖專業知識的人，只會毀了那些屍體，別說整成標本

了。」唐韻的話語間顯得很是不服氣。

「那妳在裡面具體負責什麼？妳為什麼會說這些屍體來源不正常？」章桐隱約感到一絲不安。

「我是專門負責屍體登記的，包括屍體的姓名、年齡、性別以及死亡的具體原因。而最後一點，是要被記錄在最終的成品標誌欄上面的。這些標本最終出口時必須要核對這些紀錄，海關才會放行。我上週剛做完一個得肺炎而死的中年男人的標本。沒事做的時候，我也會去幫那些師哥師姐們的忙，但更多時候我都是坐在電腦前，編輯那些人的死亡資料。前段日子，我突發奇想，想看看這些死者活著的時候的生活圈以及他們的資料，畢竟這一具具泡在福爾馬林裡面目全非的屍體，在不久前還是活生生的一條命，妳說是不是，師姐？」

章桐點點頭。

「妳也知道，有個系統是可以查身分證資料的，只要直接輸入死者捐獻屍體登記證上的名字就可以。妳猜怎麼著，有幾個名字我竟然沒有查到——查無此人！妳說奇怪不？」

章桐遲疑著說：「死者捐獻自己的遺體時，原則上都必須自己本人簽字，而在家人反對的前提之下，也許死者就會用假名來登記。」

「師姐，妳說的或許是有道理，但一個月內連續發生五次，妳說這是不是頻率太高了點？」

一聽這話，章桐愣住了。

「所以我把這個疑問告訴了歐陽教授。」唐韻的眼神突然變得黯淡，「真沒有想到，歐陽教授會這麼快就去世，他答應我說他會幫我搞清楚這件事的。」

第十一章　教授的祕密

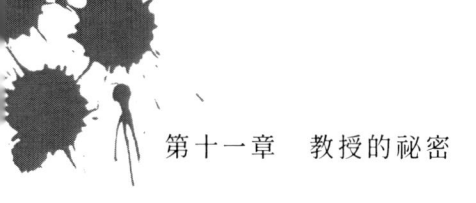

　　章桐突然回想起歐陽教授在那封信中所說的一番話，她想了想，說道：「要不這樣，妳想辦法在有疑問的那幾具屍體上替我取一些標本下來，我是指沒有經過汙染的標本。」

　　「可是屍體都已經浸泡在福爾馬林溶液中了啊。」唐韻皺起了眉，「還能有用嗎？」

　　「有些部位還是可以提取到有價值的DNA樣本的，現在我們局裡有個專門記錄失蹤人口DNA的資料庫，我可以去查一下。唐韻，妳所要提取的就是屍體牙齒，必須連牙冠牙根一起保留，如果不方便的話，妳也可以幫我提取屍體眼球內部的房水或者晶狀體，很簡單的。」說著章桐從挎包裡拿出兩根包裝好的一次性針管，遞給唐韻，「妳只要把針頭插進眼球，然後抽出一點液體就可以了。記住不要太深，就在眼球虹膜後面大概零點一五至三公釐的範圍內。晶狀體是那種透明的半固體，妳抽取的時候要稍微用點力，明白嗎？」

　　唐韻點點頭，把兩根一次性針管放進背包：「放心吧，師姐，我一拿到就和妳連繫。」

　　看著眼前這個女孩一臉輕鬆自如的樣子，章桐的心裡卻不由自主地感到擔憂。如果歐陽教授的死和唐韻所說的「屍體工廠」有關，那麼唐韻的生命也會有危險。章桐不敢再繼續想下去，她站起身，嘆了口氣：「走吧，我送妳到門口。」

第十二章　屍體工廠

「廂型貨車側翻後，裡面承載的貨物也就掉了出來，儘管車主立刻用帆布蓋住了，可還是被報案人看到了，說都是屍體。現場還有福爾馬林的味道，那屍體有的已經有些腐爛跡象，一接觸到空氣沒多久就散發出刺鼻臭味，就和妳那解剖室裡的味道差不多，臭得要死。」

第十二章　屍體工廠

　　凌晨一點半，門口的對講機突然鈴聲大作，並且絲毫沒有停止的意思，通知章桐樓下有人要找她。章桐睡眼矇矓地穿過客廳走到門口，摘下對講機，詢問樓下這個見鬼的傢伙到底是誰。

　　「快開門吧，是我！」聲音從電子對講機揚聲器傳出來變了調，根本分不出男女，大嗓音卻把章桐的耳朵都快吼聾了。

　　「誰？」

　　「是我，得了吧，快把這該死的門給我打開，我都快被凍死了。」

　　章桐對這個傲慢的傢伙有些不滿，畢竟現在是凌晨一點半：「你到底是誰？不說我叫保全了！」

　　「真拿妳沒辦法，是我，小桐，我是王亞楠，求妳了，快開門吧，凍死我了。」

　　章桐趕緊按下開門按鈕，然後掛上對講機，讓王亞楠進樓。在此期間，她一路小跑回到臥室，披上了床邊放著的羊毛外套。雖然已經是清明前後，但是深夜還是能夠感到一絲刺骨的寒意。章桐的意識還沒有從麻木中清醒過來，她猜不透王亞楠在這個時候穿過大半個城區，突然跑到自己家來究竟想做什麼。今天在局裡一整天都沒有見到她的影子，問起老李，對方只是微微一笑，雙手一攤，表示無可奉告。章桐也就沒有再多問下去。

　　門鈴響起時，章桐已經站在房門口，她伸手打開門，還沒等看清楚王亞楠的模樣，一股冷風夾雜著走廊裡的灰塵就迅速向章桐撲過來，凍得她打了個哆嗦，趕緊把羊毛外套裹緊：「趕快進來吧。別吵到我的鄰居。」

　　王亞楠右手提個桶裝小拷包，回手關好房門後，灰溜溜地跟在章桐身後走進客廳。

客廳雖然狹小，但一個人住已經足夠了，因為平時工作忙碌，又幾乎沒有人來做客，章桐就很少收拾房間。所以客廳看上去顯得很雜亂，連落腳的地方都沒有。

王亞楠皺眉嘟著嘴，在客廳裡轉悠了一圈，回頭問：「妳家那隻大金毛呢？」

「還在醫院，都是那雞骨頭給鬧的，醫生說要觀察幾天，我後天去接牠。」章桐伸手拿開沙發上的幾本法醫學雜誌，給王亞楠清理出一塊可以坐的地方。王亞楠毫不客氣地一屁股擠了下去：「妳啊，真不應該再養狗了，再說了，純種狗本身就比雜牌狗嬌氣，一不小心就生病。妳真要再養的話，還是上我老媽家隔壁去抱條串種吧，至少還能省點狗糧錢。」

章桐不樂意了：「我可不願意大半夜聽妳跑這裡來數落我，要不要喝點什麼？」

王亞楠搖搖頭：「我今天喝得夠多的，六杯咖啡。」

看王亞楠神色有點異常，果然是咖啡因攝取過多的典型症狀，章桐心裡一動，也就不再勉強，隨即在沙發對面坐了下來：「亞楠，到底出什麼事了？我今天都沒有看到妳。」

王亞楠重重地往身後沙發椅背上一倒，長嘆一聲，閉上雙眼：「我約會去了。」

「約會？」章桐愣了，在她的印象中，王亞楠不是那種會請假出去約會的人，「我知道妳最近手頭沒什麼案子，但今天可不是週末啊，哦，不，我是說昨天。」說著，章桐恨恨地瞪了一眼牆上的掛鐘，可不，時間已經過了午夜，應該算第二天了。

「我去開會，」王亞楠坐起身，「會後在聯誼活動上，遇到了以前警校

第十二章　屍體工廠

的同學。人家現在可是坐辦公室的人，輕鬆得很。我想年齡也不小了，既然人家願意請我喝咖啡，我就去啦。」

章桐這才注意到王亞楠今天穿了一套合體的套裝，還抹了口紅，這可是很少見的。從來都沒有見王亞楠穿過的裙子竟然也出現了，她不由得大笑：「亞楠，怪不得妳今天變淑女，我都認不出妳了。」

王亞楠愁眉苦臉地抱怨道：「妳還笑我。」

「那妳怎麼半夜三更地又跑我家來啦？」

王亞楠點點頭：「人家條件不錯，人也倒是很乾脆，說話不拖泥帶水。可妳猜怎麼著，他的擇偶標準竟然是要未來的老婆當家庭主婦！結婚後就辭職在家一門心思相夫教子的家庭主婦！妳說，他這句話早說不就得了，我也不會陪著他耗大半天了。」

「所以妳就灰溜溜地回來了？」

王亞楠點點頭：「小桐，妳說我可能為了婚姻放棄自己的工作嗎？這簡直是在瞪眼說瞎話！」

「那妳就這麼把人家甩在那裡了？」

「我自己開車回來的，經過妳家時我想打電話，半夜三更的又怕妳罵我，我就乾脆直接上門了。」王亞楠的臉上露出了調皮的笑容，「我知道妳是不會忍心把我關在大門口的，對吧？」

章桐苦笑：「那妳打算今晚剩下來的時間怎麼打發？」

一聽這話，王亞楠頓時來了精神，她蹬掉高跟鞋，盤腿坐在沙發上：「我今天一天都不在局裡，和我說說局裡有什麼事，我那幫小子們怎麼樣，沒出什麼事吧？」

「他們倒沒有什麼。」章桐想了想,「既然妳不想睡覺,那我倒有件事情想聽聽妳的意見,妳聽說過『屍體工廠』沒有?就在我們市。」

「屍體工廠?我記得應該還有個名字,好像叫什麼『生物塑化公司』吧?」王亞楠皺眉想了想,「前幾個月,有次312公路上有人報警,說發現有輛出了事故的廂型貨車側翻在路邊溝裡。這倒沒什麼,但是報案的人卻被嚇得差點尿了褲子。」

「怎麼說?」

「廂型貨車側翻後,裡面承載的貨物也就掉了出來,儘管車主立刻用帆布蓋住,可還是被報案人看到了,說都是屍體。現場還有福爾馬林的味道,那屍體有的已經有些腐爛跡象,一接觸到空氣沒多久就散發出刺鼻臭味,就和妳那解剖室裡的味道差不多,臭得要死。」

一聽這話,章桐忍不住瞪了她一眼,沒吭聲。

「分局接到報案後趕到現場,在仔細詢問下才得知,這一車子總共十六具屍體,是要被送往什麼『生物塑化公司』的。當時大家也是第一次聽說這個所謂的生物塑化公司,但是看看手續都齊全,包括防疫部門的證明,並沒有發現有疏漏的地方。為保險起見,分局刑警隊的人還特地隨車去了那個地方,聽說就在市醫學院裡。」

章桐點點頭:「沒錯,對外代號就是『負312』。以前是我們解剖科的教學場地,現在改成了『屍體工廠』。」

「我就知道這些,還是他們的人交給我們市局的報告中寫到的。至於把生物塑化公司叫做『屍體工廠』,那都是通俗說法,是在那裡上班的學生先開始叫出來的,媒體知道這個事情後就跟著叫,我才對這兩個名字有印象。怎麼,出什麼事了?那地方究竟是做什麼的?要屍體做什麼?」

第十二章　屍體工廠

　　章桐皺了皺眉，就把這兩天發生的事情告訴了王亞楠，最後說道：「我想妳現在神志還很清醒，所以應該不會覺得我是在睜著眼睛說夢話。」

　　「會有這種事？」王亞楠不由得愣住了，「可是，光憑那個女學生的證詞，我們沒有辦法立案調查，需要證據的！」王亞楠神色凝重地看著章桐。

　　「她一拿到就會打電話給我。」章桐的目光落到茶几托盤裡的手機上。

　　「這是歐陽教授叫唐韻轉給我的信，就是他突發心臟病前一天寫的。」章桐從托盤裡拿出那封歐陽教授的信，遞給王亞楠。

　　王亞楠看完後抬起頭，憂心忡忡地看著章桐，晃晃手中薄薄的信紙：「太巧合了，我經手過很多類似的案子，小桐，寫這封信給妳的人，妳確定他是死於心臟病突發嗎？」

　　章桐想了想，點點頭：「表面看來症狀完全吻合，我當時也去了醫院，並且問過了接診的急診醫生。可是亞楠，如果要想證實歐陽教授真正的死亡原因的話只有一個辦法，那就是驗屍。但目前教授的死還不是刑事案件，我沒辦法插手，必須要歐陽師母同意，並且由她提出申請才可以。」

　　「那你就去找她，把這個疑問告訴她，我相信任何一個妻子都不會放過知道自己丈夫真正死因的機會！」王亞楠認真地看著章桐，「如果她還深愛著他。」

＊　　＊　　＊

　　唐韻是個很大膽的女孩子，她長這麼大還沒真正害怕過什麼，在她的印象中，唯一一次讓她感到發抖還是自己八歲大的時候。那時老家村子裡長輩死了，屍體就停放在村裡的祠堂。母親帶著她為長輩守靈，實在太睏，唐韻就在母親身邊睡著了。半夜醒來的時候，她發現母親竟然不在自

己的身邊，而祠堂裡一片漆黑，夜晚凜冽的山風把靈堂前的蠟燭也給吹滅了。那一刻，唐韻因為害怕，拚命地尖叫著、哭喊著。雖然母親很快就聞聲趕來了，但是從那一刻開始起，唐韻再也沒有獨自一人在關了燈的黑屋子裡待過。

負312室，唐韻對這裡再熟悉不過，已經上大二的她在過去的一年中，不止一次地來過這個特殊的房間。

唐韻不敢在白天來到這裡，因為她現在所要做的事情，她不希望被別人知道。所以在學院熄燈後，唐韻隨便找了個藉口，騙過了女生宿舍樓的管理員，順著公共廁所的後牆，穿過長長的一排月桂樹，繞到了實驗大樓的左側門邊。她知道，實驗大樓從來都不用上鎖，因為學院裡沒有人會半夜三更地跑到這個鬼地方來浪費時間，當然她除外。

通往學院大樓底層的鐵柵欄門只是象徵性地掛著大鐵鎖，鎖釦早就在若干年前壞掉了，從此後也就沒有人再想起要去換一把新鎖。唐韻小心翼翼地把形同虛設的大鐵鎖從鎖釦上拔下來，輕輕推開鐵柵欄門，探頭朝裡面望了望，眼前一片漆黑。她撐亮小手電，開始一步一步慢慢地順著臺階向下走去。

越靠近負312室，她就越能夠感覺到身後這股帶著黴變味道的風正不斷輕輕吹著自己後背。她感到一陣發抖，好像又回到了八歲時陪著母親守靈的那個夜晚。

唐韻深吸了口氣，站在負312室的門口，伸手從口袋裡掏出了白天沒有及時歸還的鑰匙，輕輕插進鎖孔。

門鎖很快就被打開了，她朝身後的走廊看了一眼，然後閃身走進了負312室，悄悄關上門。

第十二章　屍體工廠

　　十多分鐘後，唐韻從負312室裡走出來，她重新鎖好門，把鑰匙塞在口袋裡，然後依舊在手電微弱的燈光照耀下，從來路退出去。

　　還沒有回到女生宿舍樓，唐韻就已經迫不及待地掏出手機發了個簡訊給章桐：師姐，明天中午十二點，老地方見。

＊　　＊　　＊

　　或許是因為工作的緣故，也或許是自己直爽的個性使然，章桐很少去揣測周圍人的想法。這也怪不了她，自己每天見到最多的都是不再會有任何思想的死人，久而久之，她的思想也就變得簡單許多，甚至有時候會變得有些固執。還好王亞楠說得沒錯，歐陽師母在聽了章桐結結巴巴的陳述後，只沉默了一會兒，就毅然點頭同意了章桐要求驗屍的建議。沉默不語的時候，老太太閉上雙眼，在那一刻，章桐分明在老人遍布皺紋的臉上看到了抽搐和痛苦的神情。當睜開眼的時候，老太太的神情就又變得很平靜，她只淡淡地說了一句話：「請一定要讓他走得安詳平靜。」

　　章桐用力點點頭。

　　很快，歐陽教授的遺體被殯儀館的靈車送到市警局地下停車場，章桐早早地準備好一切，她站在門口，默默地看著工作人員把輪床從靈車上小心翼翼地拉了下來。簽過字後，章桐和助手彭佳飛一起，推著輪床順著解剖室門前的斜坡走進了鋪著潔白瓷磚的走廊。

　　章桐的心情很難受，雖然在自己的手中解剖過上千具屍體，她也不斷地提醒過自己不要動感情，但當她穿好一次性手術服，戴上橡膠手套，繫上皮圍裙，最後站在不鏽鋼解剖臺的漏水槽前，看著助手彭佳飛緩緩揭開覆蓋在歐陽教授遺體上的白布時，她不得不強忍住眼眶裡的淚水。

　　「章法醫？」彭佳飛用詢問的目光注視著章桐。

章桐輕輕嘆了口氣，點點頭：「我們開始吧。」她伸手接過了彭佳飛遞過的二號手術刀。

　　一個多小時後，解剖終於結束，章桐解開圍裙，摘下手套，隨手扔到牆角的醫用垃圾回收桶，然後拿著取樣載玻片走向了隔壁的毒物檢驗實驗室。很快檢驗結果就出來了，章桐撥通了王亞楠的手機。

　　「亞楠，我們的推斷沒錯，歐陽教授死於大量麻醉劑所導致的心臟衰竭。這種麻醉劑是獸醫專門給狗使用的，叫做『克他命』，也就是氯胺酮，是新型的非巴比妥麻醉劑。它容易讓人產生幻覺，減弱呼吸，對本來就有心臟病史的人堅決不能使用，你知道嗎？我剛才在歐陽教授的胃容物中化驗出了這種藥物的殘留。」

　　「這種麻醉劑進入人體內後，一般多久會發揮作用？」

　　「人體年齡、體質不同，發揮作用的時間也不會一樣，根據歐陽教授這個特殊年齡層的標準來判斷，應該是兩個小時左右的時間。」

　　王亞楠停頓了一下，又接著問：「那這種麻醉劑攝取的方式是什麼？」

　　章桐想了想，說：「我是在他的胃容物中發現的，人死之後身體機能立刻就停止了新陳代謝，所以這些麻醉劑還殘留在他的胃容物中。要我說的話，亞楠，歐陽教授是被人下毒了。」

　　「這種麻醉劑一般在哪裡可以買到？」

　　「醫藥部門都可以，在醫學院的管制藥品倉庫都會有，一般是用來做實驗用的。」

　　「那我馬上派人去查一下。」

　　「還有，亞楠，歐陽教授如果真的是被別人毒死的話，那個叫唐韻的女孩子不就有麻煩了？」

第十二章　屍體工廠

「我想這個也有可能,但我不好做判斷,妳盡量提醒她小心安全。」

章桐靠在椅背上:「我知道了,亞楠,她昨晚發了條簡訊給我,我中午就要去見她,我想她已經拿到了我們所需要的 DNA 樣本了。」

第十三章　深加工工廠

　　章桐並沒有再往裡面走，那第三個區域應該就是「深加工工廠」了，裡面的工作臺上擺放著很多已經加工完的注塑人體器官。雖然說成天都是和死人打交道，章桐對死屍已經不太有感覺，但是看著那和玩具並沒有兩樣的價格不菲的注塑人體器官，她還是感到了一絲噁心和厭惡。

第十三章　深加工工廠

就在章桐如約趕往咖啡館和唐韻見面的同時，王亞楠帶著助手老李和現場勘查組的兩個工作人員一起走進市醫學院教學大樓。

「你好，我們是市警局的，這是我們的搜查證。」老李和王亞楠站在教務處門口，向裡面走出來的工作人員出示了搜查解剖科已故歐陽教授辦公室的搜查證和自己的工作證。

拿著搜查證發愣的是教務處辦公室主任，姓陳。陳主任是個胖胖的矮個子中年男人，他面露難色地看著老李：「這個，」他指了指老李手中的搜查證，「我要向張院長彙報的。」

老李一瞪眼：「彙不彙報是你自己決定的事情，我們干涉不了，現在你所要做的就是不要耽誤警方的正常辦案程序，你既然是教務處主任，那就請你在上面簽字吧。」

「歐陽教授不是心臟病突發去世的嗎？你們怎麼開始調查了？」陳主任一邊在前面引路，一邊嘴裡嘟嘟囔囔。

「這個你就不用多操心了。」老李沒好氣地說道。

歐陽教授的辦公室就在同一層樓的右半部分，胖胖的辦公室陳主任掏出鑰匙，打開緊鎖著的辦公室大門，然後回頭說：「歐陽教授去世後，這門就一直鎖著。我們院上頭本來是要等開過追悼會後才讓清理這間屋子，沒想到你們這麼快就來了。」

「能具體講一下房門被鎖的時間嗎？」

陳主任點點頭：「就是在歐陽教授出事的那天，是他自己在中午回家的時候鎖的，緊接著下午就出事了。」

王亞楠想了想，又問：「這個房間的鑰匙有幾把？」

「兩把，一把在歐陽教授那邊，一把就放在我們教務處。這裡面都是

老教授專業方面的東西，有些著作涉及相關的保密性，所以我們外人不經過教授同意不能隨便進去。」

王亞楠點點頭：「陳主任，那請你在門口等一下，這是我們的工作程序，我們如果有什麼要求，你也是見證人，最後等我們工作完成後，需要你在我們的搜查證結果一欄上再簽字。」

「這麼麻煩啊。」陳主任哭喪著臉，「我真的是做不了主啊。」

王亞楠和老李面面相覷：「那你就打電話通知你們的院主管吧，但是你不能離開這裡，明白嗎？」

陳主任趕緊點頭，急急忙忙地掏出口袋裡的手機。

王亞楠和老李一先一後走進這間並不太大的辦公室，也就二十平方公尺左右的房間裡到處都堆滿了書籍，小小的辦公桌上除了書籍資料外，還放著一臺電腦和一個小檯燈。檯燈旁放著一個銅質名牌，上面寫著「歐陽青山」，正是死去的歐陽教授的名字。靠右手牆邊是一個兩公尺多高的大儲物櫃，是玻璃門，所以裡面存放著的各式各樣的人骨標本讓人一目了然。

王亞楠隨即朝身後站著的現場勘查組的工作人員點點頭：「你們可以開始了。」

現場勘查是一項非常細緻的工作，通俗點說，就是任何可疑的線索都不能被放過，哪怕只是一根毛髮，儘管眼前這間辦公室裡並不是殺人投毒的第一現場，卻是歐陽教授平時除了課堂、家裡以外待的時間最多的地方。所以來學院之前，王亞楠已經把意思向現場勘查組的兩個工作人員講得很明白，盡可能地收集所有有用的線索，哪怕是大海撈針。

辦公室門口，陳主任的電話顯然已經打完了，胖胖的臉上恢復了些平

第十三章　深加工工廠

靜，神態也開始淡定自若起來。王亞楠知道，要不了多久，這個辦公室主任的救兵就會出現了。

就在走廊裡響起清脆的腳步聲的同時，現場勘查組也有了發現，他們在歐陽教授的辦公桌夾層裡找到一個厚厚的普通的牛皮紙信封。王亞楠打開一看，光憑目測，信封裡的現金至少有三萬塊。她皺了皺眉，仔細檢視發現信封的地方：「也不用這麼藏錢吧，難道來路不正？陳主任，你們學院給教授發獎金是發現金還是使用別的方式？」

陳主任想都沒有多想，脫口而出：「我們都是直接發到卡裡，這是市裡教育部門的規定，便於透明和監督。」

王亞楠心裡一動，隨即轉身對老李說：「拿證據袋裝起來。」

正在這時，門口出現了一位三四十歲的女性，穿了一套銀灰色西裝，鼻梁上架著一副眼鏡。她一來，陳主任立刻迎上去：「李祕書，你終於來了，副院長怎麼說？」

被稱作李祕書的女人並沒直接回答陳主任的問題，轉而看向王亞楠和其他工作人員：「他們有搜查證嗎？」

陳主任點點頭：「手續都是齊備的，我檢視過了。」

李祕書沒再多說什麼：「張副院長要求你配合他們工作，等他們走後，你來一趟院長辦公室。」

陳主任忙不迭點頭。李祕書頭也不回地匆匆離開了。

從教務處出來後，王亞楠想了想，對老李說：「你和他們先回去，我去一趟歐陽教授家，我想和他夫人談談。」

老李點頭，開車走了。王亞楠在向保全打聽後，直接就向位於醫學院後半部分的教工宿舍走去，很快就來到了歐陽教授家樓下。

她按響了門鈴，在講明身分後，順利進入了教授樓。王亞楠知道，要想弄清楚那筆錢的具體來路，就必須親自和教授的遺孀談談。但是眼前的這個慈祥而又悲傷的老太太真的很讓王亞楠感到意外，在她印象中，背著自己妻子藏錢無外乎是因為妻子過於霸道，做丈夫的才勉強為之。

　　王亞楠並沒有把歐陽教授被人下毒這個真正的死亡原因直接告訴老太太，只是聊家常般地輾轉問起教授平時的收入。聽了這話，老太太不由得笑了，似乎暫時忘記歐陽教授已經去世的現實：「他從認識我的第一天開始，就把薪資都交給我保管。用你們的話來講，老頭子是個非常顧家的男人。妳怎麼會有這樣奇怪的想法呢？」

　　王亞楠猶豫了一會兒，說道：「我們在教授辦公室發現了一筆不小的款項，是現金，足有三萬多塊，你印象中有這筆錢嗎？」

　　老太太愣了一下，隨即搖搖頭：「沒有，他沒有提起這件事。」

　　「那最近歐陽教授的情緒有沒有什麼明顯變化？我是指和平時不一樣的。」

　　「這個……好像有，上週我感覺他有些悶悶不樂，以為老頭子心情不好。你也知道，我們老兩口身邊沒有孩子，我想著是不是找時間出去走走，人年紀大了，總會想著身邊要熱鬧點。」說到這裡，老太太微微嘆了口氣，「我後來問他，他又說沒事。」

　　「這是他去世前多久發生的事情？」王亞楠問。

　　「沒幾天，也就兩三天吧。」老太太突然意識到什麼，她皺眉抬頭問道，「是不是我家老頭子的具體死因屍檢報告出來了？他難道真的是被別人害死的？我家老頭子從來都不會幹壞事，他一輩子小心謹慎，也不會隨便拿別人的錢，妳快說話啊，究竟發生了什麼？」

第十三章　深加工工廠

　　王亞楠沒吭聲，她躲開老人投來的質問的目光，心裡實在不忍再去傷害眼前這個已經悲傷到了極點的老人。

　　咖啡館裡，章桐足足等了半個小時，才在門口看到唐韻急匆匆的身影。她趕緊揮揮手，示意自己所在的位置。唐韻立刻走了過來，坐下後才鬆了口氣：「師姐，不好意思我來晚了。」

　　「沒事，東西拿到了嗎？」

　　唐韻點點頭，打開肩上的小背包，從裡面小心翼翼地拿出了一個黑色塑膠袋遞給章桐。從手感上看，章桐可以很清楚地感覺到裡面被包裹了很多層，她微微一笑：「妳是夠小心的了。」

　　「我怕汙染了證據，師姐。」唐韻憨憨地一笑，轉而滿是苦惱，「不過說實話，師姐，我自以為自己已經夠大膽的，可半夜三更地去負312室那個鬼地方，還是把我整得頭皮發麻。我總感覺陰森森的，背後好像有人，搞得我今天都一直覺得自己身後有人在跟蹤我。」說著，唐韻不放心地朝自己的身後又掃了一眼。

　　章桐想起王亞楠電話中的囑託，擔心地問道：「唐韻，妳真覺得身後有人跟蹤妳嗎？」

　　唐韻愣了一下，伸手撓了撓脖子，有些尷尬地說：「其實說實話我也不確定，可能真是自己的心理作用在作怪。師姐，妳知道嗎？我在醫學院讀了一年多的書，從來都沒有這麼晚去過那個鬼地方，所以，腦子裡就老是有些神神道道的。」

　　章桐不由得被唐韻的天真逗樂了：「妳這麼大驚小怪，將來還怎麼做法醫？要知道我們法醫解剖屍體可從來都不會去管白天黑夜。只要有現場、現場有屍體，妳就必須幹活，明白嗎？妳今年大二，還有三年就要下

基層，我可不希望將來看到妳臨陣退縮當縮頭烏龜。」

唐韻的臉頓時紅了，語速也變得飛快：「師姐，我可沒那麼不頂用，這不只是說說而已嗎？妳放心吧，我將來一定不會讓你失望。」

「好了，看妳急的。」章桐話鋒一轉，她拍了拍裝著那個黑色小塑膠包的挎包，「裡面有些什麼？」

「兩管2CC的玻璃體，還有兩顆完整的帶有牙冠牙根部位的牙齒。師姐，你放心，我做這些的時候都是戴著手套，很乾淨，沒有汙染。」

章桐點點頭。

「什麼時候可以得到檢驗結論？」唐韻迫不及待地追問道。

「沒那麼快，我下午就開始檢驗，結果出來我就通知妳。」章桐看看腕上的手錶，「快一點半了，妳趕緊回學校吧，我也要去上班了。」

聽了這話唐韻笑了，站起身：「師姐，說實話我真希望將來也能夠像妳這樣，做個真正的女法醫！」

章桐讚許地說：「這個想法不錯，但妳現在要學的東西還多著呢，有什麼想法還是以後再說吧。」

＊　＊　＊

清明剛過沒多久，還沒真正進入夏天，但是變化無常的天氣著實讓人感到很是苦惱。上午還是陽光明媚，快到下午三點的時候，天空中卻已是烏雲滾滾，遠處已經漸漸地傳來打雷的轟鳴聲。很快就要下雨了。章桐連忙把公文夾夾在手臂肘下面，然後騰出一隻手關上走廊窗戶。剛剛接到李局助理打來的電話，通知所有人到五樓會議室開案情分析會。章桐只能放下手裡的檢驗報告，簡單收拾一下就向一樓走去，電梯在一樓才有，她可

第十三章　深加工工廠

不想坐著嚴嚴實實沒有通風口的貨梯上五樓。

電梯在二樓停下來，王亞楠走進來，見到章桐她就樂了：「聽說妳那邊來了個新助手，年齡挺大的，對嗎？」

章桐嘲笑道：「這事妳倒是知道得挺快。」

「總算不用帶什麼都不懂還見血就暈的年輕人了，妳不高興嗎？」

章桐點點頭：「這倒確實不錯，不過人家以前可是神經科的主刀醫生，要不是出了意外，人家現在可是受人敬仰的專家啊，哪裡會來我們這個鬼地方？」

「他會做得長久嗎？」

「這個我倒不清楚，反正過半年潘建就回來了。」

「妳不能老讓潘建跟著妳，人家也要有發展前途的。老做助手對他沒好處。」王亞楠不客氣地點出章桐在過去好長一段時間裡都不願面對的現實。

章桐沒有吭聲，只是重重嘆了口氣。

電梯到了五樓，門打開後，王亞楠和章桐並肩走出電梯，一起向會議室走去。

＊　＊　＊

在簡單陳述完案件現場調查工作後，王亞楠給大家傳閱了歐陽教授臨死前寫下的那封信的影本，然後說道：「根據銀行的帳戶調查顯示，死者歐陽青山每個月的收入一直都很穩定，而額外的稿費和講學所得，也與院方財務部門上交給我們的報告對得上。和死者同在市醫學院教書的老教授們一致反映，死者平時也沒有亂花錢的習慣。他作風正派，夫妻之間很

恩愛，感情基礎扎實，也就不存在藏這麼一筆數額並不少的私房錢的必要。」

說到這裡，王亞楠略微停頓了一下，看了一眼坐在對面的章桐：「我個人認為，根據剛才出示給大家看的死者寫給章法醫的那封信推斷，這筆錢可能和歐陽教授的突然被害有關。也就是說這筆錢是所謂的『封口費』。我建議徹底調查醫學院的這個負312『屍體工廠』專案，包括所有相關帳目支出、人員經費以及所有可以被認定為可疑的東西。」

李局點點頭：「同意妳的建議，不過派人去調查的時候一定要注意低調。這個專案在目前看來是國內唯一的。並且涉及了許多關於傳統人倫道德方面的敏感性的話題，要是掌握不好的話，很容易產生一些不必要的影響。」

「放心吧，李局，我會注意的。」

突然會議室傳出一陣手機鈴聲，章桐看了一下手機來電，隨即站起來：「對不起，實驗室的電話。」說著，她神色凝重地匆匆走出會議室。

直到會議結束，王亞楠都沒見到章桐的影子，在伸手按下電梯按鈕的那一剎那，她打消了回辦公室的念頭，直接把電梯停在了一樓，然後快步向法醫辦公室走去，一路上，她開始撥打章桐的手機。

還沒到法醫辦公室門口，王亞楠就看到了一個熟悉的背影正站在拐角處：「哎，潘建，你不是交流學習去了嗎？怎麼這麼快就回來了？」

潘建回頭苦笑道：「培訓專案臨時被取消了，上頭有個重要的案子，主管法醫作為專家組成員被抽調去現場了。」

「所以你回來了？」

第十三章　深加工工廠

潘建點點頭：「我還能去哪裡啊？對了，王隊，你來這邊找我們主管嗎？」

「對，你看見章法醫了嗎？」

「她現在應該在網監中心，我給她打了電話，DNA 比對出結果了。」

「怪不得我打她手機老是顯示不在服務區，那地方簡直就是個手機訊號盲點。」王亞楠抱怨了一句，轉身連招呼都不打就向樓梯口走去。

見此情景，潘建搖搖頭，對於這個雷厲風行的女刑警隊長的一言一行，他早就習慣了。

＊　＊　＊

傍晚，唐韻從圖書館走出來，她雙手抱著兩本剛借的厚厚的學習資料，心裡盤算著口袋裡那點錢不知道夠不夠在學校門口的小餐廳裡打打牙祭。吃了一個禮拜的食堂，唐韻實在沒有胃口繼續吃。

正在這時，她聽到了背後有人在叫自己：「唐韻同學，請等一下。」

唐韻停下腳步，回頭看去，是系裡的同學，姓鄧，下午一起上過解剖實踐課：「有事嗎？」

來人點點頭：「剛才保全跟我說，我們下午上過解剖課後，負 312 室的門沒關好，我查了登記簿，今天是妳值班，鑰匙由妳保管的，妳等等去鎖上吧。」

「負 312 室？」唐韻頓時感到頭皮發麻，她抬頭看了看漸漸暗去的天色，「今天非去不可嗎？」

「我不管，我反正通知妳了，到時候裡面如果少了什麼東西可不關我事。」鄧同學雙手一攤，聳了聳肩膀，「我去食堂，妳現在去嗎？」

「那⋯⋯好吧，我去實驗樓鎖好後馬上就去。」唐韻無奈地點點頭，伸手摸了摸口袋裡的鑰匙，轉身向不遠處那棟灰色的猶如城堡般的教學實驗樓走去。在她看來，與其拖到很晚再去，還不如早一點就把這倒楣事給解決。

　　半個多小時後，鄧同學都快要把飯吃完了，還是沒有在食堂見到唐韻的影子，她也沒多想，就自顧自地忙去了，畢竟醫學院這麼大，誰知道唐韻去了哪裡？

　　她怎麼也沒有想到，這一晚唐韻卻破天荒地沒有回到宿舍，誰都不知道她到底去了哪裡，手機關機。總之，市醫學院法醫系大二學生唐韻從這一天開始，似乎就從這個世界上消失得無影無蹤了。

＊　＊　＊

　　「真的對上了？」王亞楠有些不敢相信，「那些浸泡在福爾馬林溶液裡的屍體，你不是說過已經受到汙染了嗎？你怎麼還能保證這個DNA有效？」

　　章桐直起腰，稍稍活動了一下已經有些僵硬的腰部，說道：「福爾馬林只是針對表皮組織和肌肉纖維組織，而我們人類的眼球是受到平滑肌和結締組織層層保護的。所以儘管屍體被泡在福爾馬林裡，也就是我們通常所說的防腐劑溶液裡，眼球內的玻璃晶體並沒有受到外部的侵害，所以你完全不必擔心。再加上牙齒根部的脊髓，受到了外部琺瑯質的保護，即使屍體腐爛很長時間，從這裡所提取到的粒線體DNA也還是很完整的。這就是為什麼我要求唐韻提取這兩方面檢材的原因。」

　　「那現在對上了多少？」王亞楠一邊說著一邊跟在章桐的身後推門走進法醫辦公室。

第十三章　深加工工廠

「三個。總共有三個樣本和網監支隊失蹤人口資料庫裡的 DNA 樣本對上了。妳等等我，等等報告影印出來你就可以拿走。」章桐拉開辦公桌前的凳子坐了下來，然後打開電腦。

「對了，妳徒弟回來了。」王亞楠指了指章桐座位對面那空著的辦公桌，「那這個新來的妳打算怎麼處理？」

章桐笑了：「我們法醫辦公室不怕人多，就怕沒人幹活。」

正說著，潘建推門走進來，他在隔壁實驗室臨時找了個辦公桌：「章法醫，這個報告裡提到的失蹤人員的外貌描述，我好像在哪裡聽說過。」

「你說什麼？」章桐感到很奇怪，問道，「你不是才回來嗎，怎麼會記得這個？」

潘建肯定地點點頭：「沒記錯，我是聽說過。就在我去學習前，我有位哥們一起喝酒時跟我說過的。你們聽。」說著，他開始逐行讀了起來，「第一個失蹤者，女，失蹤時年齡三十八歲，上穿粉紅色的襯衣，下身穿一件淡藍色牛仔褲，頭髮在腦後紮了個馬尾辮。第二個，男，失蹤時年齡四十歲，上身穿一件淺灰色格子毛衣，下身穿一條深棕色西褲，頭頂微禿……」潘建沒有再繼續往下念，他皺眉說道，「我肯定是在哪裡聽說過，讓我想想……等等，對了，我知道了，是小齊，小齊跟我說過。」

「小齊是誰？」王亞楠看了一眼章桐，她從潘建有些語無倫次的話語中敏銳地感覺到異樣。潘建雖然並不是她的直屬下屬，但因為章桐的緣故，她很了解眼前的這個年輕人。他雖然其貌不揚，卻有個非常好使的腦袋，凡是聽說過的或者見過的東西，他幾乎都能夠記住。

「小齊就是齊根祥，是我的高中同學，他在梅園公墓管理處工作。」潘建認真地回憶說，「一個多月前，他來找我喝酒，提起過在他們公墓的一

處空墓穴裡發現了一件非常奇怪的東西。有個小木箱，在裡面有十七個手工做的人偶。他還不厭其煩地和我說起這些人偶的性別和穿著打扮。一遍一遍地說，他這人就這個毛病，一說起來就沒完沒了，說得我最終就不得不記住了這些人偶的打扮，其中就有這報告中所提到的三個失蹤人員的性別和相對應的穿著。我當時也覺得很奇怪，這十七個人偶，不光外表不一樣，就連表情都很特別。」

「那你當時是怎麼處理這件事的？」章桐問。

「我並沒有當回事，畢竟大家都喝了不少酒，我們後來就回家了。齊根祥那小子，還在我家睡了一整天，吐得洗手間裡亂七八糟的。」潘建尷尬地伸手撓了撓後腦勺，「章法醫，不過我現在還是有點懷疑自己印象中的這些東西，不知道有沒有記錯。」

王亞楠剛要開口，腰間的手機突然響起，同時章桐的辦公室電話也隨之響了起來。這可不是什麼好事。王亞楠皺了皺眉，如果自己隨身帶著的手機和章桐辦公室的電話同時響起來的話，那就只有一個可能──有重要的刑事案件發生。她一邊接起電話，一邊向門口走去：「哪裡？好的，我馬上到。」

掛上電話後，王亞楠剛想開口，卻被章桐臉上怪異的神情給嚇了一跳，不由得脫口而出：「怎麼了，妳不舒服？」

「負312室出了事，又是女屍，我很擔心。」章桐說著，站起身走向隔壁的工具箱存放處。

「你是說唐韻？」王亞楠緊跟在身後。

章桐點點頭：「她那天回去後就一直沒和我連繫過，我今天中午本來想請她吃個飯，順便問問情況，可是，我打她手機卻顯示關機。亞楠，

第十三章　深加工工廠

我有種不好的預感。」

「我想妳是多慮了。」話雖這麼說，王亞楠的心裡卻也感到深深的不安。

法醫現場勘查車和幾輛閃著警燈的警車陸續開進了位於城北的市醫學院的大門。先來一步的當地派出所早就疏散了現場周圍的學生。校園東側的實驗大樓入口處已經被警戒帶嚴嚴實實地圍起來，警車停在實驗大樓的下面。

鑽出法醫現場勘查車的時候，章桐注意到大概五公尺遠的地方站著好幾個學生模樣的人，每個人臉上都寫滿驚恐，有個女孩子甚至還在偷偷抹眼淚。章桐的心裡不由得一沉，她見過這個流眼淚的女孩子，第一次在咖啡館見到唐韻的時候，她正在和這個臉龐消瘦的女孩子開心地交談著什麼，因為是第一次見面，章桐就多看了她幾眼。

「亞楠，妳注意到那個穿白毛衣的女孩子嗎？她叫鄭瀾，和唐韻是同一個宿舍的，也是同系學生。」章桐靠近王亞楠，小聲說道。

王亞楠也注意到了那個傷心流淚的女孩，她朝身邊的助手老李點點頭，老李向那幾個學生所站的位置走了過去。

章桐隨後拉著工具箱直接走向了實驗大樓底層那道沉重的鐵柵欄門，在她的記憶中，這裡周圍的一切似乎都沒有多大的改變，包括這道通向死亡的鐵柵欄門、陰暗的樓梯臺階，還有那潮溼滲水的牆壁。此刻，章桐只是感到有些心不在焉，她急切地想馬上趕到案發現場，所以不等派出所的人帶領，就快步向負312室走去。彭佳飛也拎著工具箱，默默地跟在她的身後。

走在長長的走廊裡，章桐的心情變得越來越糟糕，來到負312室門口，在向守候在門邊的值班警察同事出示了工作證件後，章桐和彭佳飛一前一

後地走進了這個神祕房間。她注意到房間門口已經站著兩個人，他們的腳上都套著一次性的藍色鞋套，這兩個人中，其中一個是穿著制服的派出所同事，另一個緊靠在門邊的，經介紹，是學院裡臨床醫學系的老師，也是這次發現屍體的任課老師。因為這個房間裡的東西都很特殊，所以最早接警的同事就把報案的老師留了下來。在他們身後，早就趕到的現場勘查組的同事正在彎腰收拾工具，準備開始手頭的工作。

放下沉重的工具箱，章桐邊套鞋套邊嗅了嗅，最先感覺到的是湧入鼻腔的濃重的福爾馬林溶液味道。這也難怪，這個房間裡的所有東西幾乎都要經過福爾馬林的預先處理，才能夠基本保持它最初的形狀。

穿好一次性手術服後，章桐仔細打量整個房間，她感覺到負312室和法醫解剖室相比，簡直就是一個巨人國。這裡的空間足足有三百多平方公尺，被分割為三個區域，房間整個都用白色瓷磚覆蓋，天花板上是無菌的白色照明燈。如果不是聞到了那福爾馬林都沒有辦法完全掩蓋的死人的特殊味道的話，這裡很容易會被人誤解為是個普通的醫院實驗室而已。

最靠門的地方有個八公尺寬、五公尺高、兩公尺厚的巨大不鏽鋼櫃子，上面覆蓋著一個可以推拉移動的活動門，裡面灌滿淡黃色的福爾馬林溶液。根據不鏽鋼櫃子上標註的說明，每次可以存放五具屍體。在櫃子旁是個活動梯子，如果要提取櫃子中的屍體，工作人員就必須爬上梯子，然後用掛在門口的特殊的大鋼耙子把屍體拉到身邊，再抬下來放到輪床上推走。所以這個區域就被稱為「屍體倉庫」。

再進去就是「初加工工廠」，整齊地擺放著五張不鏽鋼解剖臺，此刻，不鏽鋼解剖臺在白色的無菌照明燈下反射出刺眼的光。靠牆的地方是一排長長的櫃子，章桐很熟悉這個櫃子，因為在她的解剖室裡也有這樣的

第十三章　深加工工廠

設施，是用來存放已經解剖完的屍體，櫃子上方是冷凍開關。唯一不同的是，這裡的櫃子是超大號的，粗略地數了一下，有三十多個。

章桐並沒有再往裡面走，那第三個區域應該就是「深加工工廠」了，裡面的工作臺上擺放著很多已經加工完的注塑人體器官。雖然說成天都是和死人打交道，章桐對死屍已經不太有感覺，但是看著那和玩具並沒有兩樣的價格不菲的注塑人體器官，她還是感到了一絲噁心和厭惡。

「屍體在哪裡？」章桐問。

滿臉沮喪、面色灰白的任課老師伸手指了指第二個區域所在位置靠牆的屍體存放櫃：「第三排，第一個。」他又補充了一句，「孩子們都嚇壞了。」

章桐沒吭聲，看了一眼彭佳飛，彭佳飛早就拿出了相機，跟在章桐的身後向屍體存放櫃走去。

手指觸控到冰冷的屍體存放櫃把手時，章桐微微倒吸了一口冷氣，儘管戴著醫用橡膠手套，那刺骨的寒冷還是讓她感到了一陣莫名的刺痛。存放在這一整排的櫃子裡的屍體因為還沒有經過注塑處理，所以還必須存放在低溫的條件下以防止腐敗發生。

拉開櫃門的一剎那，章桐感到臉上像被人狠狠搧了一巴掌，心疼和深深的自責讓眼淚都差點流下來。擔憂終於變成了殘酷的現實，眼前躺在櫃子裡的正是失蹤的唐韻。只是和先前不同的是，這個曾經快樂天真的女孩此刻卻是怒睜雙眼，毫無血色的臉上灰濛濛的。最讓章桐感到難以接受的是，唐韻渾身上下被封箱子用的厚厚的膠帶紙纏得嚴嚴實實，就連頭髮都沒放過，像極了傳說中的木乃伊。躺在櫃子裡的她滿臉痛苦，章桐愣愣地看著眼前的慘狀，半天沒回過神來。

「是唐韻嗎？」王亞楠不知道何時來到章桐身邊，輕輕問道。

章桐點點頭，轉身對彭佳飛說：「把袋子準備好，然後把屍體抬出來。」

「死因呢？」

「現在還不知道，膠帶太厚了，我回去解剖後會盡快通知妳。」說這句話的時候，章桐不得不用力眨眼，才讓眼角的淚水勉強不流出來。

因為纏著厚厚的膠布，又經過低溫處理，唐韻本來瘦小的身軀變得異樣沉重，章桐慢慢又小心翼翼地把屍體放進黃色裝屍袋，緩緩拉上拉鍊，和彭佳飛一起把裝屍袋抬上了活動輪床，然後推著輪床向門口走去。

看著傷心不已的章桐的背影，王亞楠很擔憂。她太了解章桐了，面對唐韻的死，章桐有著深深的自責。

在法醫現場勘查車開回局裡的路上，章桐強忍住的眼淚終於流下來，她無聲地啜泣著，把臉深深地埋在雙手裡，她沒有辦法原諒自己。對於唐韻的無辜被害，章桐除了心裡一遍又一遍地訴說著對不起外，她只有痛恨著自己的粗心大意。在她看來，這一幕本來就不應該發生。

窗外，天空飄過了一陣厚厚的陰霾。不知道何時，陽光消失得無影無蹤。

第十三章　深加工工廠

第十四章　步步緊逼

　　王亞楠緊鎖著眉頭站在窗口，她心裡一直打不開一個結，如果這箱子人偶真的和市醫學院負312室發生的怪異事件有關的話，那麼，這十七個人偶就應該代表著十七個失蹤的人員，而做這些人偶的人肯定也和失蹤人員事件有關，那麼，為什麼這箱子人偶會出現在梅園公墓？

第十四章　步步緊逼

通知唐韻的親屬並不難，因為她就是本地人。當章桐接到王亞楠的電話，得知唐韻的父母已經同意解剖屍體時，心裡不由得微微鬆了口氣。她站起身，走向隔壁的解剖室，在屍體解剖工作正式開始前，還有很多其他的證據提取要做。平時只要兩個人當班就可以，但今天卻有點不一樣，因為要保證從唐韻屍體上剝離下來的封箱膠帶紙完整，章桐不得不把正埋頭寫報告的潘建再叫來。

潘建和彭佳飛兩人一左一右扶住屍體，章桐則戴著橡膠手套，一公分一公分小心翼翼地把膠帶紙撕下來，同時在背面輕輕地附上一層乾淨的深色塑膠薄膜，好防止膠帶紙再次被黏連。同時，如果膠帶紙上有指紋殘留的話，深色的塑膠薄膜也能使它清晰地顯現出來。這看似簡單的工作，對章桐來說卻是一場不小的考驗。唯一值得慶幸的是，凶手在捆紮完膠帶紙後就把唐韻屍體直接放進低溫冷凍保存櫃，屍體幾乎沒有腐化，而零下四攝氏度的氣溫則很好地保留了膠帶紙上所有的微證據，章桐現在所要做的，就是把這些證據一一提取下來。她此刻最需要的就是足夠的耐心。

膠帶紙足足有二十多公尺長，當最後一公分的膠帶紙被剝離下來後，章桐輕輕舒了口氣，她直起腰，把膠帶紙整理好遞給潘建：「我在上面至少看到五六枚指紋，還有掌紋，應該足夠提取 DNA 了，你盡快去處理吧。」

潘建點點頭，拿著膠帶紙離開解剖室。

「我們開始吧。」章桐換了一副橡膠手套戴上，戴著剛才那副手套時因為太過於緊張謹慎，最終導致手心裡全是汗，而這恰恰是解剖工作中的大忌。雖然說解剖臺上的屍體已經不再會感覺到痛苦，但是章桐卻沒有辦法原諒自己的任何過失。即使自己面對的是死人，但它曾經也是一個活生生的生命，所以應該得到應有的尊重。

在幫唐韻脫去身上衣服時，章桐的內心還是不願意去面對眼前這冰冷的現實。深紅色的套頭毛衣，藏青色運動長褲，女孩的打扮隨意而又大方。章桐突然停下手，轉身對彭佳飛說：「你來吧，我有點頭暈。」

彭佳飛點點頭，默默地褪去女孩最後的衣服，然後把這些衣服一一裝進了證據袋，放在一邊的工作臺上。等解剖工作結束後，這些衣物將會被送往痕跡鑑定組進行進一步的檢驗。

看著白布輕輕蓋在唐韻的屍體上，章桐無奈地嘆了口氣，走上前拿起手術刀。此刻，她的心情糟糕到極點，就如同做手術的醫生害怕自己面前的手術檯上躺著的病人是自己熟識的親朋好友一樣，法醫也害怕拿著解剖刀時，面對自己認識的人。她咬了咬牙，強迫自己的注意力全都集中到冰冷的手術刀上。

一個多小時後，解剖工作結束了，章桐把唐韻的屍體輕輕推進冷凍庫。關上冰冷的大鐵門後，轉身疲憊不堪地脫去腰間的皮圍裙，摘下手套，煩躁不安地用力地甩進了牆角的醫用垃圾回收桶，然後拖著沉重的步伐走向隔壁的辦公室。

章桐沒開燈，一個人靜靜地坐在黑暗裡，她沒有辦法去阻止唐韻的影子在自己的腦海中再一次出現。

「師姐，說實話我真希望將來也能夠像妳這樣，做個真正的女法醫！」

「不過說實話，師姐，我自以為自己已經是夠大膽的了，可是半夜三更地去負312室那個鬼地方，還是把我嚇得夠嗆。我總感覺陰森森的，背後好像有人。搞得我今天都一直覺得自己身後有人在跟蹤我。」

章桐的雙眼絕望地閉上，自己當初如果對唐韻所說的話能夠再多加注意一點，年輕的女孩就不會有這麼悲慘的結局。

第十四章　步步緊逼

耳邊傳來輕輕的敲門聲，緊接著，走廊上 LED 燈的一縷白色光線隨著打開的辦公室房門照射進來。

「你在這裡啊，我四處找妳。」說話的是王亞楠。

章桐嘆口氣，嘶啞著嗓音說：「對不起，是我的失誤，我該打電話給妳的。唐韻的死因可以確定為外力導致的機械性窒息死亡，她是被人掐暈後，裹在封箱膠帶紙中被活活悶死的。潘建正在檢查膠帶紙上的指紋和毛髮等殘留物，一有消息我就會通知妳。」

王亞楠在門邊摸到開關，她隨即打開房間裡的燈，明亮的燈光讓縮在辦公椅子裡的章桐一時之間幾乎睜不開眼。

「我知道這個案子讓妳心情很難受，小桐，但妳也不能過多地責備自己。妳已經盡力了，只是妳沒有辦法阻止悲劇的發生。」王亞楠發愁地看著章桐，「我看著妳這麼消沉的樣子，我心裡好受嗎？快振作起來，唐韻已經死了，事實已經沒辦法改變，妳再自責也沒用。妳現在所要做的就是幫我找到證據，抓住那個害死她的渾蛋！」

聽了這話，章桐不由得怔怔地抬起頭，看著王亞楠，漸漸地，淚水無聲滾落：「我總感覺她是因為幫我調查這個案子而被害的。亞楠，我最後一次見她的時候，她就跟我說起過好像有人在跟蹤她，我當時真的不應該不把這句話當回事，我現在後悔都來不及！」

王亞楠咬了咬牙，心一橫，走上前彎腰拉起章桐，然後一字一句冷冷地說道：「妳給我好好聽著，破了這個該死的案子後，妳愛怎麼哭就怎麼哭去。現在妳手頭有工作，我手頭也有工作，什麼婆婆媽媽、嘰嘰歪歪的感情和眼淚，都給我扔得遠遠的。我要看到一個冷靜的妳，明白嗎？妳別害死我，也別再對不起死去的唐韻對妳的信任！下次再被我看到現在這個

樣子，我就搧妳耳光，到時候妳別怪我狠心不把你當姐妹！」撂下這番話後，王亞楠怒氣沖沖地走出去，在辦公室門被關上的那一刻，她吼了一嗓子，「妳知道在哪裡能夠找到我！」

章桐呆住了。

＊　＊　＊

老李直接用屁股撞開王亞楠辦公室的房門，然後轉身走進來。王亞楠注意到他的手上抱著一個小木箱，不禁皺眉問道：「是不是梅園公墓那邊拿來的？」

老李點點頭：「一個多月了，一直沒人認領，公墓到現在還認為是別人遺忘在那裡的，我費了一番口舌才抱過來。」

王亞楠從辦公桌後站起身，踢開椅子，然後指了指辦公桌：「放上來，我倒要看看究竟是什麼寶貝。」

老李把木箱子端端正正地放在了辦公桌的正中央，一邊打開一邊嘀咕：「是有些怪怪的，我在那邊都打開看過，真是吃飽了沒事幹的人，才會做出這麼無聊的玩意兒來送給自己的先人。」

王亞楠退後一步，仔細地打量著小木箱中的人偶。橙黃色的底層墊布上，整整齊齊地排列著十七個形態各異的人偶，有成人手掌大小，正如潘建先前所說，人偶形態各異，穿著也不盡相同。唯一類似的就是人偶的表情，全都極度痛苦。王亞楠很快就從人偶中認出了失蹤人員報告中所提到的那三個人的穿著。她不由得皺起了眉頭，想了想，然後抬起頭對老李說：「你有沒有碰過這些人偶？」

老李搖搖頭。

第十四章　步步緊逼

「公墓發現這箱子的人呢？有沒有碰過？」

老李笑著說：「他們那些在公墓裡上班的有個不成文的規矩，那就是不用手接觸這些祭品之類的東西，真要清理的話，也都要戴上手套，說是怕沾染上髒東西。」

聽了這話，王亞楠不由得哼了聲：「那你趕緊帶上這箱子東西去法醫辦公室，提取上面的DNA，我想天底下不會有這麼湊巧的事情。通知他們，加急處理，明白嗎？」

老李點頭，抱著箱子離開了王亞楠辦公室。

老李走後，王亞楠緊鎖著眉頭站在窗口，她心裡一直打不開一個結，如果這箱子人偶真的和市醫學院負312室發生的怪異事件有關的話，那麼，這十七個人偶就應該代表著十七個失蹤的人員，而做這些人偶的人肯定也和失蹤人員事件有關，那麼，為什麼這箱子人偶會出現在梅園公墓？潘建提起過發現這箱子人偶所在的空墓穴在當地人的心目中可以說是一塊風水寶地，難道這也意味著，費心做這箱子人偶的人是在期待這十七條亡靈能在梅園公墓裡得到超脫？可是，他放箱子的時候難道就沒有想過會被別人發現嗎？王亞楠心裡不由得一動，她撥通了老李的手機：「你還記得那個公墓管理員說過這箱子是在空墓穴的哪個位置發現的嗎？」

老李愣了一下，隨即回答：「是在放置骨灰盒區域的最裡層，要不是發現那沉重的大理石蓋板被移動過，公墓管理人員還真沒有想到要去打開檢視一下。」

王亞楠掛上了電話，她打開辦公室的門，探出頭去：「于強，到我辦公室來一下。」

于強所在的小隊專門負責失蹤人員的查對考核，他懷裡夾著公文夾走

進來:「王隊,妳找我?」

王亞楠點點頭:「失蹤人員那邊怎麼說?」

「趙金華,本市南城鎮人,三十八歲,失蹤時正好是在下中班回來的路上。目擊者說趙金華被一輛白色麵包車撞倒後,司機下車把趙金華扶進了車廂,說是送醫院去了,後來就沒有消息了。」

「那輛車呢?目擊者記下車牌號或者車輛特徵了嗎?」

于強搖搖頭:「沒有什麼有用的線索,當時目擊者也急著回家。因為事發地段屬於郊區,是監控盲點,所以我沒有找到案發監控錄影。只知道司機是個中年男性,留著小平頭,身材偏瘦。」

「那另外兩個失蹤人員,他們的資料怎麼樣?」

「都很普通,都是在下班或者上班路上失蹤,最後一個叫丁全,沒有目擊證人。」

「那你有沒有詢問過他們家屬是否簽署了遺體捐贈協定之類的檔案?」

于強低頭看了看公文夾,隨即肯定地點頭:「都查過了,都沒有簽署,失蹤人員家屬也一致反映沒聽說過這三個人簽署過類似的檔案。而這三個人生前身體狀況也良好,沒有什麼重大的疾病。」

王亞楠心裡一沉。

「王隊,還要我繼續調查失蹤人員嗎?」于強問道。

「暫時不用了,你去一趟梅園公墓,調出一個月前的監控資料。然後把可疑情況記錄下來,回來後向我彙報。」

「可是王隊,一個月前的資料,公墓那邊還會保存嗎?」于強面露難色,「我記得交警那邊最多隻有三天時間就要刪除存檔。」

第十四章　步步緊逼

　　王亞楠揮揮手：「放心去吧，梅園公墓前段日子剛發生過骨灰盒被盜事件，現在他們的監控錄影資料可以保存三個月以上，還是高畫質晰度的。」

　　一聽這話于強樂了，他興沖沖地推門走出去。

　　正在這時，桌上的電話鈴聲響起來，王亞楠順手接起話機：「哪裡？」

　　「王隊，我是潘建。報告出來了，在人偶上面發現了一組陌生指紋，從大小判斷應該是女性，但是到目前為止我還沒有在資料庫中找到匹配的結果。」

　　「那DNA呢？」王亞楠急切地問道。

　　潘建重重地嘆了口氣：「王隊，我們現在的技術手段，還沒有先進到可以在這種實物上提取到完整的DNA資料。這些人偶雖然是手工做的，但人偶表面是尼龍和塑膠質地，分子結構非常緊湊，DNA沒辦法在上面停留。再加上人偶已經接觸空氣，又不是密封狀態，所以很抱歉，王隊，我無能為力。」

　　王亞楠感到深深的失落，她無奈地把聽筒放回機座。

第十五章　遺傳性色盲

　　遺傳性色盲是一種先天性疾病,目前來說是看不好的,並且男性遺傳的機率大大超過我們女性。它分為全色盲、紅色盲、綠色盲、紅綠色盲、藍黃色盲、部分色弱六個等級,第一種的患者只能看到黑白兩色,最後一種對於色彩基本可以看到,但是比較弱,不是很深。

第十五章　遺傳性色盲

　　章桐輕輕地把唐韻的屍體從冷庫隔間中拉出來，她總覺得好像遺漏了什麼，但卻一直沒辦法最終確定。真相就在自己的面前，為什麼就是看不到呢？章桐懊惱地嘆了口氣，走到牆邊，把椅子踢到移動隔板前坐了下來。她伸手揭開覆蓋在唐韻身上的白布，開始仔細檢視起了屍體上的每個部位。

　　作為一名法醫，章桐很難保證每次屍檢工作都能夠一次性做到位，但只要有一點懷疑，她絕對不會允許自己去忽視它。唐韻的死因已經被證實，但章桐知道，這個性格倔強、極富正義感的女孩子肯定不會安靜地面對死亡，章桐相信她死前肯定做過搏鬥。只要有反抗，就會有證據留下，而現在要想找到這些證據的話，所需要的就是耐心和時間。

　　這樣一來，如果是自己處於唐韻的位置，最先考慮到的肯定就是雙手，可是已經在屍檢中提取了唐韻十指的指甲殘留物，檢驗報告中並沒有提到有用的線索。章桐皺眉陷入沉思，她的目光落到唐韻緊閉著的毫無血色的嘴唇上。

　　難道嘴裡有祕密？和很多愛美的女孩子一樣，唐韻的嘴唇上抹著粉紅色的口紅。章桐記憶中那為數不多的幾次見面，唐韻雖然穿得很隨便，但是口紅卻每次都要精心抹好。可是眼前躺在移動隔板上的唐韻屍體表面雖然經過屍檢所需要的殺菌沖洗，但口紅的印記卻仍然很清楚。章桐心裡一動，她找來魯米諾燈，然後關掉解剖室冷庫頂上的光源，只留下了一盞很小的燈。

　　她打開魯米諾燈，橙黃色的光線照射在唐韻的嘴唇上，清晰地呈現出口紅印記。口紅很明顯被草草用力擦拭過，嘴唇上的皮膚有兩處甚至還出現了輕微破裂。章桐知道，愛美的唐韻絕對不會這麼做，而自己在唐韻的

手背上也並沒發現口紅擦拭的痕跡。她不由得心裡一沉，這麼看來，替唐韻擦去口紅的就只有一個人，那就是凶手！他這麼做也只有一個原因，就是唐韻肯定用嘴唇接觸到了對方的皮膚，他害怕留下痕跡，就用力地擦去唐韻的口紅。

章桐找來變光相機，拍下魯米諾燈光下所顯示出來的唐韻嘴唇上的證據，然後打開照明燈，在白色的燈光照耀下，唐韻的臉色顯得更加慘白。章桐略微遲疑了一下，然後找來鑷子和不鏽鋼支架，小心翼翼地打開唐韻緊閉著的嘴唇。然後用早就準備好的藥用棉花棒棒擦拭唐韻的幾顆門齒。當這一切工作都完工後，章桐把棉花棒棒收好放在玻璃試管裡封口，收拾好工具，最後看著唐韻平靜的臉龐，她輕輕地拉過白布給女孩蓋上，嘴裡喃喃地說：「我盡力了，我一定會抓住那個渾蛋！請相信我！」

＊　＊　＊

市醫學院食堂，此時不是用餐時間，所以偌大的食堂裡並沒有多少人，只有隔壁的開水間在不斷地發出咕咕的燒水聲。

王亞楠仔細地打量著面前坐著的這個女孩子，豐滿的身材，短髮，顯得很精神，眼角依稀還能看到一些淚痕。此刻，女孩的臉上流露出一絲緊張情緒。

王亞楠的上身微微向前傾，靠近面前的桌子，柔聲說道：「鄭瀾同學，別緊張，我只是想向妳了解一下妳室友唐韻的一些情況。妳想到什麼都可以說，不用顧慮太多。至於學院方面，妳不用擔心，妳所說的每句話我們都會替妳保密。」說著，王亞楠掃了一眼身邊坐著的老李。老李點點頭：「我們這次會面也不會告訴院方。」

在得到這些保證後，鄭瀾臉上的緊張情緒才稍稍得到了些緩和，她囁

第十五章　遺傳性色盲

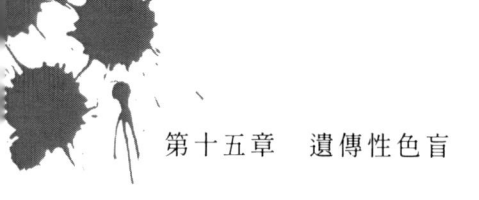

著口水，開口說道：「妳們在現場找到唐韻借的那兩本資料了嗎？」

一聽這話，王亞楠不由得愣住了：「資料？什麼資料？能說詳細一點嗎？」

鄭瀾嘟起嘴唇：「兩本解剖學方面的最新資料，其中一本叫《瑜伽解剖學》，是美國人萊斯利・卡米諾夫寫的，我們剛聽說學院圖書館進了這兩本書，我就叫唐韻去借。因為這書很搶手，外面根本買不到。這幾天寫論文我急著要用，唐韻出事後，我沒辦法就只能去圖書館再借，可是管理員老師卻說那兩本書借出去後一直沒歸還，我查了借閱人資料，就是唐韻借的，她沒回宿舍那晚借的，所以我才向你們問起這件事。」

王亞楠轉頭問老李：「你查一下現場證物紀錄，裡面有沒有提到有兩本書？」

老李翻看了一下隨身帶著的公文夾，很快搖搖頭：「王隊，沒有，裡面沒有這兩本資料的紀錄。」

「難道這兩本書飛了不成？」王亞楠自言自語，又問，「鄭瀾同學，那唐韻有沒有回到宿舍，妳並沒有注意到？」

鄭瀾立刻否定：「我那晚就在宿舍等她，我們還約好一起去外面餐廳吃飯，」說著女孩看了一眼食堂，抱怨道，「這裡的飯菜實在太難吃了。」

王亞楠皺了皺眉：「妳什麼時候打電話給她的？唐韻有沒有男朋友？」

鄭瀾搖頭苦笑：「我那晚七點多就開始打電話給她，可手機一直顯示關機。至於談戀愛，警官大姐，我們才來這裡上學沒多長時間，功課又緊張，哪有時間花前月下的溫溫柔柔啊！我們將來是要去當法醫的，誰都知道，選擇了這個職業，談戀愛就有些不現實，在我們學院裡，也不會有哪個男生願意和法醫系的女生手牽手，你明白嗎？」

碰了個軟釘子，王亞楠不由得微微有些臉紅，她靠近老李耳邊小聲說道：「這裡有我就行了，你去一下圖書館，查證一下這兩本書的借閱紀錄。」

老李點點頭，站起身離開食堂。

很快，老李就打來電話：「王隊，這兩本書還在啊，近期沒有借出過，我問過管理員了。」

「好的。」王亞楠結束通話電話，心裡頓時明白。

＊　　＊　　＊

「凶手就在這個醫學院裡。」此話一出，整個刑警隊重案大隊會議室裡頓時議論紛紛。

「王隊，你為什麼得出這樣的結論？難道就憑藉兩本書？」

王亞楠點點頭：「這只是其中的一個環節，除此之外，凶手對案發現場也就是負312室非常熟悉，能夠在任何時間裡都做到進出自如，而那個地方對於外人來講，是需要一定勇氣才能進入的。平時白天樓下還有流動保全，碰到陌生人都會詢問，而醫學院裡除了臨床醫學系和法醫系之外，涉及屍體解剖，需要進入這個房間的還有病理科的學生和老師，所以外人作案的可能性並不大。我詢問過周圍的學生，唐韻當天是值班員，管理著負312室的鑰匙，有人在吃晚飯時間看到她進入實驗室大樓底層，那就只有兩個可能，她要麼是被人叫進去，要麼就是忘了什麼東西要去拿，我覺得後者的可能性並不大。再有就是歐陽教授的死，根據第一分隊的調查走訪顯示，他平時的生活規律很簡單，基本上都是學院辦公室、食堂和家裡，三點一線。很少離開學院外出，在他中毒送醫院的那天，是早上離開家直接去學院的，上完上午兩節課後，就一直在辦公室辦公，這一點他系

第十五章　遺傳性色盲

裡的同事可以證實。他中午也沒去食堂，回家吃的飯，下午就中毒病發。而根據法醫屍檢報告，這種麻醉劑在體內的潛伏時間比較短，一般在兩個小時左右，再綜合歐陽教授一天的時間表來看，他中毒的時間段，應該是在結束教學後在辦公室休息的那段時間裡。也就是上午十點半到十二點之間。而那個時候，歐陽教授並沒有訪客。」說到這裡，王亞楠抬頭看了一眼坐在自己對面的盧天浩，「盧隊，醫學院管製藥品倉庫那邊對於『克他命』查得怎麼樣？有結果了嗎？」

盧天浩皺起眉頭：「沒有任何結果，帳目上顯示藥品一切正常，並沒有說不清去向的額外流失。還有，王隊，醫學院高層那邊對於我們警局插手調查他們學院的『生物塑化公司』、人員檔案和資金支出等一系列專案明顯表示不太配合，並且一再強調他們的科學研究工作是受到商業法保護的。如果我們再查下去的話，洩露了機密所造成的一切後果都要由我們來負責。」

「這話是誰說的？」

「他們的院長辦公室的人。」

王亞楠沒好氣地說道：「那好吧，我正好要會會這幫高高在上的人！對了于強，梅園公墓的監控錄影怎麼樣？查到了嗎？」

于強點點頭：「錄影裡顯示是個女人！但因為光線原因，我看不清那個女人的長相，只知道對方身材中等偏瘦，長髮。」

「女人？」王亞楠想到了潘建在電話中所提到的人偶上的指紋懷疑可能是女性，她不由得嘀咕了一句，「難道這些都是個女人做的？」

「王隊，這看上去似乎不太可能，我看過死者唐韻，她身材雖然矮小，但人卻很有精神，體格也很好。如果是個女人殺害了唐韻的話，沒那

麼容易把她一下就制伏，而那個『屍體工廠』裡的現場也很整齊，不像經過激烈搏鬥的樣子。」老李表示異議，「唐韻身高一百五十六公分，如果要制伏她，凶手至少要在一百七十公分，要高過她的頭，才可以順利地掐住她的脖子導致她失去反抗能力。」說著，老李做了個擒拿格鬥中的標準手勢來模擬凶手的舉動。

王亞楠點點頭：「這一點我也想到了，這樣吧，我們明天早上去趙醫學院，好好會會他們的院高層。還有于強，你把梅園公墓監控錄影中的女人的截圖給我幾張，要盡量最清晰的，我明天帶去給他們院方辨認一下，看有沒有人能夠認出她來。」

「沒問題。」

＊　　＊　　＊

來到法醫辦公室門口，王亞楠猶豫了一下，並沒有馬上敲門，她抬頭看到法醫辦公室的氣窗玻璃上透露出熟悉的淡黃色燈光，表明章桐還沒下班。自從上次的不愉快經歷後，王亞楠已經兩天沒有單獨來見自己的好朋友了。十多年的友誼，還是頭一次感覺到有些尷尬，王亞楠咬了咬嘴唇，抬起的右手很快又放下，她會不會責怪自己對她發脾氣呢？

門打開了，王亞楠不由得愣了一下，章桐站在門口，臉上露出了以往常見的淡淡的笑容：「亞楠，妳來了，怎麼不進來？」

「我……」

「我正想找妳，對不起，亞楠，前段日子是我不對，我不該對案子太投入感情。謝謝妳罵醒了我。」章桐認真地說，「我今天正要去找妳，因為我想我已經拿到了害死唐韻的凶手的DNA，儘管不太完整，但是足夠用來做進一步分析。」

第十五章　遺傳性色盲

「妳從哪裡拿到的？」王亞楠急忙問。

「唐韻的嘴唇和牙齒，」章桐嘆了口氣，把手裡的一個薄薄的資料夾遞給王亞楠，「我最初進行屍檢時並沒有注意到這個情況，後來才想起，她每次見到我的時候，幾乎都會抹一種粉紅色口紅，和她的皮膚很相配。你也知道，女人抹口紅從來都不會隨便擦拭，尤其是擦得亂七八糟，我的印象中唐韻雖然穿的不是名牌，但卻很注重個人形象。所以當我用魯米諾燈仔細檢查她的嘴唇時，就發現了被用力擦拭過的痕跡，我推斷當時可能是因為唐韻被害前曾經用力咬過凶手，或者嘴唇碰到了凶手皮膚，而對方害怕在唐韻的嘴唇上留下線索，就試圖擦拭乾淨。後來我打開她的口腔，還好凶手沒有來得及清理她的口腔和牙齒，所以我順利地提取到一組可疑的DNA，目前得出的結果是，這組DNA屬於男性，更進一步的遺傳疾病方面的分析還在進行之中。」

王亞楠挑起眉毛，一臉疑惑地問：「凶手為什麼沒有清理死者的口腔，他既然已經想到了擦去死者嘴唇上的口紅痕跡？」

「原因很簡單，現在的口紅都是由蜂蜜、植物提取油脂、蛋白、薄荷醇、綿羊油、可可油、蜂蠟和凡士林等物質組成，和我們平時所用到的印泥有些類似，表面很容易會附著上互相接觸所殘留的痕跡。凶手考慮到了這些，所以才要擦拭。他肯定也想到了死者口腔，但我仔細觀察過唐韻面頰上的括約肌組織以及下顎骨，她在死前曾經死死地咬住嘴唇。」說到這裡，章桐的目光中閃過一絲陰影，「她不愧是法醫系的高材生，當知道自己的生命已經受到威脅的時候，她盡她的所能來保留一點能夠最終幫助我們抓住凶手的證據。」

「為什麼這麼說？」

「亞楠，你要知道，我們人死之前如果用力做著一個動作的話，即使呼吸停止，但是肌肉神經末梢因為沒有及時得到放鬆的指令，所以就會一直保持著這個姿勢。這一點我曾經在以前溺水死亡的屍體上看見過，他們的雙手會一直保持著向上抓舉的姿勢，直到屍僵過去，這樣一般需要六個小時以上。」

「所以，凶手在當時的情況下，根本就打不開死者的口腔部位來毀滅證據。」

章桐點點頭：「他沒有這個時間去慢慢等，亞楠，我認為唐韻已經盡力了……」

王亞楠輕輕拍了拍章桐的肩膀，嘆了口氣：「放心吧，我會抓住凶手的！」

正在這時，章桐身後通向隔壁實驗室的門推開了，潘建走出來，看見屋裡站著王亞楠和章桐，不由得樂了：「妳們都在，正好報告出來了，妳們猜痕跡鑑定組的那幫小子抓住了誰的尾巴？」

章桐沒有吭聲，點頭示意他說下去。

潘建有些小小的得意：「王隊，還記得你們把死去教授房間裡的所有東西都拿過來了嗎？其中有個水杯，我們在杯子的另一端查到一組指紋。」

「水杯把手的那一端嗎？」

潘建搖搖頭，他伸手從章桐辦公桌上拿起一個水杯，做了演示：「妳們注意看，是這麼拿，正好相反，而且這組指紋剛剛輸入資料庫，立刻就有了反應！沒想到竟然和先前在梅園公墓發現的箱子裡的人偶上的兩個指紋完全相同！」

第十五章　遺傳性色盲

此話一出，王亞楠和章桐頓時面面相覷。

「還有就是那個封箱膠帶，渾蛋，足足二十多公尺！」說到這裡，潘建狠狠地詛咒了一句，「害得我都快要把眼珠子瞪出來了！」

章桐不樂意了，她皺起了雙眉：「快說吧，沒那麼多時間來聽你發牢騷擺龍門陣！」

潘建尷尬地點點頭：「我在那上面發現一根男子的頭髮，有毛囊，我檢查過了，這個男人是四十到五十歲的年紀，頭髮有些禿。」

王亞楠哼了聲：「這個年齡的男人基本都會禿髮，你看我們李局的頭頂，都快成『地中海』了！」

章桐強忍著才沒有笑出聲：「潘建，還有呢？」

「最重要的還不是這個，」潘建有些委屈，下意識伸手撓了撓後腦勺，「我在這根毛髮中檢驗出了一種遺傳性疾病——遺傳性色盲！」

章桐趕緊向王亞楠解釋：「遺傳性色盲是一種先天性疾病，目前來說是看不好的，並且男性遺傳的機率大大超過我們女性。它分為全色盲、紅色盲、綠色盲、紅綠色盲、藍黃色盲、部分色弱六個等級，第一種的患者只能看到黑白兩色，最後一種對於色彩基本可以看到，但是比較弱，不是很深。我們平常所說的色盲就是指紅綠色盲，也就是對紅色和綠色完全看不見，另外幾種很少見，發病率在百萬分之一，就跟中大獎差不多。」

「那你能確定這個凶手屬於哪一類嗎？」王亞楠轉身問潘建。

潘建點點頭：「我在其中的 X 染色體中發現了紅綠色盲的隱性遺傳基因鏈。得這種病的人自己一般不會注意到，他會憑藉著以往的經驗來判斷顏色，患者視網膜上同樣具有正常人感受紅光和綠光的兩種錐體細胞，但把來自這兩種細胞的訊息混合在一起，大腦分不清是紅光還是綠光。通俗

點說，王隊，這種人很會鬧笑話，但是自己卻根本不知道，為了尊重他的顏面，一般人也不會去刻意提醒。」

「那我該怎麼發現對方是不是這種紅綠色盲呢？」

「很簡單，注意他的穿著打扮就可以了，再細心的人總會有一時大意的時候，實在不行就耐心點，王隊，他總會露出狐狸尾巴！」

聽了這話，王亞楠的臉上終於露出笑容，她用力拍了一巴掌：「我等的就是現在，這下『拼圖』總算差不多了！謝謝你們！」

第十五章　遺傳性色盲

第十六章　不明屍源

「張副院長，我想這個恐怕就不能由你決定了，」王亞楠從公文包中取出一份搜查證遞給張凱，「我們有證據懷疑你們保存的屍體來源不明，這是對你們醫學院所有現存屍體標本進行DNA檢查的搜查證。你仔細看一下，然後簽個字，警察現在已經把實驗大樓封鎖，法醫很快就會趕到，希望你配合我們的調查工作。」

第十六章　不明屍源

　　市醫學院的院長樓處在整個學院的中心地帶，儘管它是一棟並不起眼的灰色三層小樓，建立於 1950 年代末到 1960 年代初，外表看上去像極了一個放大的火柴盒子，毫無建築美感，但是卻有著一種說不出來的威嚴的感覺。王亞楠心想，這或許是因為它的歷屆主人的緣故吧。

　　因為事先打過電話，老李就把車直接停在了院長樓的下面。隨車前來的于強帶著助手直接去了實驗大樓，他們的任務是把負 312 室封鎖並且等待法醫前來取證調查。

　　王亞楠剛打開車門，就有一個三四十歲年紀的女人迎上來：「你們好，市警局的吧？我是院長辦公室的祕書，姓李。」說著，女人向她禮節性地伸出右手，「副院長讓我在這裡等你們，帶你們上去。」

　　「是嗎？那太麻煩妳了。」王亞楠看了一眼身邊的老李，他正皺眉想著什麼。

　　三人一前一後向小樓走去。王亞楠和老李被帶到了一間空置的辦公室坐了下來，在告知自己馬上就去通知張副院長前來後，李祕書很快就離開會議室。

　　老李突然開口說道：「王隊，我們是不是在前幾天見過這個李祕書？」

　　王亞楠想了想，點點頭，「沒錯，我們那時候正在歐陽教授的辦公室進行搜查取證。」

　　「我怎麼覺得她這麼眼熟？」老李一臉的疑惑，「尤其是她的背影！」

　　「怎麼，你注意到什麼了？」王亞楠問。

　　「現在想不出來。回去後再說吧。」

　　正在這時，走廊裡響起了由遠至近的腳步聲，夾雜著小聲的低語。

很快門就打開了，出現在兩人面前的是一個中年男人，身後跟著先前見過的李祕書。這個中年男人五十多歲年紀，頭頂微禿，面容祥和，身材健碩，一見到屋裡站著的王亞楠和老李，立刻就迎了上來：「真不好意思，讓你們久等了！」

「這沒有什麼，請問你是……」王亞楠微笑著打招呼。

「我是張凱，醫學院的副院長。」說著張副院長指了指靠牆放著的沙發，「你們坐啊，別客氣！」他一邊打著招呼，一邊脫下外套隨手搭在椅背上，然後坐了下來。

大家坐下後，王亞楠直接表明來意：「最近你們學院中發生了兩件意外死亡案件，想必你也已經知道了。我們就是為了這個事情來的。」

張凱的臉上露出了一絲尷尬，他嘆了口氣：「是啊，我前段日子一直在開會沒回來，所以最近才知道這件事。真是悲劇啊！也是我們院方安全工作的失誤，重大失誤！對了，現在案子調查得怎麼樣了？」

老李皺起了眉頭：「張副院長，案件正在調查中，我們不方便透露案情進展。」

「好！好！」張凱愣了一下，話鋒一轉，笑著說，「那你們今天來，我有什麼可以幫到你們的，儘管提。」

王亞楠一邊取出那張于強昨天交給自己的監控錄影截圖，一邊問：「張副院長，我想請你幫我們辨認一張照片，看看是否認識照片中這個女人？」

張凱點點頭：「好吧。」他伸手接過放大的監控截圖照片，仔細看起來，突然他的左臉微微抽搐了一下，隨即恢復平靜，抬頭看著王亞楠，搖搖頭：「對不起，我並不認識照片中的女人。」

第十六章　不明屍源

　　張凱的細微舉動並沒有逃過王亞楠的目光，她不動聲色地接過照片，然後出人意料地轉身迅快遞給張凱身邊站著的李祕書：「李祕書，妳幫我們看看呢？」

　　李祕書的目光連忙從照片上移開，淡淡一笑：「真不好意思，警官，我也不認識。」她拿起張凱隨手搭在椅背上的外套，輕輕揮了揮灰塵，然後小心翼翼地掛在門邊的衣帽架上。

　　「哦？你們確定不是學院裡的人？」

　　「不是。」李祕書一邊在辦公室裡看似忙碌地做著一些瑣事，一邊表情平靜地否認王亞楠的疑問，她的目光自始至終都沒有再停留到王亞楠手中那張照片上。

　　「那就算了。」說到這裡，王亞楠話鋒一轉，「張副院長，我的下屬彙報說『生物塑化公司』的相關專案都是由你全權負責的，對嗎？」

　　張凱點點頭：「對，是由我出面和國外的相關研究機構商談的。妳也知道，這個專案是非常特殊、敏感的，做好了對於人類遺傳學研究方面是有很大幫助的。而作為整個東南地區人體生物研究領域方面的領頭羊，我們醫學院也很榮幸能夠承擔起這個方面的重要研究任務。」說到這裡，他話鋒一轉，「所以，我相信你們也就能夠理解這個研究專案上的保密性，有些涉及機密的資料我們是不能夠隨便透露的。」

　　「張副院長，我想這個恐怕就不能由你決定了，」王亞楠從公文包中取出一份搜查證遞給張凱，「我們有證據懷疑你們保存的屍體來源不明，這是對你們醫學院所有現存屍體標本進行 DNA 檢查的搜查證。你仔細看一下，然後簽個字，警察現在已經把實驗大樓封鎖，法醫很快就會趕到，希望你配合我們的調查工作。」

張凱的臉上不由得一陣發白，他隨意地抓過了桌面上的筆，一邊簽字，一邊惱怒地抱怨：「你們⋯⋯你們這樣做不合法！要是讓媒體知道，是會有損於我們學院聲譽的！你們要承擔責任！」

　　「張院長，這一點你就不用擔心了，我們的證據來源是合法的，至於媒體方面，我們盡力而為吧。」說著王亞楠掃了一眼手中張凱簽過字的搜查證，心裡不由得一動，她趕緊給老李使了個眼色，然後站起身，以工作忙碌為由，告辭離開院長辦公樓。

　　鑽進車裡，老李剛要開口，王亞楠搖了搖頭：「先等一下，出去再說。」

　　直到汽車遠遠地駛離市醫學院，王亞楠這才冷冷地開口：「那個李祕書有問題。」

　　「王隊，妳為什麼這麼說？」

　　「她的一舉一動都顯示和這個張凱張副院長的關係非同一般，還有他們分明都認出了照片中的人，卻矢口否認，我們得找個機會和李祕書正面接觸一下。如果能拿到她的指紋那就更好，還有，老李，你看她像不像我們要尋找的那個梅園公墓裡的神祕女人？」

　　「我⋯⋯這還真不好說，可是王隊，這樣一來，如果李祕書真和這個案子有關的話，我們就這麼去找她，那不就打草驚蛇了。」老李皺眉問道。

　　王亞楠沒吭聲，下意識伸手摸了摸公文包中的搜查證。

第十六章　不明屍源

第十七章　失蹤的女主播

　　每個人體標本前都會有一張指示牌，上面詳細地寫著死者去世時的年齡和死因。章桐不得不承認有些標本確實會有警示後人的作用。就像手中的這幅孕婦吸毒過量導致其與七個月胎兒共同死亡的標本影像，讓人看了心裡有種說不出的感覺。

第十七章　失蹤的女主播

　　回到局裡，王亞楠下車後，老李直接把警車開去底層停車庫。在回辦公室的路上，王亞楠剛想按下電梯上行按鈕，身後傳來保全老王的聲音：「王隊，正好見到你，我們這邊有個來報案的。」

　　「是嗎？」王亞楠趕緊轉身，看到眼前站著一名中年婦女，身高一百六十公分左右，穿著一件淡灰色風衣，神情焦慮。

　　顯然方才保全老王已經向中年婦女講明了王亞楠的身分，所以還沒等王亞楠開口，中年婦女就從隨身帶的小包裡拿出一張照片，遞給王亞楠，焦急地說：「我懷疑我的女兒小靜已經遇害，我是來報案的。」說著又強調了一句，「殺人案。」

　　王亞楠皺了皺眉，伸手接過照片：「請跟我來。」

　　回到辦公室，王亞楠給中年婦女倒了杯水，然後請她坐下，問道：「妳把詳細情況說一下。」

　　中年婦女微微嘆了口氣：「我叫杜麗，我女兒林靜是市電視臺一臺《社會與法制》專欄的主持人，她已經失蹤整整七天。我想盡辦法都連繫不上她，直到昨天，我拿著派出所開具的立案通知書和戶口簿去電信公司，列印了她手機號碼中所有的通話紀錄和簡訊記錄，看到了不該看到的東西。」說著她從隨身帶著的小挎包裡拿出對摺好的幾張列印紙，遞給王亞楠，「妳看，我用黃色水筆畫出來的那幾段，就是在她失蹤前幾天發到她的手機上的。」

　　王亞楠只看了其中幾行，心裡就沉了下去。

　　「我警告你，如果你再死咬著不放的話，不會讓你有好果子吃的！」

　　「這是個講法制的社會，我不會向你們屈服！」

　　「你就不怕永遠消失嗎？」

「她失蹤那天有什麼異樣嗎？」王亞楠問。

杜麗搖搖頭，痛苦地回憶道：「她還是和以前那樣開開心心地去上班，臨走時還對我笑了笑，說回家後我們倆一起去東方商廈買衣服，因為那天是我的生日。小靜的爸爸死得早，家裡就我們兩個。」她長嘆一聲，「我知道她是不會捨得丟下我不管的，以往出差回不來，也要每天打個電話給我報平安。這次她失蹤這麼多天沒有任何消息，我心裡就很發虛。」說著杜麗猛地抬起頭，淚眼朦朧地看著王亞楠，「請一定幫我找到我的小靜，求妳了，她很快就要結婚了，不管怎麼樣，請一定幫我找到她，我要帶她回家！」

王亞楠心情沉重地點點頭：「杜女士，妳放心，我們會幫妳找到你女兒的。」說著她站起身，走到辦公室門口招了招手，把值班的小鄧找過來，「帶這位杜女士去做個筆錄。」她想了想，繼續說道，「同時帶杜女士去做個 DNA 提取，然後通知章法醫盡快輸入資料庫。」

＊　＊　＊

「林靜？這個名字很熟悉啊！」老李嘀咕了一句，「我想起來了，我老婆經常看她的節目，是一檔法制類的節目。主持風格挺俐落的，講話也是那種雷厲風行的類型。只是好像一週前突然沒上節目了，換了個男的，以後就再也沒有見到她。」

王亞楠皺眉：「幫我連繫市電視臺一臺，問下林靜失蹤前正在做什麼節目，因為我看到那些帶有威脅口吻的簡訊，應該與林靜的工作有關。」

「沒問題。」老李點點頭，轉身離開辦公室。沒過多久，他又推門走進來，「真是巧了，王隊，林靜正做的正是『生物塑化公司』的調查節目！」

「那現在這期節目怎麼說？」

第十七章　失蹤的女主播

「因為林靜失蹤，而這一塊又是由她出面調查的，所以就暫時擱置了下來，現在電視臺裡一時還找不到人接手。」

王亞楠心裡一動，她伸手拿過林靜母親杜麗臨走時留下來的那份通話紀錄遞給老李：「考核上面所有的電話記錄，如果找到和市醫學院有關的，馬上告訴我。」

老李走到門口，突然想到了什麼，回頭說：「王隊，還有一點，她未婚夫同時也是她同事，電視臺的攝像，經過他證實，林靜失蹤前已經懷孕了。」

王亞楠的心頓時沉到谷底：「幾個月了？」

「兩個多月，所以林靜的失蹤讓她未婚夫很著急。」

法醫辦公室隔壁的 DNA 實驗室，小小的房間裡幾乎堆滿了各式各樣的基礎檢驗儀器，特殊的風冷高靜壓淨化型空調機組所發出的嗡嗡聲充斥著章桐的耳膜。長時間在這個房間裡待著，很容易會讓人聽力下降。而潘建從市醫學院負 312 室取回來的 32 個 DNA 樣本，則被整齊地擺放在實驗室辦公桌上。

章桐小心翼翼地一遍遍重複著提取和淨化樣本的過程。中午時分，王亞楠打電話來詢問誰可以去趟醫學院提取 DNA 樣本，章桐想也沒想就安排潘建去了，說實在的，她沒有勇氣再一次走進那個特殊的房間。

很快，樣本提取工作都完成了，也一併輸入了相應的電腦資料庫中。章桐伸了個懶腰，站起身，脫下實驗服推門走出來。

王亞楠正在章桐辦公室裡坐著，顯然她已經來了有一段時間，一見到章桐，立刻問：「怎麼樣，有沒有匹配上的？」

「沒那麼快，我剛剛輸入，匹配需要過程。你在擔心什麼？」章桐皺眉。

「現在還不清楚,剛才有人來報案,說她女兒失蹤了,是電視臺的女主播,失蹤前正在調查生物塑化公司屍體來源合法性的問題。」

「我的天哪,」章桐不由得驚呼,「難道她女兒也是受害者之一?她女兒有什麼身體特徵嗎?」

王亞楠抬起了頭:「她懷孕了,兩個多月。」

章桐猶豫了一下,然後肯定地說:「那就沒有,我檢查過的所有樣本中,女性中沒有顯示有懷孕跡象的。」

「那……她應該還有活著的可能。」王亞楠輕輕鬆了口氣。

「現在還不能這麼說,我們只是針對暫時還保存在那裡的屍體進行了DNA樣本化驗,她失蹤多久了?」

「一個星期。」

章桐面露愁容:「亞楠,但願我的想法是錯的。可我還是建議妳最好去調查一下這個公司最近的出口屍體樣本紀錄,看裡面是否有符合條件的女性屍體標本。」

「妳擔心什麼?」王亞楠不由得緊張起來。

「妳要知道,『屍體工廠』屬於生產線作業,流量很快,我擔心如果這個人已經不在的話,萬一她的遺體流入這個地方,很快就會被製成成品送走。如果那樣,我們就沒有證據了。」章桐顯得很無奈,「妳也知道,沒有屍體證據,這個案子我們或許就沒有辦法插手調查。」

「可這樣的屍體標本展覽都是在境外,我們不好取證,總之我盡力吧,我會向上面彙報一下這個情況,看能不能拿到他們最近一次出口的展品紀錄。」王亞楠陰沉著臉,快步走出法醫辦公室。

第十七章　失蹤的女主播

　　章桐突然想到了什麼，趕緊追出去：「亞楠，實在取不到證，如果有整體骨架標本照片的話，給我看看標本照片也可以！」

　　王亞楠揮了揮手，背影很快消失在走廊拐角處。

　　黑壓壓的雲團在城北的上空開始緩慢聚集了起來，空氣也變得潮溼，讓人有種喘不過氣來的感覺。

　　辦公桌上攤開的案件記錄本是剛剛從驪山派出所調過來的，王亞楠已經看了整整一個上午。線索很簡單，林靜失蹤那天正常上班，也沒有情緒異常的表現。傍晚五點半下班前接了個電話。王亞楠注意到林靜所住的小區和市醫學院是在同一個城區，也就是說她回家必須要經過市醫學院。可和林靜一起搭車回家的同事反映，那天林靜提前在商業街下的車。那麼她去了哪裡？王亞楠皺起眉頭，記得杜麗曾經說過，女兒林靜主動提出下班後要和母親一起去東方商廈購物，因為那天是母親杜麗的生日，難道杜麗在商業街等林靜嗎？那她為何沒提起過這個細節呢？

　　王亞楠有些煩躁不安，站起身走到窗口，時間過得異常緩慢，窗外已經開始飄起雨絲。漸漸地，雨點敲打起玻璃窗，發出劈哩啪啦的聲響。雨越下越大，遠遠地望去，整個城市的上空白茫茫的一片。

　　「王隊，有結果了。」老李的聲音在辦公室門口響起，「林靜手機通訊記錄中，有個連繫號碼經證實登記在市醫學院院長辦公室祕書李玉的名下。」

　　「和這個號碼最後通話是什麼時候？」

　　「七號下午五點二十八分，時間為三分十八秒。」老李低頭看了一下記錄。

　　王亞楠面露喜色：「林靜是七號晚上失蹤的，派出所的案件筆錄中寫

得很清楚,最後的目擊者是在晚上六點四十分看見林靜,她在離市醫學院不到兩公里的商業街下的計程車,馬上傳喚李玉!」

老李點點頭,隨後拿出兩份傳真件:「這是香港那邊剛傳過來的報關單,是有關那家生物塑化公司最近一次出口標本的記錄詳情,還有在香港剛剛結束的一次展覽標本圖片影印件。」

「你出去的時候叫人馬上送去法醫室給章法醫,她正在等這些資料。」說著,王亞楠又在辦公桌前坐下,深深吸了口氣,好讓自己不安的心情能夠變得平靜一點。

*　　*　　*

翻遍手中所有的標本記錄詳情單據和標本影像影印件,章桐並沒有看到符合要求的年輕女屍的痕跡。她皺起眉陷入沉思。半個月以來所有的屍體標本都在這裡,為何偏偏沒有失蹤的林靜的影子?難道她還活著?

突然,章桐的耳邊響起唐韻曾經說過的話:「切割、分解,然後選擇重要部分。比如說心臟病人的心臟、腎壞死病人的腎臟……還有一個專門保存器官的地方。就在負312室裡面。」

「那屍體其餘的部位呢?」

「直接送殯儀館火化。」

「會通知家屬嗎?」

「師姐,屍體到了我們那邊,就和家屬完全沒有關係了,妳明白嗎?」

章桐頓時渾身一震,她抓過電話機,撥通王亞楠的電話,還沒等對方開口,她就焦急地說道:「亞楠,林靜的屍體很有可能已經被火化了!」

第十七章　失踪的女主播

第十八章　沒有終點

「我知道遲早會有這麼一天,好吧,我都告訴你們。那十七個人偶是我做的,你們說的沒錯,我之所以做這十七個人偶,為的就是在心靈上求得一絲寬恕。別人都在說,梅園公墓那個地方很靈驗的,如果在那裡超度死者的話,他們就不會再有怨氣。我想過,即使被別人發現,也絕對不會找到我頭上。」

第十八章　沒有終點

　　審訊室是一間四四方方的屋子，狹小而灰暗，所以即使是大白天在裡面也要開著燈才能夠看清楚屋裡面的景象。一張長方形的木桌子和木椅被固定在水泥地面上，頭頂兩根螢光燈管發出微微的嗡嗡聲，被固定在一個長方形金屬外殼裡。這是屋裡唯一的光亮。燈光蒼白，而坐在燈光正下方的李玉的臉上也是一片蒼白。

　　王亞楠和老李坐在李玉的正對面，隔著長方形的木桌子。屋裡唯一的門上有一扇細長窗，此刻窗子緊緊地關閉著，似乎隔絕了屋裡和屋外的空氣，使得審訊室裡變得異常悶熱。

　　李玉的穿著依舊是前兩次見面時那身合體的深色西裝，唯一不同的是，這次她沒化妝，尤其是口紅。這樣一來，她的神情自然也就憔悴許多。

　　王亞楠在她的面前放了一杯水，李玉只是把杯子拿在手裡，並沒有喝。

　　「不是傳喚嗎？為什麼要帶我來審訊室？」李玉用沙啞的嗓音問道。

　　「我們是來問妳有關梅園公墓的事情。」

　　「梅園公墓？」

　　王亞楠冷冷一笑，然後逐一拿出所有的人偶照片，推到李玉面前：「我們的技術人員在這些人偶上面提取到了一組指紋，這些人偶，妳應該很熟悉了吧？」

　　李玉只是瞟了一眼，沒吭聲。

　　王亞楠又繼續出示了一張茶杯的照片：「這個茶杯呢，妳認不認識？」

　　李玉的目光再次躲開，搖了搖頭。

　　「既然這樣，老李，」王亞楠小心翼翼地用紙巾墊著自己的手，然後探

身從李玉手中把一次性紙杯拿過來，把杯中的水倒在地上，「把這個杯子拿給法醫，說我們需要指紋，盡快。」

老李剛站起身，李玉急了，伸手就要去搶紙杯。

見此情景，王亞楠把杯子拿到一邊，然後正色道：「妳做什麼，老實點！怕查妳的指紋嗎？」

李玉低下頭，重重地跌落回椅子裡：「我……」

「已經到現在這個地步，妳還隱瞞有什麼用！妳也很清楚，這上面的兩組指紋，和紙杯上的指紋是完全相符的，對不對？」王亞楠把杯子遞給老李，轉身嚴厲地追問，「是妳在歐陽教授的杯子裡下了毒！」

李玉看起來毫無反應，表情麻木。

「這些人偶上的指紋和歐陽教授茶杯上的指紋是完全相符的，李玉，妳為什麼要做這些人偶？難道只是為了求得心靈上的安慰？妳對這十七個人下毒手的時候，妳難道就不為他們想想？這十七個人偶後面可是十七條人命啊！」

聽到這話，李玉突然抬起頭，眼淚矇矓地說：「是的，我是為了求得心靈的安慰，他們都是我殺的！所有人都是我殺的！我受不了啦，你們把我關起來吧！」

「妳吼什麼吼！」老李一拍桌子站起來，「像話嗎？妳自己做的什麼妳自己清楚，不該妳承認的妳全包下來也沒用，我們都是有證據的！」

李玉閉上眼睛，就像根本不願意王亞楠和老李看到她內心的真實想法，然後她睜開眼睛笑了，喃喃地說道：「我知道遲早會有這麼一天，好吧，我都告訴你們。那十七個人偶是我做的，你們說的沒錯，我之所以做這十七個人偶，為的就是在心靈上求得一絲寬恕。別人都在說，梅園公墓

第十八章　沒有終點

那個地方很靈驗的，如果在那裡超度死者的話，他們就不會再有怨氣。我想過，即使被別人發現，也絕對不會找到我頭上。」說到這裡，她嘆了口氣，「看來事實證明這只是我的個人願望罷了。」

「那這十七個人的屍體現在在哪裡？我們在負312室只找到了其中的三具。」

「都被製成了標本，剩餘的部分火化了。」

「你們為什麼要這麼做？」王亞楠緊緊地盯著李玉的雙眼。

「我們？不，應該是我，都是我一個人做的。」李玉說這句話的時候，目光投向王亞楠身後的灰色牆壁。

「妳一個人不可能綁架這麼多人，妳只是個女人，沒這麼大力氣！」

李玉又笑了：「當你面對每個標本能換來三十萬美元的時候，多大的力氣都有！歐陽教授是我殺的，我在他的水杯裡放入致命的麻醉劑『克他命』。」

「妳為什麼要殺他？」

「他什麼都不要，我已經給了他錢，整整三萬塊，他堅持要把錢退還給我，還說要去檢舉我。我知道歐陽教授是個好人，但他做了不該做的選擇。你明白嗎？包括唐韻那個小丫頭，有時候好奇心真的是能夠害死人的！」李玉的嘴邊流露出了一絲不屑神情。

「唐韻不是妳殺的，妳到現在還在替別人扛著！」王亞楠憤怒地斥責道，「妳在掩護張凱！他才是這件事情的主謀！」

李玉突然站起來，雙手向前，整個上身幾乎都趴在桌面上，急切地辯駁道：「胡說，張副院長和這個事情一點關係都沒有，你們不能血口噴人！」

「坐下！」王亞楠用力地一拍桌子，憤怒地說，「我們警方講話都是有根據的！張副院長是個遺傳性色盲症患者，你最不應該做的，就是在他要給我們簽字的時候，在他面前放上一支紅色原子筆！」說著，她取出那張搜查證，「仔細看看他的簽名！」

李玉傻了，她呆呆地看著用紅色原子筆簽的「張凱」兩個字，半天沒有吱聲。

「殺害唐韻的凶手就是一個這樣的遺傳性色盲症的患者，而且是個男性，年齡體貌特徵都和張凱相吻合。你要問我們為什麼會得到這麼多的訊息的話，」王亞楠雙眼死死地盯著李玉的眼睛，一字一句地說道，「他不該在唐韻的身上纏上那麼多道膠帶！天網恢恢疏而不漏，他逃不脫法律的制裁！我們的人現在正趕去抓捕他歸案。你就死了那條心吧！」

李玉徹底絕望，她失聲痛哭了起來。

「還有林靜，妳告訴我，妳們對她究竟做了什麼？」王亞楠厲聲喝斥道。

李玉只是哭，拚命地搖頭痛哭。

王亞楠和老李站起身，走到門邊敲了敲門，示意門口的守衛離開。

「等等會有人來給你辦理手續，」王亞楠說著回頭看了李玉一眼，「妳只有坦白才能求得真正的寬恕，而不是做什麼人偶！」

＊　＊　＊

自從李玉被警察帶走後，張凱著實被嚇壞了，他雖然清楚李玉不會馬上把自己供出來，但是那也是遲早的事情，他必須早做打算。他不明白為什麼最近所有的事情都那麼不順心。歐陽青山對他的死咬不放，唐韻的步步緊逼，他對此越來越氣惱。這個世界上居然還有對錢不感興趣的人，真

第十八章　沒有終點

可笑！那歐陽老頭還威脅他說，如果不就此罷手去投案的話，就去警局報案揭發。

張凱絕對不會去投案的，他是個很聰明的人。李玉被帶走，雖然只是傳喚，但是張凱很清楚，李玉是再也回不來了，那個瘦瘦高高的女警察，張凱第一眼就看出她不好惹。他已經夠小心，但結局卻還是那麼讓人忐忑不安。不行，自己得趕緊走。

張凱急匆匆地打開辦公室房門，來到保險櫃邊上，剛輸入密碼，保險櫃的門還沒有打開，身後就傳來一個冰冷的聲音：「張副院長，別急著走啊！」

張凱嚇得渾身哆嗦，連忙轉身，看到面前站著的是兩個陌生的年輕人，他竭力穩住自己緊張的情緒：「你們是……」

「我們是市警局的，請跟我們走一趟！這是對你的逮捕令，簽個字吧，別怕，這支筆是黑色的！」

聽到最後一句話，張凱頓時面如死灰，張大了嘴巴，滿臉絕望。

回到局裡，王亞楠站在審訊室門口，看著屋裡坐著的張凱，她猶豫了一下，緊接著走上前，問道：「我只想知道兩個答案，第一，你為什麼要這麼做？」

張凱搖搖頭：「他們太普通了，就像螞蟻一樣，不值一提。」

「林靜呢？她現在在哪裡？」王亞楠嚴厲地問道。

「林靜？」

「就是那個電視臺女主播！她一週前失蹤了，她在哪裡？」王亞楠竭力控制住自己憤怒的情緒，「張凱，你已經出不去了，現在林靜的家人就在外面，你告訴我們，林靜在哪裡？」

許久,張凱才低低地說了一句:「她已經走了,別再問了。」

　　王亞楠的心都涼透了。她朝于強揮了揮手:「你來吧。」說著腳步沉重地跨出了審訊室的鐵門。

＊　　＊　　＊

　　章桐和王亞楠一起坐在美麗的雲湖邊上,看著身邊來往的行人,章桐不由得輕輕嘆了口氣:「亞楠,活著多好,妳說是不是?不需要大富大貴,也不需要太多的承諾,因為這些東西最終都會化為烏有,而我們只要活著,好好地度過每一天,就是一種最大的快樂!」

　　王亞楠神色黯淡地看著不遠處平靜的湖面,幽幽地說道:「我們抓住了凶手,但卻永遠都無法面對林靜的母親,我想凶手是否得到法律的嚴懲,可能在那個母親腦子裡已經不再重要了。」

　　「為什麼這麼說?」章桐不解地問道。

　　「人死了,再大的苦痛也都已經過去了,就像昨天前來認領唐韻骨灰的親人一樣,自己的孩子雖然死了,但是至少還能親手把她安葬。而林靜的母親,我想她這輩子都會沉浸在悲慟之中。作為母親,沒有辦法把自己死去的孩子下葬,那是一種多大的折磨啊!」

　　章桐沒有吭聲,她輕輕拍了拍王亞楠的肩膀,無奈地搖搖頭,嘆了口氣。

＊　　＊　　＊

　　第二天一早,章桐剛走進法醫辦公室,一眼就看到辦公桌上端端正正地放著一封信,她挑了挑眉毛,好奇地放下挎包,走上前伸手拿起信件,撕開封口。

第十八章　沒有終點

　　信紙很普通，街面上的文具店都可以買到，而信上的內容卻讓章桐大吃一驚，當她讀完整封信的時候，臉色頓時變了。顧不上猶豫，她立刻抓起信紙和信封，推開門就衝了出去。

　　五樓李局辦公室，章桐沒有顧得上敲門就直接闖進去。現在已經是上班時間，可李局此刻並不在辦公室，他的辦公椅上空空蕩蕩的。

　　章桐的心頓時懸到嗓子眼，她趕緊掏出手機，撥打李局的手機號碼，她知道李局從來都不會不接電話，可電話那頭傳來的卻是「關機」的電腦提示音……

　　窗外烏雲陣陣，遠處傳來隆隆的雷鳴聲。

法醫檔案——遲來真相：
屍體工廠，因冤而生！法醫從業者的半寫實懸疑小說

| 作　　　者：戴西
| 責 任 編 輯：高惠娟
| 發 　行 　人：黃振庭
| 出 　版 　者：崧燁文化事業有限公司
| 發 　行 　者：崧燁文化事業有限公司
| E - m a i l：sonbookservice@gmail.com
| 粉 　絲 　頁：https://www.facebook.com/sonbookss/
| 網　　　址：https://sonbook.net/
| 地　　　址：台北市中正區重慶南路一段 61 號 8 樓
| 8F., No.61, Sec. 1, Chongqing S. Rd., Zhongzheng Dist., Taipei City 100, Taiwan

| 電　　　話：(02)2370-3310
| 傳　　　真：(02)2388-1990
| 印　　　刷：京峯數位服務有限公司
| 律 師 顧 問：廣華律師事務所 張珮琦律師

- 版權聲明 -

本書版權為樂律文化所有授權崧燁文化事業有限公司獨家發行電子書及紙本書。若有其他相關權利及授權需求請與本公司聯繫。

未經書面許可，不得複製、發行。

定　　　價：375 元
發行日期：2024 年 08 月第一版
◎本書以 POD 印製
Design Assets from Freepik.com

國家圖書館出版品預行編目資料

法醫檔案——遲來真相：屍體工廠，因冤而生！法醫從業者的半寫實懸疑小說 / 戴西 著 .-- 第一版 .-- 臺北市：崧燁文化事業有限公司，2024.08
面；　公分
POD 版
ISBN 978-626-394-666-8(平裝)
857.81　113011635

電子書購買

爽讀 APP　　臉書